U0130964

因為愛你：卡蘿

黃智賢——著

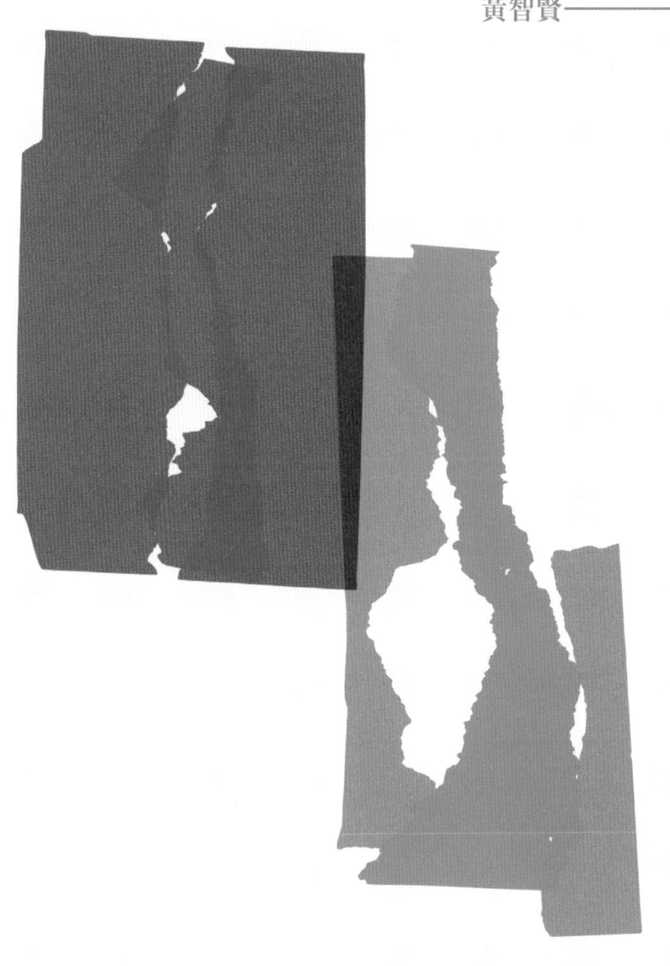

卡蘿與特芮絲初相見。

1 被工作模式束縛的特芮絲。

2 被婚姻束縛的卡蘿。

3 驕傲的卡蘿，第一次呈現了脆弱。

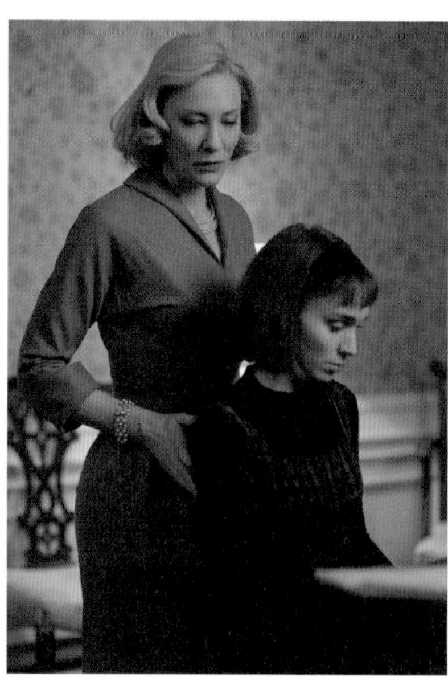

2 1

1 情不自禁的試探。

2 只有彼此在一起時，才能這樣開心地笑。

透過窗外，看到的是更堅強的特芮絲，自己真的能夠再次與她同行嗎？

It's a complex film, with simplest truth, love is love.

這是一部複雜的電影，但有著最簡單的真相，愛就是愛。

——凱特和魯妮，Independ Film Spirit Awards 2016

這本書
獻給所有對生命和愛，懷著理想和希望的人

用這本書，向所有參與《卡蘿》，以及讓《卡蘿》得以開拍的人致敬
他們拍出了一部，可以讓人們分享的不朽經典
而每一步艱辛的過程，更留下了勇氣、堅持、創造力與愛的足跡
激勵了每一個渴望完成夢想的人

目錄

推薦序

愛上電影的熱情

陳駿霖

《卡蘿》（*Carol*）是我去年最喜歡的電影之一，電影的故事感人且意味深遠外，影像呈現的方面也非常精準細膩。讓我在戲院觀賞時彷彿穿越時空到了一九五〇年代的紐約，身歷其境一般感受兩位女主角生活裡的那些浪漫情懷。很少有電影可以做到在故事、表演、美術、攝影、以及音樂等方面那麼漂亮地相輔相成，又達到真實力量與魔幻魅力兼具。而《卡蘿》的導演陶德．海恩斯（Todd Haynes）與他的主創團隊卻非常成功的達到了這個境界。

我非常喜歡從那些我所崇拜的電影或電影工作者身上學習更多電影拍攝與創作的手法，所以當黃智賢女士告訴我她寫了一本關於《卡蘿》的書的時，我特別感到期待。最讓我感興趣的部分是她寫這部電影並不是以冰冷的學術或是電影製作的角度來討論，而是純粹以愛上這部電影的熱情，去深刻地探討故事的歷史與裡頭蘊含的各種面向。

本書是黃智賢女士把對這部電影的熱愛轉化為文字，不僅記載了電影如何在創作過程被賦予生命，同時也拆解了電影裡的種種設計與技術層面對電影所產生的作用。

在這本書裡，黃智賢女士不但介紹了在派翠西亞・海史密斯（Patricia Highsmith）原著小說的迷人背景，也探討了在故事背後的同性戀者的議題、大眾對於這個劇本題材接受度、選角特芮絲（Therese）和卡蘿（Carol）時所遇到的困難等等。同時黃女士也帶領我們進入導演陶德・海恩斯的創作內心，鉅細彌遺地介紹導演在電影拍攝決策過程，與他如何帶領他的團隊達到創作巔峰。

從本書我們知道導演受到艾德・拉克曼（Ed Lachman）復古的十六釐米攝影、Judy Becker的庭園設計、珊蒂・鮑威爾（Sandy Powell）令人的驚豔的服裝設計、雅方索（Affonso Goncalves）的剪接，還有卡特・波維爾（Carter Burwell）的配樂的啟發，導演完美地集合了所有的創作元素而完成了《卡蘿》的美麗世界。

即使身為一個電影創作者，有時候我也會忽略電影製作面臨到的層層環節。我可能輕易的就把電影呈現的一切歸功於電影本身的驚奇，但黃智賢女士的細心田野調查、細膩寫作與精闢的分析，提醒了我們（無論是電影工作者還是電影愛好者），完成一部感動人心的偉大電影的背後，存在著無數創作的努力過程。

在《卡蘿》這部電影裡，最讓我印象深刻的場景是，當特芮絲拿著她的舊相機隨意拍照時，她鏡頭裡的視窗抓到的畫面是卡蘿正在買聖誕樹的身影。這是一個浪漫且具有力量的瞬間，我感受到特芮絲的世界將因為這個瞬間有了改變。

完美的瞬間經由電影工作者創造，而黃智賢女士也完美地把這些瞬間記錄在她的書裡。

二〇一七年一月

• 本文作者為導演，南加大電影碩士，畢業作品《美》奪下第五十七屆柏林影展最佳短片銀熊獎。二〇一〇年，第一部長片《一頁台北》由國際大導演文溫德斯擔任監製，並獲得第六十屆柏林影展「最佳亞洲電影大獎」，為二〇一〇年台灣最賣座電影之一。二〇一三年完成第二部長片《明天記得愛上我》，將在柏林國際影展電影大觀作全球首映。

推薦序

演員必讀

程予誠

電影在十九世紀被發明的時候，就被確認為是人類生命過程中重要的詮釋工具。一張照片可以說一個故事，何況一部電影可以說更多的事情。電影在說明人類的生活態度以及於生命的價值時，具有不可抹滅的地位。

電影《卡蘿》在上映的時候，在解釋同性戀議題元素後具有相當特殊的元素，那就是為什麼兩個生命會一見鍾情？

不論是同性或異性會一見鍾情的解釋，許多研究都無法理解。最近研究出兩個生命為什麼具有互相吸引的特質時，也許跟前世的因緣有關係。另外一種講法是，一個生命在選擇進入地球投胎的時候，當上帝問他要選擇哪一種性別時，他太過於興奮，而有一點遲疑，這一點的質疑使他落入地球投胎的時候，在性別上有了不確定性。性別的確是在生物中是一種特殊的表徵，它可以影響在生命過程中所有的事情。

這本書解剖了《卡蘿》電影在製作時的前因後果。其中最引人發想的問題是，兩位女演員如何在演出之前做好的準備。

凱特是一個非常傑出的電影演員，她的敬業態度與演技是公認的事實，以這部低成本預算的電影，用三十五天的時間，完成了這麼一個深沉有韻味的故事，只有非常傑出的演員以及導演才能充分發揮出的事情。

演員在拿到劇本的時候，如何準備演技？如何與對手演戲？導演如何教演員演戲？導演如何說戲？這本書中說的非常詳細，往往許多人認為演員並不十分重要，可是我們必須非常清楚的知道，電影是投資在電影故事中的事業，而這個事業的成功與否是投資在演員的成功與否。所以，電影就是投資在演員演技上的一項冒險事業。唯有選對演員及演員的演技能夠發揮，再差的劇本也可以拍的很好，何況這電影的小說是一個非常傑出的文學作品。

一部電影的完成，中間經過許多的波折。這部電影歷經十八年的風風雨雨，正好說明了一部電影製作的困難性。而這本書裡面剖析了一個成名的小說如何在尋找演員、資金、導演、編劇及其他的條件時，解釋的非常清楚。台灣這方面的書非常少，尤其演員演技方面的書也非常少。我們從這書中約略地可以發現以紐約為主的「史坦尼夫拉司基演技方法學」，如何在塑成一個成功演員的條件中占有非常重要的地位。因此這是演員必須要讀的書，尤其想當電影演員，因為電影演員是所有其他演員中難度最高的一個工作。

本人非常佩服作者在分析電影中的仔細態度，這也說明了我們看電影時，往往在重複觀看的時候可以發現電影中更多的祕密，這使電影成為在詮釋作者心態、導演企圖、演員的演技時最好的工具。

這本書中也仔細的描繪許多微細的演員小動作。演員眼睛是重要的靈魂，演技的好壞完全看眼睛所放出的光芒，電影中兩位女主角令人眩目的演技，讓人覺得這部電影是值回票價的。

同樣的，看完這本書再去看電影，會讓觀眾完全得到電影內涵的真髓。這是一個電影觀眾想了解電影生態必讀的電影參考書，也是想作為電影演員的人必要閱讀的電影工具書。

• 本文作者為台北輔仁大學專任副教授。畢業於美國電影學院（AFI）、美國藝術中心設計學院（Art Center College of Design）美國阿拉巴馬州立大學教育領導博士。台灣電影教育學會理事長。著作有《掌握電影》、《商業電影脈絡思維—商業理論與應用》、《電影敘事影像美學》、《現代電影學》等。曾獲一九八二年金馬獎最佳記錄片、作品《足印》、《生命的樂章》。

自序

二〇一六年春天，我的工作突然陷入了低潮。這個重大的挫折，讓我對自己的工作充滿了懷疑，對一切事物都失去了熱情，更不知未來要做什麼。

這時凱特．布蘭琪（Kate Blanchett）演的《卡蘿》（*Carol*，台灣上映片名為《因為愛你》）剛好在台灣放映。

凱特演的片子，當然是必須去看的。凱特的媒體訪談，提到這部片子歷經十八年才完成。我想，這是什麼，怎麼會花十幾年？

從紐約首映的記者會、坎城影展記者會，才知道這一群人，用最大的努力，嘗試著在好萊塢的商業機制裡，努力平衡商業和藝術性，努力做一部好電影。

知道這部電影不會差，畢竟有凱特．布蘭琪、陶德．海恩斯（Todd Haynes）和魯尼．瑪拉（Rooney Mara），無論影評評什麼，或有沒有得獎，都絕對值得一看。

但一切遠遠超過想像。整場電影，我沒有像有些影評和觀眾般，看到哭出來。事實上，我完全被震懾住。整整幾個小時，我說不出一句話。彷彿有太多話想說，卻一個字也說不出。

我被徹底征服。

陳文茜有一次跟我說這部片子拍得不錯，魯妮演得很好，但凱特．布蘭琪很awful（很糟糕）。當下我很不服氣：魯妮確實演得很棒，可是凱特演技無與倫比，在《卡蘿》裡明明演出生涯最佳表現，怎可能很awful？

但我的口才、才智和氣勢，怎能比得上文茜？心裡一百個不服氣，但就是講不過她。放下電話，夜已深沉，早過了我的睡覺時間。我已經睡不著了，只想要替凱特．布蘭琪打抱不平。

辯是辯不過文茜的，那我寫下我的論點line給她好了。沒想到一抬頭已經寫了一萬多字。於是我想，那乾脆多找點資料寫完整點。

接下來整整四個月，我埋頭研究《卡蘿》，每日工作十幾個小時。沉浸在藝術的過程，是如此的愉悅喜樂。寫書雖然辛苦，卻每一分鐘都非常享受，更受益匪淺。對電影、表演、藝術與人生，我有了更深的體會，與直接相見的感動。這讓我完全忘記了自己失落茫然的情緒，徹底療癒了自己小小的挫折。

當我告訴文茜，已寫了一本書，證明凱特．布蘭琪絕不是awful的演員。文茜聞言竟大笑說，她是說凱特．布蘭琪演得很over（過火），不是說很awful（很糟糕），她說：「你這本書，應該獻給你自己的菜英文。」

什麼？怎麼可能？我怎麼會聽錯？難道是因為夜半時，我已陷入半昏迷？但這真是一個美好的錯聽。如果我聽到的是over，而不是awful，那種抱不平的情緒就不會這麼強烈。

人生，因為一場錯聽，而有了不同的風景，生出了這本書。

人生，確實應該浪費在這樣美麗的錯誤與藝術裡。

許多人將《卡蘿》定位成同性戀電影，但其實可以說是女性主義電影，或者更精確地說，是一部人的電影。

《卡蘿》被譽為「**一項精緻的美國藝術**」，「**讓人深刻震動的愛情故事，刻劃出人物的每一道陰影，以及人物內在情感與心靈的細微變化。**」影評人說，這可能是他看過最哀傷的電影，即使在最快樂的時刻，也有著哀傷。有影評人說，《卡蘿》是優雅，溫柔的石破天驚之作。也有影評人說，《卡蘿》的突破，是一種看似沒有突破的突破。

但正如一些影評指出的，遺憾的是，《卡蘿》雖然得到許許多多的注意和討論，以及入圍獎項。但影展和各種獎項委員會，卻很難放棄偏見，而給與參與的人應得的榮耀。

曾有網友套用《卡蘿》裡艾比對卡蘿說的話，諷刺獎項評審對《卡蘿》的忽視和偏見：

艾比：告訴我你知道你在做什麼？

評審：我們不知道。

評審：事實上我們從來不知道自己在做什麼。

起始研究《卡蘿》，是為了與朋友辯論。而因為研究內容和參考資料都是英文，所以整本書大半是以英文寫作的。當決定出版之後，我才將整本書翻譯改寫成中文。這樣的過程，不能說不慘烈，卻讓我受益更深。

《卡蘿》這部電影，是活生生、有生命的。讓人感動的，是她碰觸了生命裡讓人哀傷的真相。是她講的愛、誠實、自我犧牲和熱情。是她講的人性。講的是兩顆活生生、跳動的心。

《卡蘿》是一部會餘波盪漾的電影，讓人想哭，想笑，想坐下來寫作，想好好享受生命，想感謝上帝。

之所以感動人心，不只是導演陶德·海恩斯的大師手筆；不只是凱特·布蘭琪讓人震撼，撼動人心，甚至緊緊抓住你的靈魂的表演。不只是魯妮·瑪拉讓人無法置信的演出，和其他演員優異的表演。

不只是菲力絲·納吉花了十八年最終寫出的美麗精緻的改編劇本；不只是艾德·拉克曼（Edward Lachman）美到讓人無法置信的攝影；不只是那帶動情感，深入人心的電影音樂；不只是珊蒂·鮑威爾有生命的服裝設計；不只是製片伊莉莎白·卡爾森（Elizabeth Karlsen）堅持不懈的努力，讓這部片子可以拍出來。

撼動人心的，更是看這部電影時，可以強烈感受到所有參與者的真摯與誠實。

希望讀者讀的時候，跟我寫的時候一樣愉悅，一樣感動，希望都可以享受這部電影的餘波盪漾。

人生在世，遇到感動的人與事，我願意坐下來，不計得失，寫出這部電影和這些人動人之處。想讓所有參與《卡蘿》的人知道，他們所有的苦心、創造力和努力，都沒有白費！

希望盡我所能，解釋電影的精采和它的厚度與深度。希望可以激勵更多人，勇敢追尋自己的夢想。

二〇一六年七月一日

《卡蘿》：從這裡開始

描寫禁忌的小說：《鹽的代價》

派翠西亞．海史密斯（Patricia Highsmith）被尊為「美國文學的黑暗女士」（the Dark Lady of American Letters）。她第一本小說《火車怪客》（*Strangerson a Train*）在一九五〇年一出版就造成轟動，從此奠定她犯罪小說家的地位。她令人驚訝的才華是，可以深入犯罪者的心理，把每個普通人所有的祕密，和犯罪者那種把罪行正常化的心理，描述得鞭辟入裡，讓人膽戰心驚。

直到《鹽的代價》（*The Price of Salt*），文學世界驀然發現，她竟然可以這般深刻又美麗的，書寫愛情的驚心動魄。

一九五二年出版的《鹽的代價》是她的第二本小說。當時的她才三十一歲。出版時，用的卻是克萊爾．摩根的假名。

為什麼呢？

看看當時紙版小說出版時的說明「描寫禁忌的愛」，就可以明白了。

因為是禁忌，所以只能用假名。

在一九五二年這一年，美國精神病學會宣布同性戀是一種反社會的，病態的，有犯罪傾向的人格扭曲。當時的同性戀行為被當成犯罪行為，也被認定是一種心理病態，而且是極度羞恥的罪。女同性戀更慘，因為除了直接被當作心理病態，需要矯正外，更有著女性被壓迫的雙重壓抑。

當時的同性戀，是一種無法言說，無法啟齒的愛。而這本小說，就是在這樣的時空背景下寫出來的。

《火車怪客》大為成功，並且立刻被拍成電影。

她本來把《鹽的代價》交給大出版社哈潑兄弟公司出版，但出版社拒絕出版。拒絕的原因有二個：一是同性戀主題，實在太爭議；二是哈潑兄弟認為她的第一本懸疑小說這麼成功，於是把她定位成為懸疑小說家。她這本同性戀小說一出版，當然會被貼標籤，不但海史密斯的地位會被威脅，在麥卡錫主義當道的當時，更會有不測的政治壓力，所以大出版商不願意出版這本書。

海史密斯只好找一家小出版商 Coward-McCann，而且還只能以假名出版。她甚至在書名頁，捏造了三個感謝的對象。

《鹽的代價》出版後，竟異常暢銷，平裝本銷售了超過一百萬冊，並且引起讀者極大的迴響。許多讀者寫信給克萊爾．摩根女士，說第一次有小說寫出了她們的遭遇和心情。

但海史密斯在往後的三十八年，卻總拒絕承認她跟這本書的關係。直到一九九〇年，才終於以她的名字重新出版。而且她一生都沒有再寫過類似的題材，甚至沒有再寫過愛情小說。

如果她真的在一九五二年，用真名出版這本小說，那麼她所要面對的種種壓力，會非常巨大。而往後的三十八年，即使她的生活圈子已經有許多人都知道，她其實是這本小說的作者，她還是不斷否認。

另一個海史密斯不曾說的原因是，這本小說是她非常私人的小說。私人到當小說出版後，即使用的是假名，她生活圈子裡的人仍然知道是她寫的，而也有人因此受到困擾。

愛情就是犯罪

雖然《鹽的代價》在一九五二年出版，但其實海史密斯是在一九四八年開始寫這本半自傳小說的。

當時她答應未婚夫去看心理治療師，好「治癒」她的同性戀。但心理治療很貴，而當時二十七歲的她，第一本小說《火車怪客》還沒出版，沒什麼錢。所以她在聖誕節最忙的時候，到紐約著名的布魯明迪爾（Bloomingdale's）百貨公司去作臨時店員。她被派到玩具部門，而她要顧的櫃檯，就是洋娃娃櫃檯。

有一天，一位金髮，高䠷，氣質高貴，穿著皮草的貴婦，到她的櫃檯來買洋娃娃給她女兒，留下姓名地址：尚太太，紐澤西州瑞吉梧鎮（Mrs. Senn of Ridgewood, New Jersey）。

她在一九九〇年重新出版這本小說時，後記裡記錄了當時的情景：「一位金髮女子穿著皮草走到玩具部門，看起來不太確定想要什麼……」

短短幾分鐘的交易，卻造成震撼性的結果。

海史密斯繼續書寫她當時的悸動：「我的頭腦一片混亂，開始暈眩，差點昏倒，但同時又覺得輕飄飄的，好像我看到了一種幻境。」

後記是要公開的，所以寫得還算含蓄。她的日記，則寫得熱情又直接：「我看見她的同時，她也看見了我，而我立刻知道我愛她。」「我嚇壞了。因為我知道她知道我嚇壞了，而且知道我愛她。」

海史密斯當晚在家裡，只花了兩個小時，立刻寫出八頁的故事大綱。

「故事從我筆尖流瀉而下，根本不知道從哪兒來的。」

後來她從曼哈頓搭火車到紐澤西找她，卻並沒有找到。凱瑟琳・尚太太（Kathleen Senn），就是卡蘿的原型。而特芮絲，就是海史密斯的自我。

讓人感傷的是，那位海史密斯一見鍾情的尚夫人，在《鹽的代價》出版的前一年因為酗酒和憂鬱症自殺。尚夫人一生來不及知道，海史密斯因為對她一見鍾情，而寫了一本小說。

海史密斯曾說：「對事物著迷是唯一重要的事（Obsessions are the only things that matter）。」

著迷，顯然是《鹽的代價》這本小說的根骨。不過凱瑟琳・尚，並不是海史密斯創作卡蘿的唯一材料。

她的傳記作者發現，卡蘿的形象和輪廓雖然來自凱瑟琳・尚。但其實容貌、生平、個性和靈魂，都更像是薇吉尼亞・肯特・凱瑟沃（Virginia Kent Catherwood）的翻版。薇吉尼亞是海史密斯年輕時最重要的愛人，美麗，典雅，氣質高貴。海史密斯喜歡的，一直是這樣的女子。

薇吉尼亞始終是海史密斯心目中的完美典型。對海史密斯來說，薇吉尼亞是「宇宙的另一半，我們只要在一起，宇宙就完整了。」她們的戀情，從一九四六年持續到一九四七年。

她是費城富有的收音機大製造商愛華特・肯特的女兒，和銀行家凱瑟沃的兒子結婚，那場婚禮，轟動美國上流社會。但生了女兒後沒多久，他們的婚姻就完蛋了，開始殘酷的離婚官司。

卡蘿被私家偵探在旅館錄音，而失去女兒監護權和探視權，就是海史密斯從薇吉尼亞的親身遭遇借來的情節。海史密斯就曾經在日記裡寫：「我怕薇吉尼亞會覺得，卡蘿的情節太像她自己的狀況了。」

海史密斯一生酗酒，年紀越大，對人越是充滿不信任與偏見。她一生也對談戀愛成癮，始終在追尋新的浪漫激情。

她一生有無數愛人，但卻都無法維持長久的關係。一般認為，是因為她無法面對愛情的壓力。她無法忍受對方真正開始愛她。所以她只好不斷離開愛情，追求新的戀情與關係。而在寫作上，她也無法真正面對真實的自己。

她無法面對真實的自己這件事，也反映在她的寫作上。所以她終其一生，無法正視《鹽的代價》這本半自傳，代表了她真正渴望的小說。

最大的艱難：直視自我的真相

海史密斯一生的痛苦來源，一般認為有兩件事：在當時的時空環境下，她身為同性戀對她造成的壓力；以及她與母親的愛恨糾結關係。而她的寫作，尤其是醉心於謀殺和犯罪，成為她可以找到的最佳心靈與情緒出口。

她曾經對她的愛人瑪莉珍．米克（Marijane Meaker）說：「如果沒有犯罪，生命是沒有任何意義的。」

應該是說，她把所有的憤怒與壓力，都用打字機和紙張解決。她無須真正殺人，卻得以在她的小說裡，籌畫一場又一場的謀殺與犯罪。《鹽的代價》，是她所有小說裡唯一沒有謀殺，沒有屍體的，但仍然有犯罪。

因為愛情本身，就是一種罪。

除了這本《鹽的代價》，她一生甚至沒有再寫過第二本愛情小說。她自己承認，特芮絲，其實是「來自我深沉的自己」。她開始寫《鹽的代價》時，甚至在日記裡告白：「喔，我會成為真正的自己！」可以想像這本書在她內心和情感的分量。

這本小說與她糾結的關係是這樣複雜：對她來說，既極其私人，極其重要，卻又讓她無法面對。

卡蘿和特芮絲坦然面對自己的情感，而終於在一起。這對海史密斯來說，像是在寫一個她渴望擁有的，可能有機會擁有的人生。在潛意識中，她得以完成她永生無法完成的夢想：真正面對她自己，並且和她所愛在一起。

這個夢想的完成，太過切身，又太過巨大，以至於她不知道該怎麼辦，乾脆拒絕面對這本小說。

直到一九九〇年，她才終於用自己的名字重新出版，改用《卡蘿》為書名。當時她已經六十九歲，距離離開人世，只有五年。直到此刻，她才找到勇氣面對自己這本石破天驚，也是她最具影響力的小說。

《鹽的代價》：生命的代價

海史密斯曾說，《鹽的代價》書名來自《聖經》。路加福音十四章三十四節：「鹽本是好的，鹽若失了味，可用什麼叫它再鹹呢？」

馬太福音五章十三節：「你們是世上的鹽。鹽若失了味，怎能叫他再鹹呢？以後無用，不過丟在外面，被人踐踏了。」

而在原著裡，則是用間接的方式提到鹽的。

原著第二十二章一開頭有幾句話：「這音樂是活的，可是這個世界已死了。這個世界要如何復活呢？它的鹽要如何回來呢？」

鹽，原來指的是生命的滋味。沒有鹽，就沒有生命，就是死亡。所以書名的意思，應該是：想要活出生命的本質，所必須付出的代價。

海史密斯用這個書名，要討論的是，想活出自身的生命本質，要誠實的活出這樣的生命，所需要付出的代價。

卡蘿在遇見特芮絲以前，無法正視自己的生命，直到她遇見特芮絲。特芮絲的勇敢與單純，鼓舞了她回頭去面對自己生命的本質，而她也終於因此付出代價。

當代的讀者和觀眾，很難想像在一九五〇年代的社會環境下，這本小說有多麼驚世駭俗。尤其是當現在許多國家，包括美國在內，同性婚姻已經合法化。可能更難理解，五〇年代的同性戀是何等的羞恥、罪惡與不健康、不正常。而美國當時在麥卡錫主義橫掃一切的氛圍下，同性戀不但被鄙視，更被認為是不愛國的罪行。

海史密斯在這本小說裡，讓主角們雖然因為自己的同性戀而受苦，卻不以為是罪惡，那種理直氣壯的態度，以及正面的結局，更是獨樹一幟，讓人耳目一新。

當然，這本小說代表的，是海史密斯所渴求的理想人生，也是她一生無法活出的樣式。她自身無法像她創造出來的主人翁特芮絲和卡蘿那樣，勇敢的直視自己的生命，付出代價，最終求得所愛。

鹽的代價，其實是她的理想人生，是她一生企求而達不到的目標。

無法抵抗的傳統和體制

海史密斯曾經在英國住過很長的時間，對英國作家非常熟悉。有兩位二十世紀英國女作家的真實生活和作品，可以讓大家想像一下，海史密斯以及她的主角特芮絲和卡蘿，所處的社會壓力與氛圍。

第一位是英國出身貴族的著名詩人及小說家薇特・薩克薇亞（Vita Sackville-West）。她跟外交官哈洛德・尼可森（Harold Nicolson）結婚，育有二子。但後來她發現她無法克制地，與從小一起長大的薇拉（Violet Trefusis）陷入熱戀。雙方家長眼看著她們的情愫即將發展成醜聞，當然不能容忍。

基於對社會和親友交代，薇拉在父母的壓力下，任性地找了個人結婚。在當時，女人只有結婚才能取得社會地位，也才能離開父母掌控。薇拉舉行婚禮那天，薇拉痛苦萬分，已經後悔，而薇特則幾乎崩潰。

薇拉終於無法忍受這樣的婚姻：不但不能跟自己愛的人在一起，還要跟自己不愛的男人一起生活。於是薇拉不斷的說服薇特放棄一切，放棄丈夫和孩子、社會地位和聲譽，私奔到歐洲。那是一九二〇年二月。

雙方父母和兩人的丈夫組成聯合陣線，做危機處理，以避免一場巨大的醜聞。最後兩人的丈夫在歐洲找到私奔的兩人，丈夫成功的把太太帶回家，繼續生活；而薇特和薇拉想要爭取自由與愛情的努力，則化作流水。

英國的上流社會，多多少少傳聞了這件事。

即使薇特知道自己愛的是女人，即使她知道薇拉是她畢生摯愛，她最後終究和薇拉分手。最重要的原因是，她知道自己和薇拉，都無法真正對抗傳統和體制。她覺得自己被社會體制徹底打敗了。而這個體制的代表，就是「丈夫」這個角色。

她認為她們終生都無法與之抗爭，而她與薇拉的愛，必然會在不斷的忌妒、互相埋怨與分離中，被徹底摧毀，所以她只能放棄。

薇特用小說書寫她們的戀情，書名就叫《挑戰》（*Challenge*）。薇特雖然已經把同性戀情改寫成男女戀情，但家族認為根本可以直接對號入座，只要一出版，醜聞將立刻爆發。所以《挑戰》直到五年後的一九二四年，才終於輾轉在遙遠的美國出版。

另一位名氣更大的作家，也就是大名鼎鼎的維吉尼亞．吳爾芙（Virgina Woolf）。她深愛一身貴族氣息的薇特，一九二八年寫了《奧蘭多》（*Orlando: A Biography*），主角奧蘭多其實就是薇特。薇特的兒子尼格直接稱這本小說是「文學史上最長，也最有魅力的情書」。

但《奧蘭多》卻把主角神格化，成為可以從一五〇〇年活到一九二八年，橫跨數百年，在時空中穿梭旅行，可變男變女的特殊存在。吳爾芙用隱喻和神話借位，轉化描寫她對薇特的愛與崇拜。

文學圈子人人皆知吳爾芙與薇特的關係，更知道《奧蘭多》寫的是從小在肯諾

（Knole）城堡長大，帶著貴族氣息的薇特。但吳爾芙畢竟不是直接書寫同性戀情，而是用曲筆。這樣的隱喻方式，帶著作家遊戲之筆的樂趣和想像力，是吳爾芙和薇特可以處理面對的。

雖然在她的生活圈子裡，她的同性戀情幾乎是半公開的事，但薇特一直恐懼同性戀會變成摧毀她名譽的醜聞。

對社會而言，她是貴族出身的作家，是外交官之妻，是二子之母。這一切，都是可以對社會交代的身分。

她一生從未對外承認同性戀這件事，因為後果將是不可承受之重。

薇特在一九二〇年私奔事件後，寫下自傳手稿，誠實而深刻的紀錄、剖析了她和薇拉的愛戀，以及她與眾不同的情感。但她把這份手稿深藏在書房裡，直到她過世，不曾讓任何人看過。這是一本不可能在生前出版的自傳，雖然自傳裡的口吻和表達，顯然是預備要出版的。

自傳中薇特寫著，希望自己對同性戀完全不加修飾，誠實書寫的自傳，可以讓後人對同性戀更加了解，而不再把它當成犯罪和不正常。並且相信時代越進步，後人越能夠了解像她這樣的人。

直到薇特在一九六二年過世後，文稿繼承人——她的兒子尼格整理她的書房時，意外在一個上了鎖的皮包裡，找到這份嚴密收藏的文稿。尼格一直等到他父親在一九六八年過世，薇拉在一九七二年過世之後，才在一九七三年出版了薇特的自傳，也就是極為轟動的《婚姻的畫像》（*Portrait of Marriage*）。九〇年代英國國家廣播公司ＢＢＣ還改編成影集。

無論是薇特・薩克薇亞，還是維吉尼亞・吳爾芙，即使生活在風氣開放的英國文學界和上流社會，她們終生都不曾毫無遮掩的，直接書寫她們真實生活中的同性愛情。

薇特用男女戀情掩飾，延遲五年，在美國出版，才得以出版《挑戰》；維吉尼亞用神話與性別轉換取代同性戀；尼格等父母相關人都過世了，才出版母親的手稿。

一切真相都只能等身後才能公開，可見社會壓力之大。

《鹽的代價》這部小說，卻居然直接明白的書寫當時，現實生活中發生的，毫無遮掩，不用隱喻和代號的同性之間的愛情，而且竟然是快樂的結局！這是何等驚人的勇敢與突破。

《鹽的代價》之所以特殊，有幾個角度：

1.愛情是一種犯罪

當時在美國，男人之間的同性戀情，是犯罪；而女人之間的同性戀情，則被視為是精神疾病。

一九五八年的英國，根據當年的渥芬登同性戀報告（Wolfenden Report on Homosexual Offence），男性之間的同性戀仍然是犯罪行為。

海史密斯這第二本，也是唯一沒有謀殺與屍體的小說，仍然有犯罪與驚恐。兩個女人的戀愛就是一種罪，而這樣的愛，也一直處於被窺探與被禁止的驚恐之中。

2.愛慕者的心如犯罪者的心

整本小說是以特芮絲的視角寫的。

特芮絲對卡蘿一見鍾情，之後作者讓我們看到特芮絲身處戀愛的種種情緒與猜疑。特芮絲愛戀的心境，與分分秒秒渴望了解卡蘿，不斷猜測卡蘿心情的那種驚疑不定，實在與犯罪者的心境非常雷同。

3.主角對於愛上同性並不覺得錯

極為罕見的，書中不管是卡蘿還是特芮絲，對於愛上同性，也許有著無可言說的矛盾，或是不知道該怎麼定位自己熾熱卻真摯感情的疑惑。而對於碰到的艱難阻礙與痛苦，也終於勇敢面對。但主角們卻始終不認為自己是錯的，更沒有因為愛上同性而有罪惡感。這在所有相關的文學作品中，極為罕見。

4.快樂的結局

當時美國書市的女同性戀通俗小說，多數是用郵購銷售，對結局有共通的道德規範。結局必須是轉性愛男人、進入修道院、發瘋，或是自殺。這是第一本，也是當時唯一一本，主角對於自己的愛情堅持到底，並且可以有機會嘗試在一起。

事隔六十四年，這本小說仍然讓人震驚於它的美麗、勇敢與誠實，以及理直氣壯。所以《卡蘿》的開拍，在歐美文化電影界，受到很大的矚目與期待。

海史密斯之前有兩本小說《火車怪客》和《天才雷普利》都被拍成電影。但她對改編的電影，都很不滿意，始終不停抱怨。

海史密斯的忘年交，《卡蘿》編劇菲力絲．納吉（Phyllis Nagy）則相信，最起碼海史密斯會對凱特．布蘭琪非常滿意，而魯妮也完全抓住了海史密斯本人的神韻。她覺得，海史密斯就算挑剔她的改編劇本，但一定會邊抽菸邊點著頭說：「對啦。那是我的卡蘿。」

菲力絲在她的推特這樣寫給海史密斯：「親愛的派翠西亞，我想你會邊喝啤酒邊抽菸，享受這部電影吧！」

故事中的故事：一場十八年的旅程

《卡蘿》這部電影，並不只是電影本身感人，戲外的傳奇讓人動容的程度，不輸電影本身。

凱特．布蘭琪二〇一四年在追思澳洲前總理高夫．懷藍（Gough Whitlam）時，引述懷藍的一段話：「其他的所有目標，都有目的。但對於藝術的欣賞與享受，本身就是目的。」

是的，藝術本身不必有其他目的，享受藝術本身就是它的目的。而電影是一種綜合許多元素的藝術。對於電影知道得越多，從電影得到的欣賞樂趣也越多。尤其是對於像《卡蘿》這樣特殊，富有傳奇色彩的電影，電影背後的故事，以及參與者的心路歷程，都可以讓我們對電影的了解更全面，更深入。

我們從這些優異執著的專業人士，看到了什麼才是頂尖的藝術，以及最重要的：熱情。這一趟熱情之旅，一走走了十八年。

一部電影，竟然要掙扎十八年，才有機會開拍。而在這十八年裡，有許多人跟困難和阻礙奮戰到底，堅決不認輸，幾乎像劇中的主人翁為愛奮戰一般，才讓《卡蘿》可以成功開拍。

首先，有第一任製片桃樂絲．波溫（Dorothy Burwin），在一九九六年率先買了版權，菲力絲．納吉在一九九七年，寫好第一版的劇本。

雖然小說來頭很大，菲力絲的劇本寫得又好。但籌拍過程卻艱困重重，只是每每又絕處逢生，直到二〇一〇年。

當版權在二〇一〇年到期後，獨立製片伊莉莎白．卡爾森在二〇一一年爭取到版權。凱特．布蘭琪讀過劇本之後，就毫不猶豫地加入團隊。也是凱特．布蘭琪，不管幾度物換星移，都始終支持這個案子，甚至出資支持預算窘迫的製作團隊。

幾番更迭，導演陶德．海恩斯臨危受命執導，並且帶來了一流的技術人員，魯妮．瑪拉也終於接演特芮絲。Film4公司的泰絲．羅素，從一九九六年開始支持這個案子，始終沒有退縮，才讓《卡蘿》等到日後的生機。

《卡蘿》二〇一五年在坎城影展全球首映以來，就一再讓人驚嘆不已。而讚嘆不已的，經常是行業內的翹楚。《卡蘿》每一部分都被一再討論。導演陶德和凱特、魯妮、編劇不用說了；連一般隱身幕後的專業人才，如服裝設計珊蒂．鮑威爾、攝影艾德．拉克曼、配樂卡特．波維爾（Carter Burwell），他們的成績都閃耀奪目，很難不被注意到。剪輯雅方索的超級神奇功力，也沒有被忽略，而被影評和專業人士津津樂道。

電影的幕後人員很少站在台前，但《卡蘿》的幕後功臣，卻不斷被邀請參加深度座談，或是專訪，談他們如何做到《卡蘿》這樣驚人的表現。大家似乎永遠問不夠：攝影怎麼會這麼美；配樂如此動人；凱特和魯妮的服裝……。

如果沒有這些人的熱情和對藝術的熱愛，這一切，都不可能發生。

十八年的熱情與三十五天的奇蹟

《鹽的代價》在一九五二年出版。一九九六年開始嘗試改編成電影，第一版劇本在一九九七年寫成。二〇一四年三月在俄亥俄州辛辛那提開拍。二〇一五年五月在坎城首映。從第一個正式劇本算起，經歷了十八年。如果從小說出版，到電影在許多國家上映，則花了六十四年。

比較一下，海史密斯出版的第一本小說《火車怪客》，書一出版就立刻被改編電影。這中間的幾十年差距，也象徵了《鹽的代價》所處理的主題，面臨了多麼鉅大的社會壓力。凱特說：「我想，《卡蘿》特殊的地方，正是歷經艱難才拍得成的原因。」《卡蘿》之所以歷盡艱辛，最主要的兩大難題，簡單講就是：兩個主角都是女人，以及這兩個女人在談戀愛。

還有比這更糟的嗎？有。

除了主角是女人，編劇和製片也是女人。事實上，《卡蘿》這部電影之所以最終可以拍成，正是因為有一群女性電影工作者，全力跟惡劣的處境，跟性別歧視，對同性戀的偏見，以及其他的不利因素搏鬥，這麼多年來，努力讓這個案子活著，最後，讓《卡蘿》得以被拍出來。

只有拍三十五天的錢

《卡蘿》的旅程也許要走十八年，但《卡蘿》的拍攝，因為預算太緊，卻只容許三十五天。在美國，預算在兩千萬美金以下的，就算是小製作。《卡蘿》只花了一千一百萬美金的預算，而這個預算，連金融服務費都包含了。

經費少，每一項開銷都要精打細算。面對這樣艱鉅的挑戰，團隊最後竟然圓滿達成任務，而且拍出了經典的大師作品！

《卡蘿》究竟是怎麼做到的？

1.拉到辛辛那提拍攝

如果《卡蘿》在紐約拍的話，起碼得花上一億美金以上才拍得出來。

在辛辛那提拍的好處太多了。當地許多建築和市容，依然保留著五〇年代的景觀。凱特和魯妮都形容，她們在當地，常感覺時間像是凝結在五〇年代，在時間城堡一樣。許多場景，像卡蘿紐澤西的家，就是在當地的老豪邸拍攝。

當地人和市政府，對於像《卡蘿》這樣大卡司的好萊塢電影來，都非常興奮期待。除了對劇組萬分歡迎以外，更是極盡禮遇，所有市政單位全力配合，讓拍攝非常順利。要封街，要封隧道，要移走停車表，要刷房子，要拿掉招牌，一切都沒問題。

當地找來的人才，不論是演員還是幕後人員，也都非常出色。除了主角以外，其實《卡蘿》所有的演員，全都是在當地招考來的。而俄亥俄州提供全美國最高的35％減稅，又替《卡蘿》省下龐大的經費。

到辛辛那提拍攝，不論是創作還是財務，都是聰明的決定。

2.兩週的預讀劇本

陶德向製片伊莉莎白爭取，在開拍前花兩週的時間讀劇本，而伊莉莎白儘管預算窘迫，還是點頭答應了。

陶德帶著凱特和魯妮等主角，在兩週預排裡，把場景走了一遍，浸淫在五〇年代的氛圍裡，在實景裡讀劇本，討論劇情。這個過程，幫助演員更深刻的進入角色。

3.事前極盡周全的研究與規畫

陶德對於細節極盡苛求的關注力，是眾所周知的。

二〇一三年五月，陶德答應執導以後，立刻開始相關的研究。之後陶德做了一本電影「影像書」。他把這本「影像書」，跟所有的工作人員以及演員分享，讓所有人都可以迅速進入他設定的氛圍和色彩。

而陶德和製片伊莉莎白對拍攝行程的詳盡規畫和準備，也是《卡蘿》可以達陣的重要原因。

4. 處理緊急狀況

在極度緊湊的行程下，凱特和魯妮一天要工作十四或十五小時，才能把所有拍攝工作壓縮在三十五天內完成。

但拍戲現場一定會有突發狀況，這時候要能夠有臨時應變的方案。臨場應變的能力如果不夠，進度就會延宕；每拖一天，錢就要繼續燒。

拍片時凱特因為公公突然過世，必須緊急飛回澳洲一週，劇組立刻更動拍攝計畫，讓拍片進度完全不受影響。

5. 團隊合作無間，向心力和凝聚力無與倫比

好萊塢以導演難搞、影星自我中心聞名。但伊莉莎白、陶德，主角凱特、魯妮等，卻都極具團隊精神，所以《卡蘿》劇組出現一種少見的團結、友愛與向心力。

這種罕見的友愛與向心力，直到往後為了《卡蘿》宣傳的各種行程，還是可以清楚看見。

飾演艾比的莎拉說，在拍攝現場，有一種很奇特的氣氛：人人都知道這是一部多麼珍貴的電影，多麼稀有的組合，人人都全力以赴，要做出生涯最好的表現。不管是演員、技術人員、創意小組，每個人都拚了命。

《卡蘿》是愛的勞動成果。它花了十八年才走進戲院，是一項奇蹟；花三十五天拍出

經典大師鉅作，是另一項奇蹟。這，只因為所有參與者，都付出了對這部電影的熱情，以及對團隊的友愛。

困頓乃成大器

一、不放棄的製片：伊莉莎白・卡爾森

伊莉莎白・卡爾森是讓《卡蘿》歷經長久艱困之後，最後可以成功開拍的大功臣。《卡蘿》總共有四位製片。

第一位是在一九九六年就拿到改編權，努力到二〇一〇年，卻無法成功拍成電影的桃樂絲・波溫。真正製片成功的，則是二〇一一年飛到瑞士爭取改編權的伊莉莎白・卡爾森。她拍過《亂世浮生》（*The Crying Game*）、《鐵娘IN工廠》（*Made in Dagenham*）等。

克莉絲汀・維湘（Christine Vachon），製作過《我想念我自己》（*Still Alice*）、《遠離天堂》（*Far From Heaven*）、《男孩別哭》（*Boys Don't Cry*），是伊莉莎白幾十年的好朋友，也是導演陶德的製作人。

史提芬・武里（Stephen Wooley），則是伊莉莎白的先生與合夥人。

二〇〇〇年時，伊莉莎白透過經紀人琴恩・卡絲蘿（Jenne Casarotto）跟劇作家菲力

絲・納吉見面。她們合作拍了一部HBO的《哈里絲太太》（*Mrs. Harris*）。

菲力絲告訴她，她真正想拍的是《卡蘿》，劇本早已寫好。

伊莉莎白說，《鹽的代價》大概是每個女性在年輕時都會讀到的小說。她本就很喜歡這本小說，她喜歡的理由是：「故事的兩位主角都是女性，都是完整、複雜、有趣、智慧、活生生、會呼吸的人物。」一知道有改編的可能，這件事就變成她的事了。但當時版權在桃樂絲・波溫手上。她除了等待，什麼事都不能做。

她等了十年，《卡蘿》一直在她心裡，從未忘懷。

知道桃樂絲的著作權到期，她立刻向管理海史密斯版權的瑞士出版商Diogenes爭取版權，沒想到他們立刻拒絕，因為上次他們的電影改編權被綁住太久，電影最後又拍不成。他們告訴伊莉莎白，他們不再相信獨立製片了。

伊莉莎白不接受拒絕，她飛到蘇黎世，也許是她的決心和熱情打動了對方，竟然成功爭取到改編權。她立刻聯絡Film4的泰絲・羅素來幫忙，泰絲是另外一位對《卡蘿》這部片子充滿熱情，十幾年來始終盡力讓案子活下去的人。

當伊莉莎白打電話給編劇菲力絲，跟她說她拿到著作權了，那是在二〇一一年聖誕節前。沒想到菲力絲卻說：「不不不。別找我。我已經被卡蘿拖住十幾年了。我痛苦太久了，沒辦法再回到這個案子。」

伊莉莎白說：「菲力絲，不管你加不加入，我都會把電影拍出來。難道你要我找別人？」

凱特在第一時間答應接演《卡蘿》，又牽線找來約翰．克勞力（John Crowley）執導，於是《卡蘿》預計在二〇一三年春天開拍。但開拍前夕，克勞力竟然因為拍《布魯克林》撞期而必須離開。

像凱特這樣重量級、愛惜羽毛的演員，除非是她信服的好導演，她才可能合作。否則她再愛《卡蘿》這個案子，也不會拿自己的專業開玩笑。

導演克勞力走了，那要有怎樣夠格的導演，才能讓凱特這樣的大牌留下來？奔波兩年，伊莉莎白手上只有劇本和凱特（但也要看導演），和收到的一些預售款。其他，就什麼都沒有了。

束手無策的伊莉莎白在倫敦，跟她住在紐約的老朋友克莉絲汀．維湘幾乎天天通電話。

這一天，她們抱著電話互吐苦水。伊莉莎白沒了導演，眼看《卡蘿》就要成為夢幻泡影。克莉絲汀幫導演陶德．海恩斯製片的案子則是沒了女演員，所以案子也沒了。

這時，兩個人突然沉默下來，因為她們突然想到：為什麼不找陶德執導！

陶德導的戲，都是自己寫劇本，從來不用別人的劇本，所以她們也不敢抱太大的希望。

凱特是伊莉莎白的王牌，因為凱特不但是名氣響亮的A咖，更是好萊塢公認演技最好、最被尊敬的演員之一。而凱特和陶德還合作過《搖滾啟示錄》（*I'm Not There*），講二〇一六年諾貝爾文學獎得主巴布．狄倫。

不管三七二十一，反正已經別無他法了。

劇本終於寄給陶德，結果四十八小時不到，陶德就答應執導《卡蘿》。

陶德事後說，以前就聽過服裝設計師珊蒂．鮑威爾提起過這個案子，但沒想到自己會有機會參與。陶德以前從未讀過《鹽的代價》，他的女同性戀朋友都譏笑他，竟然從沒讀過這麼重要的一本女同志小說。

陶德看到的是：海史密斯的小說、菲力絲的劇本和凱特的卡蘿，以及從沒機會合作的老朋友伊莉莎白，還有也已經加入團隊的好朋友珊蒂．鮑威爾。全部合起來變成一個讓他在四十八小時就點頭的案子。

邊讀小說邊看劇本的他，看到的卡蘿，就是凱特的形象。當然對陶德來說，凱特是完美的卡蘿，也是讓陶德願意參與這個案子的原因之一。

凱特則高興到不行，因為陶德是她最尊敬的導演之一。凱特在戲劇學校念書時，就看過陶德的創作《超級巨星：卡本特的故事》（*Superstar: The Karen Carpenter Story*, 1987）。她自己也跟陶德合作過，女扮男裝演巴布．狄倫，還演到被金像獎提名女配角。兩個人上一次的合作，對彼此的專業、敬業和熱情，都充滿敬意，合作過程更是愉快又開心。

凱特認為，劇本再好，沒有一個好導演，永遠不會成為一部好電影。當陶德答應的時候，凱特和伊莉莎白心裡都知道，歷盡折磨，隨時都可能停擺，甚至凱特都懷疑，到底有沒有可能拍得成的《卡蘿》，總算等到曙光了。

這時，原本要演特芮絲的澳洲演員米亞·華絲可思卡（Mia Wasikowska），卻因為撞期而離開。所以陶德一接下工作，立刻開始最重要的一件事：凱特是完美的卡蘿，他得幫凱特找到完美的特芮絲。

而陶德心目中的唯一人選，就是魯妮·瑪拉。

其實劇組原本想找的特芮絲，就是魯妮·瑪拉。只是當時她拍完《龍紋身的女孩》（*The Girl with Dragon Tatoo*），身心俱疲，所以拒絕所有工作邀約，整整休息了一年。陶德立刻去找魯妮，而這一次，魯妮點頭接了。

哈利路亞！《卡蘿》真的可以開拍了。

接下來，我們開始看到陸陸續續的報導：《卡蘿》要在二〇一四年春天，在辛辛那提開拍。然後是二〇一四年三月，一則讓人欣喜的新聞標題：「《卡蘿》：陶德海恩斯凱特布蘭琪、魯妮瑪拉 浪漫愛情片《卡蘿》正式開始開拍」。

《卡蘿》終於真的開拍了。

一年又兩個月後，二〇一五年五月，《卡蘿》團隊帶著剛剪接好的《卡蘿》到坎城影展參展。《卡蘿》被形容為歷史性的一刻，被列入正式競賽片，並在坎城做全球首映。

首映結束，以刁鑽難討好出名的坎城觀眾，起立鼓掌，向《卡蘿》致敬長達十分鐘。在持續十分鐘的掌聲裡，凱特萬分激動，不斷點頭向觀眾致謝，幾乎落淚。凱特的激動裡，包含了她幾乎是最早加入團隊的人；長久以來對《卡蘿》這個案子的支持，隨著它的上下起落，凱特始終沒有放棄。

《卡蘿》團隊互相擁抱，彼此祝賀。在歷經了所有的艱難以後，《卡蘿》在坎城得到這樣的禮敬，值了。他們對電影的驕傲，被認可的欣慰，難以言表。

二、改編高手：編劇菲力絲．納吉

《卡蘿》是一個愛情故事，描繪真相是最終的補藥。如果你誠實面對你是誰，以及你相信什麼。那麼好事也許不見得會發生，但你終將成為一個更好的人。

——《卡蘿》編劇菲力絲．納吉

《卡蘿》的故事，要從海史密斯的忘年之交，把原著改編劇本的菲力絲．納吉說起。

二十二歲的菲力絲．納吉在《紐約時報》工作的時候，報社派她協助海史密斯，完成一個合作計畫。工作結束後，海史密斯邀請她去旅館房間喝杯酒，從此她成為海史密斯生命最後十年的忘年之交。幾乎每個禮拜和菲力絲通信，對孤僻難搞的海史密斯來說，這是很難得的友誼。

菲力絲後來受到海史密斯的鼓勵，活躍在倫敦的劇場，有《威爾登的反抗》（*Weldon Rising*）、*The Strip*、*Never L* 和 *Disappeared* 等作品。她也把海史密斯的《天才雷普利》改編成舞台劇。

一九九六年末，桃樂絲．波溫拿到《卡蘿》的電影版權，打電話給菲力絲在英國的經紀人，請菲力絲改編劇本。

菲力絲當時只有三十四歲，第一次有人請她寫電影劇本，加上她跟海史密斯的故友關係，以及故事主題，她毫不考慮的答應了。沒想到噩夢從此開始，變成長達十八年的折磨。她曾說，那就像初戀一樣，這部電影在她心裡，永遠會有一個最特殊的地位，不會有第二部電影像《卡蘿》一樣，因為她對這部電影，投資了太多個人情感。

一九九七年五月，她完成第一版劇本。但《卡蘿》從一開始就很不順利，處處碰壁。

《卡蘿》遇上的難題主要有兩個，基本上都是票房考量，或者說是偏見使然。

一是卡蘿的主角是兩個女性，沒有男主角。好萊塢的片商的基本觀念是這樣的：你要把觀眾的心智年齡訂在十三歲，然後主角必須是男人。多數的好萊塢片子都是男人主導，男演員為主，拍給男性觀眾看。而他們更認為，如果沒有男主角，連女性觀眾也不會看。偶爾主角是女人，如果是喜劇或是鬧劇，醜化女人的戲，那也許還有一點機會。不然，是找不到資金的。

二、沒有男主角已經夠糟了，兩個女主角竟然還談起戀愛來，整個劇本是個不折不扣的愛情故事，那票房不是完了嗎？

這種成見連凱特的兒子都有。她小兒子聽說她要拍一部女同性戀電影，就抱怨為什麼媽媽要拍那種沒人看的女同性戀電影，還問你什麼時候才要拍一部空前賣座的電影？

導演史蒂芬．史匹柏也承認，當初在改編《紫色姊妹花》（*The color Purple*）時，他就有意識的避掉書中有關女同性戀的部分。

兩個女主角談戀愛的女同性戀愛情故事。還有比這更糟的嗎？有，《卡蘿》連最重要的配角都是女人。男人在這部片子，幾乎只是背景和配角。

凱特在訪談時曾說，她原先對於《卡蘿》是不是拍得成，並不樂觀。「實在太困難了。女人作為故事中心是很難拿到預算的。」

更慘的是，《卡蘿》的劇本跟一般好萊塢劇本完全不同，沒有喋喋不休的口白，整部電影非常安靜，充滿暗示和含蓄。這樣的片子，要怎麼賣錢？

於是為了要找資金，菲力絲的劇本不斷的被要求作各種修改，目的不是要追求藝術，而是要迎合投資方的各種奇奇怪怪的要求。

但經過漫長艱難的籌畫，《卡蘿》還是無法開拍。二〇一〇年著作權到期，菲力絲想，《卡蘿》劇本將永遠塵封在她的抽屜了。沒想到伊莉莎白．卡爾森竟然爭取到版權。

電影跟小說的呈現方式本就不同，而電影更有時間和種種限制。所以把小說改編成電影，是很大的挑戰。

為什麼菲力絲可以把《鹽的代價》改編得這樣成功呢？可以好到讓凱特．布蘭琪一看到劇本就答應飾演卡蘿，甚至讓她說，想「吞了這劇本」呢？

《鹽的代價》整本小說是特芮絲的角度寫的。菲力絲說一開始，她就排斥使用回憶式旁白作架構。那太可怕了。

她也認為，像一般電影那樣，用餵食的方式，拿掉所有觀眾可以參與、可以思考和感受的空間，簡直是噩夢。

《卡蘿》的劇本則極度節制，預留了大量的沉默和想像空間。

這種手法，很像是中國山水畫的「留白」，或是中國戲劇給觀眾留下想像空間的手法。這種手法，讓演員可以在劇情裡呼吸、盡情施展。可是相對的，你需要有非常強非常棒的演員和導演，才能夠撐住這部戲。

在小說裡，讀者讀到的卡蘿，是完全透過特芮絲的角度看到的。特芮絲沒看到，沒聽到的，讀者就完全不知道。所以卡蘿是依附在特芮絲腦海的角色，而讓每個讀者都有自由的想像空間。

小說可以這樣寫，但電影卻不能這樣拍。拍電影，就必須建構出一個完整的、活生生、會呼吸的卡蘿。於是菲力絲得創造出小說裡沒有出現的場景，建構出一個完整的卡蘿。

導演陶德也幫了很大的忙。《卡蘿》是陶德執導電影中，唯一一部不是自己寫的劇本。他說，當他看到劇本時，他可以感覺到《卡蘿》在籌拍的這十幾年裡，為了取悅投資者，不斷的修正劇本。一些原著裡卡蘿和特芮絲的衝突被拿掉了，可是這正是她們愛情裡的重要關鍵，拿掉了衝突點，也就拿掉了精粹和靈魂。

他跟菲力絲提起，希望可以放回去，貼近原著，結果她竟高興的大喊：「對！謝謝你！」

陶德還建議麗池飯店卡蘿和特芮絲重逢那場戲，借用《相見恨晚》（*Brief Encounter*）的橋段，讓這幕戲在開場以及尾聲重複出現。這樣畫龍點睛的更動，讓整部戲更緊扣著「每件事總是回到原點」這句話，同時也可以改變敘述的角度。

三、慷慨而被忽視的電影大師：陶德・海恩斯

凱特說，二〇一三年當陶德告訴她，他願意執導時，她簡直樂翻了。有了陶德，《卡蘿》真的會開拍了。而陶德自己則說，凱特是使他無法拒絕的原因之一。

陶德是一九九〇年代崛起的新同志電影運動（New Queer Cinema movement）的健將。他本身也是出櫃的男同志，就像菲力絲・納吉是出櫃的女同志。

他的電影受到尊敬與重視，幾乎每一部都成為經典，是因為他總是嘗試突破與創新，而且從體制外衝撞體制，以及作品本身不容置疑的藝術性。

他最崇拜的導演，是一八九七年出生的大師導演道格拉斯・塞克（Douglas Sirk）。《遠離天堂》就是受到塞克在一九五五年的《深鎖春光》（*All That Heaven Allows*）的啟發。

學生時代所拍的《超級巨星：卡本特的故事》，講凱倫・卡本特（Karen Carpenter）的厭食症，全程用芭比娃娃當作演員，當時就造成轟動。《毒藥》（*Poison*, 1991）

得到日舞影展評審團獎（Sundance Film Festival's），讓他的電影才華正式被認可。一九九五年的《安然無恙》（*Safe*）被票選為格林威治村九〇年代最佳影片。《絲絨金礦》（*Velvet Goldmine*, 1998）在一九九八年坎城影展得到最佳藝術成就評審特別獎。他二〇〇二年的《遠離天堂》在藝術成就和主流影界都大為成功，更讓朱莉安．摩爾得到坎城最佳女演員獎。

二〇〇七年的《搖滾啟示錄》，由六個演員飾演不同時期的巴布．狄倫。陶德竟然找來凱特．布蘭琪，女扮男裝演其中一段時期的巴布．狄倫，凱特還因此被提名奧斯卡最佳女配角。二〇一一年他幫HBO拍的五個小時迷你影集《幻世浮生》（*Mildred Pierce*），得到二十一個艾美獎提名，四個金球獎提名，凱特．溫絲蕾得到金球獎最佳女主角獎。

凱特．布蘭奇在二〇一六獨立電影節（Independent Film Festival）介紹陶德代表了「真正的獨立精神」。但即使他九歲就在自家後院拍第一部電影《羅密歐與茱麗葉》，他卻可以說是好萊塢的外來者，從不是好萊塢的主流。不知道為什麼，好萊塢跟他總是若即若離，他拍的電影，從來不曾真正得到好萊塢主流的歡心。

也許是因為他從來沒有拍過賣座電影，人們總說：「太藝術了」。即使他受到眾多電影專業人士的敬重，許多受尊敬的演員，莫不爭相與他合作，但他卻竟然從來不曾被金像獎提名最佳導演。即使《卡蘿》得到奧斯卡六項提名，但導演和最佳影片卻沒有提名。而他也從未得過所謂世界三大影展的導演獎。

陶德是奧斯卡長期以來被忽略的電影大師。

陶德的藝術成就是一回事，但他在拍片時所展現的讓團隊凝聚的能力，和不藏私的慷慨，以及合作的態度，更是讓所有跟他合作過的人都傾心以之的原因。

他慷慨的跟團隊的每個人，分享他那本著名的，為《卡蘿》製作的「影像書」。所以不只是視覺團隊，更包括演員，都可以跟陶德進入同一個世界。

陶德拯救了《卡蘿》。伊莉莎白向他求救，他就加入團隊。他也救了劇本。在陶德加入以前，有四個導演先後加入，分別是史蒂芬．佛瑞爾斯（Stephen Frears）、John Maybury、肯尼斯．布萊納（Kenneth Branagh）和約翰．克勞力。這些來來去去的導演，都有自己想要切入的角度，於是菲力絲不斷修改劇本。

對陶德，菲力絲剛開始很沒有信心，因為陶德拍片從來都是自己寫劇本；她也以為，陶德應該會跟其他人一樣，不斷要求她修改劇本。沒想到兩個人對於藝術的要求極有共識，讓合作變成既有建設性，又愉快無比。

二〇一五年五月，陶德一答應執導《卡蘿》，就立刻開始前置研究。最重要的事，除了幫凱特找到完美的特芮絲以外，是要找到這部電影的感覺和視覺。陶德對五〇年代一直有特殊的感情，大概也是導演裡對五〇年代最了解的人之一。而他令人震驚的《遠離天堂》，也是關於五〇年代的電影。

但陶德非常清楚，每部電影都是不同的，主題和故事不同，一但找出那部電影的靈魂和質地，就會知道用什麼方法拍才對。

陶德的「影像書」，是用什麼方法，啟發團隊對視覺和氛圍的想像力的呢？舉個例子，對卡蘿的家，他是用 The Saturday Evening Post 的封面，William Egglesto 的攝影，和 Jack Clayton 的「The Pumpkin Eater」來描述的。魯妮吃驚極了：「電影的視覺與氛圍，簡直跟「影像書」一模一樣。

每個導演都有自己獨特的風格，拍戲手法和過程更是大異其趣。凱特在拍《藍色茉莉》（*Blue Jasmine*）時，曾被伍迪．艾倫痛罵到臭頭。二〇一五年拍泰瑞．馬利克（Terrence Malick）的電影，她這樣說：「泰瑞會寫一頁一頁的詩，早上傳給你。」凱特跟導演說她沒辦法立刻記住麼多台詞，所以導演就讓她用耳機，導演怎麼唸她就怎麼唸。導演唸錯了或她聽錯了也沒辦法。

但跟陶德拍片，則是另一種風景。

魯妮說，只要陶德要找她拍片，她會不計一切跟他拍。陶德了解女人，愛女人，陶德讓她覺得作為女人是多麼值得驕傲的事。讓她覺得可以信任導演的一切安排。

凱特說，陶德會創造一種熱情的氣氛，同時把外來者的清晰角度，帶進主流裡。每一場記者會，每一次受訪，凱特總會說，如果沒有陶德，絕不會有《卡蘿》。她說，陶德是一個參與者，而不是坐在監視器前的觀察者。他總是整個表演的一分子。

莎拉說：「陶德要求事情不需要用大吼大叫的方式，他要你做的表演，是用最誠實的方式去演。」

莎拉說到陶德如何講究細節，講了頭髮和車子的故事。拍艾比開車載特芮絲回紐約那場戲，陶德走過來，把髮型師為莎拉整理的五〇年代風格，漂亮整齊的頭髮，直接用手掌揉亂，然後說：「你已經在路上開車開了一整天，頭髮怎麼會那麼整齊？」

莎拉一到辛辛那提，陶德就突然打電話問她會不會開手排車？她說不會。陶德直接問：「你可以學嗎？」

原來陶德堅持艾比開的車子必須是墨綠色，但車商卻只有手排車。於是莎拉必須在兩天內學會開手排車，而且是五〇年代像船一樣大的車。

他是一個溝通者，他認為他的工作，很重要的一部分是溝通。他更竭盡全力，幫助工作團隊進入狀況。魯妮接下特芮絲的角色以後，陶德就寄了許多音樂CD，開了一些電影單要魯妮去看，打電話跟魯妮討論。

即使拍攝時間只有短短三十五天，陶德還是跟製作人伊莉莎白要了兩週的預排，而伊莉莎白也慷慨的給了這兩週的時間。這兩週時間一點都沒有浪費。事實上《卡蘿》之所以成功，兩位主角的地位是重之又重。而所有人津津樂道的凱特和魯妮的感情戲，這兩週的預排，幫了很大的忙。

艾德．拉克曼因為卡蘿而獲得奧斯卡提名最佳攝影。他這樣說陶德：「他的獨特，在於他了解『攝影語言』。他懂得用攝影語言，作為一種隱喻來講故事。」又說，陶德的作業方式是「陶德跟我通常不做故事畫板，我們喜歡看到現場的環境之後，再決定拍攝的細節，除非是動作場景。通常陶德都是把演員帶來排演，然後我們就安排攝影機的角度。我們在現場上做好整個空間調度，陶德已經想好攝影機要怎麼看了，由我幫他完成。」

簡直像命定一樣，《卡蘿》這部電影找到了最合適的演員、導演、編劇和工作團隊。每一個人都知道《卡蘿》需要什麼，都願意為《卡蘿》付出所有的專業。

劇組第一次接觸魯妮時，魯妮沒有接演。如果魯妮第一次接到邀請就演了，那麼這部電影，也許會由不同的導演掌舵。那將會是完全不同的電影。

陶德對細節的考究和導演功力，當然眾所周知。但他對女性的同理心、了解與崇拜，以及對於愛情深入刻畫的能力，更是這部片子可以成為經典的原因。

凱特不只一次讚賞陶德的慷慨和合作精神，以及可以激勵所有人跟著他，像拍學生電影一樣的熱情往前衝，卻又有大師的功力。

陶德不藏私，又重視溝通，願意詳盡解說，讓所有人都理解他的目標。

凱特說，陶德會讓每一場戲，都是在設法尋找一個答案。他把團隊，包括演員和所有技術人員，邀請到他所設定的氛圍裡，所以所有的人都會了解他所要達到的目標。

但陶德還是有個非常隱約又矛盾的遺憾。陶德開始看原著時，《卡蘿》已經確定是由凱特演出。他說，如果凱特還沒有答應演出，他想像中的卡蘿也會是凱特。但他接手時已經是那樣了，所以他無法擁有選擇卡蘿的機會。語氣中不是沒有遺憾的。雖然電影圈公認，除了凱特．布蘭琪，應該是沒有第二個人可以演卡蘿的。

而談到魯妮演特芮絲，陶德則是萬分滿意又得意。只要談到魯妮，他總是流露出如師如父般的得意之情，而這種偏愛，也反映在電影裡。

四、選角：命中注定的演員

有人說，導演百分之九十的工作是選角。選角選對了，這部電影才有戲。再好的演員，如果給他一個不適合的角色，你固然可以看到演員的努力，但絕對無法精采絕倫。當這部戲有了凱特和魯妮，我們就真的有卡蘿和特芮絲了。凱特和魯妮的卡蘿和特芮絲，不但讓許多觀眾入戲太深，甚至連許多影評人都不顧專業的呼喊著，讓她們在一起吧。

飾演艾比的莎拉精確地說出了行內人對《卡蘿》選角的評價：

「《卡蘿》這部電影最重要的角色當然是卡蘿和特芮絲。而最關鍵的選角，是要找到卡蘿。」

整部戲起源於特芮絲對卡蘿的迷戀，以及對特芮絲而言，前半部戲卡蘿宛如女神般高高在上，神祕的存在。

如果《卡蘿》沒找到可以淋漓盡致的撐起這個角色的演員，不但整部戲就垮了，而且可能根本連拍都拍不出來。

凱特被這角色吸引，很早就願意接拍，是這部戲最終可以開拍的因素之一。把好萊塢一二線演員全部想一遍，除了外表和氣質，還要有絕頂的演技。除了凱特，還可以找誰演卡蘿？

把凱特二〇一五年演出的《真相急先鋒》（*Truth*）裡CBS《六十分鐘》製作人瑪麗（Mary Mape），與《藍色茉莉》裡的茉莉拿來比較。她飾演的瑪麗，讓人看到一個具強烈熱情的新聞工作者，在遇到生涯最巨大打擊時的矛盾與崩潰，非常具有說服力，也是一流演出。但瑪麗這個角色畢竟比較單純，不像《藍色茉莉》，戲肉豐富又極有層次，有情緒落差，和反差極大的淪落崩潰貴婦，是出神入化的一次表演。

但卡蘿這個角色，卻完全是另一個層次。難演的原因，是因為卡蘿有著極具矛盾又複雜的個性，且又壓抑低調。要演出卡蘿這樣生活在外表看不出來的個人地獄，一個人安靜的崩潰著，之後無可抑制，無法自拔的愛上女店員，而又非常驕傲，又對感情內斂的貴婦，比演出《藍色茉莉》裡全然外放的崩潰貴婦，要困難得多。凱特的表演，一層之外卻還有另一層，還有再一層，複雜程度驚人。凱特在《真相急先鋒》和《藍色茉莉》的演出令人激賞叫好，那叫做卓越的表演。但在《卡蘿》，凱特的演出已經不是表演，而是另一個世界的精神層次了。

正如莎拉所說，凱特是命定要演卡蘿的。凱特不但具有卡蘿的外表，更演出了卡蘿的內在與靈魂。她在《卡蘿》裡的表演，超越了她生涯所有的演出。

五、卡蘿：凱特．布蘭琪

那個表演是我從未見過的，赤裸裸的，原始的，無與倫比的，讓人驚喜，讓人恐懼的表演。而那跟她有沒有脫衣服一點關係都沒有，你知道我的意思嗎？她把一個人的每個層面，徹底一層一層剝開。

我以為我看過《慾望街車》（*A Streetcar Named Desire*）這部戲，我以為我每句台詞都滾瓜爛熟，因為這齣舞台劇我看過太多次了。但事實上，沒有看過凱特布蘭琪的表演之前，我根本不算看過那齣戲。

——梅莉．史翠普談凱特．布蘭琪演出的《慾望街車》舞台劇

梅莉．史翠普是公認的，還活著的「地表最棒女演員」，她這樣評價凱特．布蘭琪演出的舞台劇《慾望街車》。

為什麼上個世紀九〇年代，《卡蘿》幾經波折，總是拍不成，原因有很多，包括同性戀劇情，以及沒有男主角等等，但還有一個關鍵因素是：一直無法找到可以演卡蘿的演員。

《鹽的代價》已經出版超過六十年，對於卡蘿這個角色，眾多讀者儘管各有想像，但如果沒有足以讓人信服的人選來演，這部電影根本無法開展。第一任製作人陶樂絲．波

溫認為，當初之所以花了十幾年都無法開拍，就是因為找不到卡蘿。你找不到那個有無可抵禦的說服力，氣場足以鎮住全場氣氛的卡蘿。

怎麼說呢？

原著對卡蘿的描述是：金髮，美麗，高䠷身材，長腿，低沉的嗓音，這是外表。

性格與氣質是：聰明，優雅，嚴肅，內涵，善良，傲氣，主見，可以同時溫柔與強硬……。

卡蘿有教養，對人仁慈體貼，了解人情世故，卻又痛恨虛偽。很幽默，又時刻流露深沉的哀傷。在小說中，是如女神般的角色，不管是外在條件、氣質、演技和年紀，甚至有一點非人間的神祕色彩，都要配合得剛剛好。

桃樂絲．波溫說：「很多演員是對這部戲感興趣，但在九〇年代，演卡蘿這個角色，對演員的演藝生涯還是有風險的。直到凱特．布蘭琪演卡蘿，才一切水到渠成。因為這部電影所有的源頭，都必須從卡蘿這個角色開始。」

凱特在演海史密斯小說改編的《天才雷普利》的時候，為了研究角色，幾乎讀遍所有海史密斯小說時，第一次讀到《鹽的代價》這部小說。

作為一個演員，凱特崇拜海史密斯，因為她對人性的深刻理解，人物內在複雜，充滿祕密和陰暗面，是演員表演夢寐以求的素材。

當凱特接到納吉改編的劇本，立刻愛上劇本，她甚至這樣形容：「我簡直可以把劇本一頁頁給生吞下去。」

除了原著和劇本讓凱特動心以外。電影完全以女人為中心，而且兩個女主角都有複雜的個性，這對演技是極大的考驗。這樣深刻的電影，對像凱特．布蘭琪這樣，在好萊塢有「偉大的凱特」稱號的演員來講，是夢寐以求的表演機會。

難怪凱特一直把《卡蘿》當成她的「熱情專案」（passion project），盡全力支持《卡蘿》。不但在劇組什麼都沒有的情形下，第一個跳上來答應演出，她和她先生合夥的公司還投資了一部分資金。

凱特對這部片子的幫助，除了在資金上的挹注以外，更重要的是，當有她這樣大牌的演員參與這個案子，這件案子對外的號召力，當然大為加分，不但可以幫助電影順利開拍，對於電影發行，也有極大的幫助。

簡單講，當卡蘿是凱特．布蘭琪，這部電影才算開始真正有機會拍成。

陶德接到邀約執導的前幾年，早就從好友戲劇服裝設計珊蒂．鮑威爾那裡得知，有這麼一部改編自海史密斯女同性戀小說的電影正在籌備，而凱特是綁在案子裡的。陶德一聽，立刻就感興趣了：凱特加女同性戀，這可就有戲了。

凱特會願意綁在裡面的戲，大概好萊塢人人都會豎起耳朵聽一下，到底是什麼戲。從二〇一一年到二〇一三年，陶德答應執導為止，光是這三年間，《卡蘿》就歷經了持續的籌資困境，和不斷換導演和演員的轉折，但凱特始終不改對這部戲的支持和熱情。

她曾經說，其實她心裡也曾經悲觀的認為，這部電影，多半會像好萊塢許多夭折的電影一樣，根本開拍不了。但她跟別人不一樣的是，她出手相助。

海史密斯一再在小說裡仔細描述卡蘿的美麗：高䠷的身材和修長的腿所形成的線條，以及她一頭美麗的金髮。卡蘿是優雅、知性、高貴、神祕、驕傲、嚴肅。對人仁慈，深具幽默感，卻有深沉的哀傷。同時個性強勢，喜歡主導。卡蘿的眼神，可以同時堅硬和柔和。可以說，卡蘿的容貌、身材和個性、氣質，沒有一點不是凱特。

事實上，凱特根本就是從小說裡走出來的，活生生的卡蘿。另外還奉送出神入化，深不見底的演技。

如同飾演艾比的莎拉說的：「如果你看原著，那小說裡的卡蘿簡直就是凱特的特寫。每一字一句，每一分一寸，都是凱特。」我想到的唯一差異，只有原著裡的卡蘿是灰眼珠而不是凱特的藍眼。

凱特不只容貌身材活生生像從海史密斯的小說裡，直接走進銀幕的卡蘿，她更完全抓住卡蘿複雜、矛盾的個性，和卡蘿的知性，對愛的渴望和對人的溫柔，以及她身處困難處境下的煎熬心情。

不用說，凱特演過以後，很難有第二個人可以演卡蘿這個角色了。

凱特，是現今最優秀的好萊塢演員之一。她有一種極其特殊的高貴典雅和王者氣質，所以也是好萊塢的女王專業戶。她一九九八年演的伊莉莎白女王，事隔十八年後再看，仍然懾人心魄，無與倫比。

《伊莉莎白女王》的導演莎克哈・凱普（Shekhar Kapur）回憶，當時許多一線女演員，包括葛妮絲・派特羅，都全力爭取飾演伊莉莎白女王的機會，但當他偶然間看到沒沒無聞的凱特・布蘭琪的一些鏡頭，他心中雪亮，就是她了，這就是伊莉莎白女王。他事後覺得，凱特・布蘭琪是天生注定要成為國際巨星，而他則是注定要把她推上國際舞台的那個人。

凱特在高中時發現自己對表演的熱愛，但在墨爾本大學還是主修經濟。她讀了一年，就休學到海外旅行，在埃及旅行時，在一部埃及電影裡客串演出。海外旅行的經歷，讓她決心走上表演，回澳洲後，立刻考入澳洲戲劇學院（National Institute of Dramatic Art）。

凱特曾說過，做一名演員，你必須忍受不斷的被拒絕。她當時看到許多優秀的演員都沒有工作，所以給自己五年的時間在戲劇界闖蕩。如果五年內闖不出名堂，就放棄演戲這件事。

沒想到她畢業以後的第一部舞台劇就紅了。但要到一九九八年《伊莉莎白女王》上映，她才躍上國際舞台。

她原先根本沒有想過拍電影這件事。她夢想的，一直是舞台劇。

一九九八年才踏入好萊塢，聲名大噪，就跟編劇安卓結婚，至今十八年。她有三個兒子。二〇一五年又領養了一個女孩子伊蒂絲（Edith），原因是「我們的家有足夠的空間，我們的心，也有足夠的空間和愛可以付出，接納一個新的成員。」

可以想像，她為家庭和婚姻，所做的付出，而她的付出，心甘情願。

記者問她，她怎麼挑劇本。她說，她其實常常放棄演戲。她怎麼選擇戲？很簡單，她多半選擇她兒子放假時開拍的戲。

她拍電影，但從不放棄劇場。

這是一個戲癡。她曾說，她願意死在排練室裡。

凱特在二〇一六年被聯合國難民總署任命為全球親善大使。

從一個很小的例子，可以看到她是怎樣的人，願意給人怎樣的溫暖。

安・芮絲金（Ann Reskin）在戲裡演卡蘿的管家佛羅倫斯，是一個只有三個鏡頭，沒有台詞的角色。她回憶，見到凱特那天，她正坐在樓梯最高層。有人跟凱特介紹了她，凱特立刻熱情的跨上樓梯，彎下腰，跟她握手，向她自我介紹。

像凱特這樣的大明星，毫無架子的特意爬上樓梯，向幾乎算臨演的芮絲金自我介紹！這，是凱特・布蘭琪。

在《卡蘿》裡演凱特女兒倫蒂的雙胞胎小女孩，是另一個更開心的例子。

辛辛那提電視台在二〇一五年十一月，訪問了飾演卡蘿女兒的凱凱和莎蒂（KK and Sadie Heim）。

記者問：「你們會害怕演電影嗎？」

雙胞胎告訴記者：「不會，因為凱特太太在電影開拍前到我們家來，還跟我們一家出去玩。我們還去吃冰淇淋。」

記者驚嘆的說：「沒錯，就是那位大名鼎鼎的凱特．布蘭琪，出現在雙胞胎的家裡。」

凱特為了讓雙胞胎跟她相處時不會緊張，在電影開拍前，帶雙胞胎一家人出去玩，這不僅僅是沒有架子，這是讓人無法置信的體貼和溫暖。

這同時顯示了凱特是不以身分地位和冷酷的勢利眼，來決定她與人相處，以及對待這個世界的方式的。

這，就是凱特。

凱特不是會做人，而是，她真的是這樣的人。

魯妮因為看了凱特演的《伊莉莎白女王》，而崇拜凱特．布蘭琪，而立志成為演員。她認為凱特是最棒的演員之一，不只是現今的演員，而是所有演員裡最棒的。

其實世人多半跟魯妮一樣，因為凱特在《伊莉莎白女王》裡的表現，而被凱特收去心魂。

誰不會因凱特的表演而震撼？凱特的演技，如果不是最好，說是好萊塢最好的少數那幾個，應該沒有人會異議。她在好萊塢，被公認是她世代的凱瑟琳．赫本，以及可以接棒梅莉．史翠普地位的女演員，地位非常特殊。雖然她並不是最最賣座的女演員，也未必每部片子都是票房常勝軍，但影劇圈對她的稱呼是：「偉大的凱特」（The Great

Cate）。

魯妮·瑪拉這樣說：「提到她時，甚至不需要提到姓氏，只要說是凱特（Cate）就夠了。」可以想見，眾人對她的演技與深度是何等敬畏。但隱隱約約，卻可以感覺她與好萊塢的若即若離。事實上，她確實是有意識的，讓自己一腳在好萊塢內，一腳跨在好萊塢之外，以保護自己生活的完整。

凱特當然知道，卡蘿這個角色，應該是她從影以來，最難演的角色。故事一開始，卡蘿是神祕、自信而高貴的。電影展開之後，凱特把卡蘿優越外表下的內在，一層層崩解在眾面前。

卡蘿在婚姻內的無望與委屈，對特芮絲無以自拔的愛，必須放棄特芮絲的痛苦掙扎。為了爭取女兒監護權，她徹底放棄自我，在痛苦的掙扎下，最後勇敢面對自我。這樣的卡蘿，除了角色本身的極度挑戰性以外，還有另一層困難。就是卡蘿在原著裡，其實是特芮絲愛戀崇拜的對象。而整部小說，完全是特芮絲的視角、觀點和內在世界，而沒有卡蘿的觀點。

卡蘿是完全由特芮絲的角度來述說的，所以角色的厚實度和完整性，其實不太夠。這在小說還好，可是一但拍成電影，卡蘿就很容易會變成一個扁平人物，完全沒有真實感。編劇菲力絲已經努力調整，增加卡蘿的角度，創造卡蘿的生活內容，為卡蘿填入更多血肉。但這部名為《卡蘿》的電影，從頭到尾，其實是特芮絲的故事。

特芮絲怎麼看卡蘿，特芮絲怎麼愛卡蘿，怎麼想卡蘿。卡蘿，從頭到尾是特芮絲投射激情和愛戀的對象。觀眾的心，是植根於特芮絲，而不是植根於卡蘿的。這一點，凱特必然心裡有數：卡蘿不像藍色茉莉，不像伊莉莎白，她不是這部戲裡的唯一中心點和重心。

但卡蘿這個人物，任何看過原著的人，沒有不覺得，這根本就是凱特·布蘭琪嘛！從個性到外型，內在和外表，每一分每一寸，都是凱特。凱特能不演嗎？

她的卡蘿像伏特加，不同層次和細節的表演，後勁極強，一波又一波向你席捲而來。她的卡蘿，已經出神入化。

在研究《卡蘿》時，常看到凱特對後輩和同輩的不吝讚美，欣賞和提攜。舉個例子：二〇一六年在棕櫚泉電影節（Palm Springs Film Festival）上，凱特和魯妮雙雙獲獎。凱特上台領獎，介紹她出場的是幾年前曾跟她合演過《少女殺手的奇幻旅程》（*Hanna*）的莎夏·蘿南（Saoirse Ronan）。

莎夏是電影《布魯克林》的女主角，凱特一上台，竟然先長篇大論，稱讚莎夏在表演上的成長，和《布魯克林》這部電影讓她多麼感動。凱特這樣讚美跟她同場角逐奧斯卡獎的後輩，並不稀奇。這跟她不停地誇讚魯妮應該得金球獎一樣，魯妮也是跟她同場提名金球獎最佳女主角獎。

說到《卡蘿》，她說：「在菲力絲·納吉被委託寫劇本之後的十八年，我終於有這個機會和榮寵，可以演出《卡蘿》。」

她對魯妮和陶德的讚美之多之恐怖，已經到需要用專章來介紹的程度了。飾演艾比的莎拉說：「凱特是那種願意跟別人分享她的生日蛋糕的那種人。」凱特從不吝惜讚美別人，更願意把鎂光燈借給別人，提攜別人，讓大眾的目光，可以因為她而從她身上轉移到她認為更重要的事物或人上。

凱特之所以特別，並不只是因為她的演技。凱特之所以是凱特，是因為，她的演技儘管已為世所公認，但演技其實是她所有稀有的特質裡，不太重要的一部分。凱特之所以被稱為「偉大的凱特」，她的深度和內涵，是原因之一。從入行那一天開始，她就自覺是獻身藝術的藝術工作者，是知識分子，而總是把明星的身分留在紅地毯。

二〇一五年坎城影展的《卡蘿》記者會，內容豐富精采的程度，不輸一堂藝術課程。有記者乾脆問凱特，說話越來越像導演，而不像演員了，什麼時候開始導戲？凱特說話，很少不立刻抓住全場注意力的。不只是因為她低沉的聲音悅耳，也不只是她巨星的身分，更是因為她總是言之有物，而且極具深度。對記者來說，唯一的缺點是，凱特常常會丟出一些艱深的字眼，不小心會考倒記者的英文能力。

說到《卡蘿》的結局，在一次電話專訪，凱特直接引用艾略特一九四〇年的詩〈East Coker〉，說「結局就是開始」。那首詩的結尾，充滿了可能性；而可能性，也正是所有愛情開始時所有的。

二〇一五年凱特在澳洲獲頒 AACTA Longford Lyell Award，以表揚她為澳洲演藝的貢獻。

典禮上，澳洲男演員理查·羅斯柏（Richard Roxburgh）講了一個故事。二〇一一年他們在美國公演契訶夫的《凡尼亞舅舅》（*Uncle Vanya*）。當他在後台跟凱特準備上台表演時，凱特突然接到電話，一部她要演出的電影，導演退出了。（可能就是《卡蘿》。）

她立刻開始打電話做危機處理。而同時，她還得邊逗她在後台的兒子玩耍。掛上電話後，凱特忍不住哭了二十五秒，然後用力吸一口氣，旋風般登上舞台去演契訶夫，如往常一樣，她的演技震撼全場。

這，就是凱特·布蘭琪。

・凱特的女性主義

為什麼凱特這麼支持《卡蘿》這部電影呢？凱特之所以把《卡蘿》視為「熱情專案」，除了劇本、角色具有層次和複雜度以外，還因為這是一部以女性為中心的電影。女性在這部電影是「主角中的主角」，而不是男性的配角。這是一部以女性的角度敘事，描寫女性的感受，女性的成長和女性處境的電影。

支持《卡蘿》這部電影，除了因為她對小說本身和劇本的喜愛以外，還因為凱特覺得，應該要有更多像《卡蘿》這樣以女性為主的好電影出現。

凱特自認為是女權主義者，任何時候，都看得到她對於身為女性的自覺。她的演藝成就越大，對女性議題的聲音就越來越清晰。

她這樣看好萊塢的性別歧視：「我們要繼續努力往前。哪一個行業是給女人公平待遇的？沒有。那為什麼我們會期待電影這個產業會不一樣呢？這樣對觀眾是不好的。人們想要看好電影，我們應該給多元化更多公平的機會。」

二〇一四年在第二十屆 Screen Actors Guild Awards，E-channel 的攝影師，用特寫的近鏡頭，從凱特胸部往下拍，一直拍到腳，再把鏡頭往上帶。凱特雖然還是笑笑的，但她蹲下身子，指著鏡頭問攝影師：「你會這樣對待一個男生嗎？」然後又問：「你到底覺得下面會發生什麼事，讓你這麼感興趣？」

二〇一四年她獲得金像獎最佳女主角獎，致詞時她除了讚揚所有入圍的女星以外，最不同凡響的是這段話：「也許在我們這個產業裡，還有人仍然愚昧的認為，以女性為中心的女性電影，只是一種特別的小型市場。她們不是。觀眾想要看這些電影，而且事實上，這些電影很賺錢。地球是圓的，朋友們。」

這一段向好萊塢喊話的發言，確實勇敢，也為她引來許多人身攻擊和敵意。

她在這麼重要的場合講這段話，豈不知會引發反彈？如果為她自己著想，絕對不該講，但她必然知道，拿到最佳女主角獎的這一刻，是鎂光燈最閃亮集中的一刻。她如果不為女性爭取更多機會，為文化產業爭取更健康的環境，那什麼時候才說呢？所以即使會讓自己受傷，她還是不得不說。

這，就是凱特・布蘭琪。

六、安靜的特芮絲：魯妮的挑戰

我想要成為一個演員。不僅僅是成為一個演員，我想要成為像凱特一樣的演員。——魯妮十三歲看凱特演的《伊莉莎白》時立下的志向

有像凱特這種超級演員的卡蘿，該到哪裡找一個特芮絲，才夠格在銀幕上，站在凱特身邊呢？

跟影評人對談時，陶德解釋，電影花了這麼多年才拍成，凱特接著說：「因為我們得等到魯妮出生啊。」全場哄堂大笑。這部電影，真的是等到了凱特和魯妮才能拍。

一九九八年，當菲力絲・納吉還在修改《卡蘿》的劇本時。凱特二十九歲，飾演伊莉莎白女王。她奪人心魄的演技和從天而降的王者氣質，從此讓全世界驚豔。當時才十三歲的魯妮，驚為天人的看著銀幕上的凱特・布蘭琪，問她媽媽：「那女人是誰？從哪裡來的？」自此崇拜凱特，且立志要做一個像凱特一樣的演員。

二〇一四年三月《卡蘿》開拍時，魯妮也是二十九歲，與凱特演對手戲。魯妮不知道有沒有意識到，二十九歲，也正是凱特當年演伊莉莎白的年紀。隔年，她更因為《卡

蘿》而在坎城得獎。魯妮最讓人吃驚的，是這樣年輕的年紀，對表演的了解卻如此深沉。她可以用沉默傳達極豐富複雜的情感。她運用眼睛、臉部表情和肢體表達的能力，甚至可以讓凱特都驚喜萬分。

魯妮的特芮絲，角色沒有卡蘿複雜，卻是完全不同的挑戰。她要在一個正在生命轉捩點，比較安靜被動的角色裡，呈現她強烈的感情與反應。要在電影裡呈現她戀愛後的轉變，以及心碎之後另一個層次的成長。魯妮演出的特芮絲，人人叫好，無庸置疑。在坎城影展得到最佳女演員獎，說明了一切。

她的表演細緻，每個動作和表情，幾乎都有多層的意義。許多時候，因為表情太複雜了，根本找不到合適的文字，可以形容。

除了凱特，吉娜．羅蘭茲（Gena Rowlands）也是激勵魯妮的演員。《權勢下的女人》（*A Woman Under the Influence*）和《首演之夜》（*Opening Night*）她百看不厭。她喜歡那種透過沉默來傳遞情感的演員，像瑪莉詠．柯帝亞（Marion Cotillard），連她洗衣服魯妮都覺得好看，有戲極了。

魯妮氣質獨特，從不隨波逐流，從小就非常獨立自主，不輕易受別人影響。她的智慧型表演風格，更說明了她獨立又深入思考的能力。她平常話不多，說話時，說的就是自己心裡的想法。她喜歡安靜的觀察周遭世界。所以，她腦海中可以自然而然地出現許多別人的表情，應該是長久觀察的累積。

在《卡蘿》上映以前，眾人還沒有見識到她演的特芮絲，魯妮曾經失去一個電影角色，因為那位導演認為她無法飾演清純天真的角色。演過特芮絲以後，好萊塢應該沒有人會懷疑她了。魯妮版特芮絲的天真與清純，無人可以超越。

而她竟然還曾經失去一個角色，只因為導演嫌她，「你有太多內在生命了，這個女孩子沒有任何內在生命。」魯妮無法忍受，女演員多半只能得到某人的女友或妻子這類扁平人物的角色。

《卡蘿》的劇本與導演，乃至於凱特，都有志一同的追求藝術性與深度的表演方式，以及低調複雜的演技，這是魯妮很難遇上的機會，讓她可以用她最喜歡的表演方式，追求表演境界的無上限。

魯妮跟凱特一樣，是一個非常低調、注重隱私的人。她不喜歡接受採訪，不喜歡走紅毯。她不用社交軟體，幾乎不參加好萊塢的派對，不炒作花邊新聞。除了拍戲和參加電影宣傳活動，就是過自己的生活，做自己感興趣、有熱情的事。而她最大的熱情之一，就是慈善活動。「我需要做這兩件事，而不能只是表演。」魯妮說。

她覺得她需要真實的生活，咀嚼生活之後才能表演，也就是說，對她來說，她表演的能量，來自真實的生命。表演是她生活累積的結果，而不是她生命中唯一重要的事。

魯妮是命定要演特芮絲的。即使她第一次拒絕接戲，但幾經轉折，最後還是由她來演。魯妮跟訪談的喬．麥高文（Joe McGovern）說，第一次接到《卡蘿》劇本之所以拒絕，是因為她拍完《龍紋身的女孩》以後，覺得自己已經被徹底掏空了，她覺得自己沒有東西可以給，她需要重新生活才能演戲。

「我從十三歲就崇拜凱特，現在想來實在無法相信，甚至會恨自己，當時竟然會放棄跟凱特演戲的機會，更何況還是演她的愛人。可是我竟然那麼做了。」

想想，要跟自己最崇拜的偶像，被視為演技與地位無與倫比的凱特演對手戲，如果不確定自己是在最佳狀態，大概還真的不會有膽量接演。

陶德說：「我一直都在注意魯妮的每部戲，而完全被她打敗。尤其是像她這樣年輕的年紀，面對每部戲角色的個性差異如此巨大，竟然對角色有這樣深刻的了解，可以有那麼優越而低調卻充滿自信的演技，她的聰明和深度，以及自信可想而知。」

跟魯妮拍過戲的人跟他描述魯妮為戲的投入與付出，讓陶德早就迫不及待：「我一定要自己經歷這個經驗。」

魯妮曾經說過，她非常崇拜導演。所有在演員這個行業裡不喜歡的事，都因為可以在導演指導下拍戲而獲得補償。如果一部戲，沒有她願意跟隨到天涯海角去的導演，她不會接拍那部戲。

因為，正如魯妮所說：「演員的命運，其實是在導演手上。」

魯妮是天才型演員，才二十九歲的她，卻早慧而演技深不見底。沒有人知道她的表情、眼神、動作、聲音到底是從哪裡來的？低調卻又足夠分量。但凱特知道她多麼用功，下了多少功夫：「她是如此獨特的創作生物。她徹底摧毀了演員只是自我表現這種概念。我想，她的工作讓她得付出許多，這是為什麼，她對要拍哪部戲這麼挑剔。」

所以，即使像《社群網站》（*Social Network*），只短短出場幾分鐘，她就是有辦法把角色演得讓你眼睛一亮，無法忘懷。難怪陶德和劇組第一時間想到的特芮絲都是她。特芮絲才二十出頭，遍數好萊塢三十歲以下的女星，實在找不到一個比魯妮更有能力演特芮絲的了。

而她除了演技優異，聰明，用功，外型足可勝任二十來歲的特芮絲以外。魯妮更有一種既清新又複雜，出世又獨特的氣質，彷彿她有一個內在的完整宇宙，讓人忍不住想要探究，那種如卡蘿說的從天而降的氣質。

影評和媒體都盛讚氣質清純，有著深不見底的大眼睛的魯妮在《卡蘿》中，宛如年輕時的奧黛麗．赫本。尤其是跟卡蘿旅行時，在車上看著窗外風景的那一幕，實在無法不讓人想到奧黛麗．赫本。

事實上，第一任製片陶樂絲．波維恩籌拍《卡蘿》時，就是這樣對外界宣傳的：「五〇年代的葛麗絲．凱莉在百貨公司，愛上了奧黛莉．赫本。」

凱特比葛麗絲．凱莉更像小說裡的卡蘿；而在拍片現場大家一看到魯妮，就驚呆了，這不就是特芮絲嗎？這不是奧黛麗．赫本嗎？

但陶德說，雖然當初在造型時，的確也有參考奧黛莉・赫本，但魯妮會那麼像，連劇組的人都非常驚喜。可是他覺得魯妮更像是珍・西蒙（Jean Simmons）。

魯妮覺得自己在演特芮絲的時候，已經沒有特芮絲的清純和純真，所以那一部分，她得要「演」，但其餘的部分，跟她自己是很像的。但其實特芮絲這個角色，她之所以覺得容易，是因為不但特芮絲這個角色，連劇本設定的表演方式，也跟她自己的個性很像，而她既具深度又具靈性的演出，正是導演想要的。

不但陶德的大師級功力讓魯妮願意跟從，他對女性的尊敬與敏感，也讓魯妮在拍片時，覺得她做任何層次的表演都是容易的。魯妮更說，只要陶德找她，她會不惜任何代價追隨。

記者會上，你會看到魯妮伸手拍拍陶德的背安慰他，看到魯妮與凱特調皮地伸手拍他屁股。看到陶德、凱特和魯妮三個人互相補充，討論《卡蘿》這部電影時的默契和契合。

這樣的肢體動作，在在說明了拍片的過程，讓這些藝術家建立的，深刻的尊敬與契合。

七、天衣無縫的搭檔

對魯妮來說，最大的挑戰，是要在凱特旁邊演戲。

她在《Actors on Actors》節目上回答男演員史提夫·卡爾（Steve Carell），為什麼她和凱特的銀幕魅力（on-screen chemistry）如此驚人：「其實很多卡蘿和特芮絲彼此之間的關係，是反映了真實生活裡，我對凱特的敬仰與崇拜。」

凱特說：「她很沉默很獨立，但需要她時，她是沒有極限的。拍片時我們沒有說很多話，而是把很多情緒和感情醞釀好，等到開拍那一刻。表演最重要的，就是你們之間的一切，要發生在鏡頭前。」

魯妮第一次看到凱特，是《伊莉莎白》。「我記得她那銳利的藍眼睛和雪白的皮膚一出現在銀幕前，那種震撼感是這樣強烈而深刻。她那種空靈的典雅和磁場緊緊抓住銀幕，即使她沉默，即使只是她的注視。這時我真切的知道，我想要成為一個演員。但不止如此，我想要做的，不只是一個演員，我想要做的是，成為一個像凱特一樣的演員。」

她需要看凱特的表演，因為凱特·布蘭琪可以給後進的演員無止境的「激勵，動力，確信和鼓勵」。

魯妮回憶她看《藍色茉莉》時的感覺：「因為太久沒有凱特的電影上映，我是如此飢渴的想看她的表演。於是我帶著所有的期待，以及近來身為女演員，而不是男演員，在電影界所遇到的，在創作上的挫折，走進戲院。」走出戲院時，「我是這樣興奮，像我十三歲第一次看凱特電影時一樣。那種期待自己可以做跟她一樣的事的渴望，即使只能達到她的一小部分都好。」

「凱特的表演，提醒了我，不，女性跟男性一樣有趣、複雜，不，事實上，更複雜更有趣。」

「有人這樣說伊莉莎白女王：『她是如此自覺於她不同凡響的本質，所以她不會向男人禮敬低頭。』我想這句話，同樣可以用在凱特身上。」

二〇一〇年魯妮就曾在媒體採訪時說，自己是凱特·布蘭琪的大影迷。二〇一四年二月的 Cinema Vanguard Film Festival，凱特去領獎，而魯妮則受邀介紹凱特。在感人的介紹詞上，她第一次透露凱特是她從十三歲起，長久以來崇拜的偶像。那是凱特和魯妮第一次見面，當時她們兩人都已熟讀《卡蘿》劇本，再過一個月，《卡蘿》就在辛辛那提開拍了。

生命真是會輪迴。

二〇一六年，一樣的聖塔芭芭拉，這回是魯妮獲頒獎項。凱特因為無法親自去，所以事先錄了一段獻詞給魯妮：

跟魯妮一起工作，是多麼的容易啊。說容易，是因為魯妮是極少數，而且極美好的那種人。她只有在真的有話說的時候，才會說話。因為魯妮不會用閒聊來避免沉默，所以身為夥伴，可以安靜的工作而不被干擾。表演是一種非常親密的過程，必須以直覺，而不是用過度分析來工作。所以那樣的表演可以真正聚集焦點，得以讓每一幕的深度得以呈現。這對像《卡蘿》這樣的電影所需要產生的強大力量，以及需要達到的電影效果，是絕對重要的。

魯妮的表演，讓人驚異不止。她總是讓你驚喜。那美好的驚喜，變成一種她可以跟其他演員分享的默契與理解，而事實上，美好的成果最終得以跟讓觀眾分享。那樣的才華，讓跟她一起挖掘素材這件事，成為一種喜悅。

我想，魯妮讓人吃驚的能力，結合了她沒有極限的工作態度，和她自然的，不受限制的誠實。魯妮是不說謊的，她只做真實的事，而她可以自然而然的發揮。

許多人想要找出魯妮作為一個演員，獨特的特質，卻總是碰到一個無解的神祕，而我確實知道他們的意思。平靜的水，寂靜無聲，卻深不見底，這就是魯妮。作為演員，她實際的工作方式和那種優雅，以及選擇的簡約風格，說明了一種不可思議的清晰明白。這種透明清晰和神祕不太會同時出現，但在魯妮身上，卻很奇特的融合在一起。

魯妮是一個有絕對自我風格的人，她是她自己的演員。她是無法定義的，真的。魯妮具有無法置信的現代感，但卻又絕對超越任何時代。

今晚你們所榮耀的，是一位非凡的演員。而她在《卡蘿》裡，又帶來了另一次卓越的演出。魯妮的表演是如此的精緻，如此低調，卻又同時好像毫不費力。

所以，魯妮，親愛的魯妮。你是我所遇見過，最溫柔、最仁慈的人之一。

我很榮幸，可以在這裡祝賀你作為演員的成就。我更萬分感謝，可以有機會跟你演對手戲。雖然，我絕不是跟魯妮作為「對手」來表演，而是跟她「一起，共同」表演。恭喜你！恭喜你！太太，很快見到你。

這是「偉大的凱特」，對魯妮毫無保留，令人動容的肯定！

這段獻辭，不但對魯妮觀察入微，也有藝術家對藝術的體認。而且對小她十六歲的魯妮，了解之深，尊敬、欣賞與愛護之情溢於言表，是好萊塢最真誠的惺惺相惜的場景之一。

魯妮後來總是說，可以拍這部戲，比夢想成真更加不可思議。她說，想想看，竟然可以跟你最崇拜的偶像，啟發你進入這個行業的人，你認為是這個行業的最優秀的人一起拍戲，更何況還是演她的愛人。

但魯妮接下特芮絲的角色以後，心中其實還是很恐懼的。特芮絲的安靜被動難不倒她，因為跟她自己是很像。但卡蘿是那樣強勢，而演卡蘿的人，是凱特，這實在嚇壞了她。

一個年僅二十九歲的年輕女演員，要跟自己最崇拜的，演技無與倫比的凱特．布蘭琪演對手戲，誰能不嚇壞了呢？但另一方面，魯妮常告訴記者，因為她本來就很崇拜凱特，所以要演愛上卡蘿的特芮絲，是輕而易舉的事。而《卡蘿》的劇本有這麼多的沉默可以表演，這對她來說，一點都不難。

她不厭其煩，一次又一次的說，最主要的原因，是因為她太崇拜凱特了，這讓她很容易進入特芮絲愛慕卡蘿的情境。

在倫敦影展走紅毯時，她再一次說，這是一件很輕鬆的工作，因為她只要看凱特，對她的表演做反應就好了。

魯妮說：「只需要每天在凱特身邊，看著她，看著她怎麼工作，和她怎麼跟別人互動，我就學到太多東西了。先別說她特別說了什麼，光是跟她一起工作，我就受用不盡了。」

然而，魯妮那樣卓越的表演，固然一部分原因是因為她崇拜凱特，所以很容易進入特芮絲的感情狀況。但魯妮對凱特的崇拜，頂多讓魯妮的演技加分。魯妮沒說的是，她的成功，除了天分以外，真正的原因是因為她對表演痛下苦功，沒有極限。

魯妮痛恨談到自己準備角色的過程，但我們可以體會。

她答應演《卡蘿》後，立刻在紐約找一位表演老師，教導她用了一個禮拜的時間詳讀劇本，研究該怎麼切入這個角色，可以為這個角色和這部電影帶來什麼？

除了陶德給她的參考資料，包括電影清單、寄給她的CD等。她還去聽一些五〇年代的談話錄音，因為她要學習當時的人說話的方式。那些錄音裡，就包括了海史密斯的訪問錄音。難怪編劇菲力絲聽到魯妮演戲時的聲音，竟覺得有海史密斯的韻味。

她的努力還包括凱特和魯妮都有口音教練，教她們如何用五〇年代人講話的方式說話。原著寫卡蘿講話，如音樂般，所以凱特的卡蘿，說起話來真有如音樂。而清新靈性的魯妮，讓每個觀眾都在她身上看到了奧黛麗・赫本。

眾所周知，魯妮不喜歡跟記者說話。但是跟她熟識的朋友聊的時候，她是知無不言，言無不盡的。她跟她的好友搖滾女神安妮・克拉克（Annie Clark）在《*Interview*》雜誌對談的時候，她對身為演員這件事，有非常深刻的體認。

她說：「這是演員或音樂家這個行業裡怪異的一部分——我們都是吉普賽人。人們問我住哪裡，我說洛杉磯或紐約，但其實我大部分的時間都不在這兩個地方。我不是在旅館就是在拍片場景。但我喜歡這樣。也許以後我會厭倦這種生活，但現在我喜歡當游牧民族。

「我就是沒辦法立刻跳進另一部電影。其實你真正可以拍的電影數量，也只有這些了。拍完戲以後，我會受不了自己，厭倦自己。要能夠再表演，你得要真實的生活一段時間，去填補你的生活經驗。

「我大概比多數人瘋狂，而比許多人正常，我大概就在中間。當你一天花十五個鐘頭，飾演一個另外一個人，那真的會讓人錯亂，你會入戲而讓角色上身。

「那是為什麼當電影拍完時，真的很艱難。你得讓角色離開。你得想這不是真實的生活，大部分的人我可能一輩子都不會再見到了。

「像是夏令營，大家很快就變得很親近。但事實是，以後可能再也見不到這些人。

「我拍電影交了一些真的很好的朋友，但大部分時候，拍戲現場是一個非常孤立的經驗，只在拍戲的時候存在，拍完戲就結束了。

「但另一方面，拍戲時你們只相處一段很短的時間，等電影上映，你開始做宣傳的時候，又會見到他們。就好像你們從未真正分離過。

「每個人在拍戲現場，都是吉普賽人，我們都像是流浪馬戲團員，我們都是怪胎，我們都是瘋子。我們有一種奇特的默契，我們了解彼此。」

安妮問：「為什麼你會被凱特嚇到？」

魯妮：「跟你專業領域裡最棒的人共事，要在她身邊工作，還要跟她一起做，這簡直讓我嚇壞了。」

重點來了。她是怎麼克服這種恐懼，而可以有這樣卓越的表演呢？

魯妮：「我並沒有試圖克服這種戰戰兢兢的感覺，因為這種對凱特的敬畏，剛好讓我很容易演出戲裡特芮絲對卡蘿的崇拜愛慕，所以我就讓這種情緒帶領我。」

她把自己對於凱特的敬畏與崇拜，淋漓盡致的用在特芮絲的角色上，使她演繹特芮絲對卡蘿的愛慕與崇拜，入木三分，讓人如此感動。

魯妮的回答，不但誠實，而且透露了一個卓越超群的演員，最重要的能力是，知道如何運用自身的情感，跟角色連結。這也是凱特常常說的，演員之所以是演員的價值。

魯妮的演技，在年輕一代的好萊塢演員裡，本就很出色。經過《卡蘿》這部精雕細琢的大師作品淬鍊，和得以親身向凱特與陶德學習，魯妮更把演技提升到另一個層次。

魯妮的演技，不但極具深度，而且擅長用低調的表演帶出感情。她的表情和動作，更常常讓人拍案叫絕。

特芮絲的哭、笑和凝視，每一次的感覺和感情都不同。沉默有戲，聲音有戲，連走路和呼吸都有戲。

在魯妮沒演之前，還可以有猜想誰可以演特芮絲的空間。但魯妮演過以後，各界公認，魯妮版的特芮絲，已經不僅僅是演技了。不會有更完美的特芮絲。

八、有層次的綠葉：莎拉

一九七四年出生的莎拉・寶森（Sarah Paulson），是從劇場出身的硬底子演員。她在百老匯首次登台是《羅森斯威格姊妹》（*The Sisters Rosensweig*）這齣戲；而外百老匯則是《Talking Pictures》。她第一次在電視上出現，是一九九四在《法網遊龍》（*Law & Order*），就此成為電視影集常客。

她在二〇一三年的《自由之心》（*12 Years a Slave*）表現亮眼，讓陶德和凱特都印象深刻。相信這是她得到艾比這個角色的原因之一。

莎拉在《卡蘿》裡飾演艾比，是卡蘿最好的朋友，曾短暫的有過一段情。對卡蘿來說，艾比就是她最重要的朋友，但艾比仍然愛著卡蘿。即使卡蘿不再愛她，她也願意留在卡蘿的生活裡。

當特芮絲一出現在卡蘿身邊，艾比立刻發覺卡蘿對特芮絲的在乎。

艾比對特芮絲充滿了忌妒，但當卡蘿需要她時，她願意為了卡蘿飛到千里之外，幫她把特芮絲載回來。

當她知道卡蘿失去女兒監護權時，她知道，只有特芮絲可以讓卡蘿振作起來，所以她告訴卡蘿關於特芮絲的近況。她可以當面指責哈吉，十年來讓卡蘿的生活裡，除了哈吉的工作、哈吉的朋友和哈吉的家人以外，幾乎沒有任何她自己的朋友。她可以指責哈吉口口聲聲愛她卻禁止她跟女兒見面。

這樣的一個艾比角色，是很有層次的。

莎拉把艾比詮釋得相當感人。那一幕她載特芮絲回紐約，途中，從後照鏡看到倒在後座昏睡的特芮絲，充滿了同情與理解，竟讓凱特第一次看的時候落淚。莎拉在《卡蘿》中的表現，也幾乎是她生涯中顛峰之作，其實值得最佳女配角提名。

莎拉說，艾比這個角色，是當時眾女星追逐爭取的，她極力爭取，還飛去紐約試鏡，好不容易才得到這個角色。她很介意有兩場戲被剪掉，因為對艾比這個角色的完整性有傷：

1. 艾比在廚房和特芮絲準備卡蘿和特芮絲開車旅行的食物。她問特芮絲到底有什麼目的，難道不知道卡蘿現在又痛苦又寂寞，是最脆弱的時候？她還警告特芮絲不要傷害卡蘿。
2. 她跟卡蘿在咖啡廳喝馬丁尼，艾比提議要跟卡蘿重新再開家具店。這樣的表達，其實就是要重續舊情的意思，但卡蘿拒絕了。

這一幕其實很重要，因為那顯示了卡蘿乾淨俐落的個性，她很清楚她對艾比是友情，也知道自己愛的是誰，要的是什麼。

莎拉把艾比這個綠葉，演得很有層次：對哈吉的怒；對卡蘿的愛與友情；對特芮絲的忌妒與之後的同情不忍，都讓人印象非常深刻。

坎城影展：冰與火的洗禮

二〇一五年的坎城影展，在得獎名單出爐以前，最受歡迎的電影，是《卡蘿》。受到所有媒體視為女神般，瘋狂歡迎與禮敬的，是凱特．布蘭琪。

只要看當時媒體的報導，記者會現場完整的視頻，媒體見面照相會的場面，跟媒體對其他電影的態度，就完全明白，說《卡蘿》和凱特征服坎城，或是坎城為《卡蘿》和凱特瘋狂，一點都不為過。

《卡蘿》在坎城的全球首映，更得到全場起立鼓掌十分鐘的榮譽。影界衡量一部電影成就的指標之一，就是有沒有在坎城得到起立鼓掌，以及鼓掌多久？同時，所有事前的預測和影評，都認為凱特理應拿最佳女演員獎。

可是坎城評審出名的「無法預測」，再一次出現在《卡蘿》，也出現在凱特身上。《卡蘿》只有魯妮得到最佳女演員，所有其他獎項統統槓龜。兩位主角雙雙入圍最佳女演員，魯妮得獎，凱特卻沒有得獎。

凱特會介意嗎？在演藝圈二十四年了，她絕對是那種提得起放得下，對得失雲淡風輕的人。但要說完全不介意，未免矯情。尤其是外界一再拿她跟魯妮的演技比較，似乎是要強迫她倆彼此競爭。

但凱特什麼話都沒說。

坎城過了五個月後，凱特在記者會上回答說：「有時候你做得越多，他們對你的期待就越大。」另外一次專訪時，對後進的建議是：「如果你要跌倒，不妨跌倒得很優雅。」

這大概是她沒有言明的心境吧。

以她在影壇的地位，在《卡蘿》和魯妮擔綱雙主角，她們兩人在坎城和金球獎都是雙雙入圍最佳主角或女演員，也就是她們兩人被迫形成競爭關係。而魯妮所展現的演技，幾乎得到了一面倒的肯定與榮譽。

也許許多人認為凱特戲演得好是理所當然的，而缺少驚喜，或是凱特的深度演出，難以被看見？就如同坎城，把獎頒給魯妮而不是凱特。這個結果，誠如魯妮說的，她和凱特如果是男女主角，那麼她倆理應雙雙獲得男女主角提名，根本不應該同台競爭。

但既然結果就是有兩個女主角，就得面對被拿來比較的尷尬場面。媒體卻都等著看凱特怎麼處理這種尷尬。

她決定不讓這種小事梗在她和魯妮中間。

觀察她的表現，顯然對於自己在坎城沒拿到最佳女主角，而是魯妮．瑪拉得獎，她的欣慰和驕傲，遠遠超過自己沒有得獎的失落。

一次訪談結束時，主持人說：《卡蘿》是凱特主演的，凱特立刻插話，直接補充「以及魯妮」。

這，就是凱特。

一幕幕的人生愛戀

細細品嘗每一幕的精粹

記者：「我喜歡這部電影的是，雖然這部電影，是兩個女人的愛情故事，但它卻讓人不覺得是同性戀情。它讓人覺得是男女之間的異性戀情。你可以談一談嗎？」

凱特．布蘭琪：「這是正常的。」

——NYFF 紐約首映記者會，二〇一五年十月九日

這是正常的。因為從導演、編劇到主角，莫不認為愛情就是愛情。不管是怎樣的愛情，它的本質都是一樣的。

《卡蘿》是一部很安靜的電影，情節簡單，台詞更是刻意減少。許多人看完《卡蘿》，覺得非常好看，可是卻又說不出好在哪裡。因為《卡蘿》從頭到尾一致的低調，以及電影豐富的藝術性。使得觀眾在第一次看時，很容易會忽略，或根本來不及享受其豐富性，更別說演員極具智慧和挑戰的表演了。

而且，文化和時代的隔閡，會讓精采之處不好理解。

每一場戲的精緻，如果可以被完整看見，我們欣賞電影和了解電影的喜悅，會徹底大爆發。

讓我們仔細欣賞精雕細琢的每一幕，一起探索《卡蘿》！

1

電影一開始，是火車停下來的煞車聲。

鏡頭帶出一個年輕男子，從五十九街和來星頓（Lexington）火車站旁的地鐵站走出來。從水溝蓋和柏油路面，晚餐時間的人潮和街道中，我們跟著這個年輕男子，在報攤買了報紙，走進麗池飯店的餐廳。男子在吧檯點了酒，跟吧檯聊著，隨意晃了一眼，似乎見到熟人。鏡頭搖過去，我們先看到凱特坐在一個女生對面。男子叫了聲「特芮絲?!是你嗎？」

隨著他的目光，我們看到特芮絲從座位上轉過身來。

這是我們第一次看到魯妮飾演的特芮絲，而凱特坐在她對面，她們的談話被男子打斷了。

你從特芮絲轉身的急促和緊張，和凱特的複雜表情，可以感受到，這男子打斷的，是個特別的談話。特芮絲叫了聲傑克。男子伸手拍了拍特芮絲的肩膀，特芮絲介紹兩人，於是我們知道，凱特叫做卡蘿·愛爾德。

男子問特芮絲，他跟朋友要去一個派對，她是不是也要去？要不要跟他們一起去？

特芮絲的回答，實在很有戲。

她一邊說，她本來是打算（要晚點去），但她的眼睛，卻一直看著卡蘿。那個眼神，既複雜又有低調的溫柔。

卡蘿說，不，她不去了，她反正要在晚餐前打幾通電話，她要先走了。

凱特．布蘭琪的表情，有著深刻又內斂的哀傷，心碎藏在尊嚴之下。她祝特芮絲和傑克兩人有個美好的夜晚，然後站起來穿上大衣，伸手按了按特芮絲的肩。

導演沒拍卡蘿的臉，只讓你看到卡蘿的手，按在特芮絲的右肩上，時間稍微久了一點。

用這個角度，是因為那是特芮絲看到的卡蘿的手。卡蘿站起來時，特芮絲立刻轉頭用眼角餘光看著卡蘿。你可以感覺到，因為外人在場，特芮絲和卡蘿一直在壓抑著情緒。

當卡蘿的手碰到特芮絲的肩膀，特芮絲的頭立刻隨著卡蘿的手，低下頭去。

卡蘿走了，傑克說他要去看看其他人來了沒。

臨走前，也伸手按了按特芮絲的左肩。

傑克一走，特芮絲立刻回頭，彷彿醒悟了什麼，匆匆站起身。

下一幕，特芮絲已經坐在計程車，往朋友的聚會了。

光是這個開場，就充滿了層次和厚度，值得再三回味。

導演一開場，就向經典電影《相見恨晚》致敬，借用它的手法，讓一個不相干的外人，打斷了主角最重要的相會。

《相見恨晚》是最經典的浪漫電影之一，主題一樣是壓抑的情感，其無奈，在《卡蘿》一樣出現，也呼應了一樣的愛的主題。

《卡蘿》因為影像、表演和藝術性的豐富，不細心的話，很容易漏接。光是麗池飯店的開場，導演讓卡蘿和傑克都按過特芮絲的肩膀，但特芮絲的反應，卻完全不一樣。魯妮的眼神、表情和低頭，勝過千言萬語。凱特的表情和聲音，充滿了無可言說的哀傷與欲言又止，她臨走前按在魯妮肩上的手，情感已經爆表。

怎麼連一個放在肩膀的手，都可以演到這種層次？

到目前為止，光是魯妮和凱特的演技，已經目不暇給。在電影結尾，劇情又會循環回來這同樣一幕，那時我們才會理解，這幕戲真正的情感張力有多強，而凱特和魯妮的表演，是多麼深刻動人。

火車的意象，在《卡蘿》裡面，不斷出現，從開始到結束。

一來導演藉著一九四五年的經典電影《相見恨晚》來演繹情感。《相見恨晚》講的是男女主角都已婚，因為搭火車日久生情，發現彼此才是此生最愛，最後卻不得不黯然分手。而《相見恨晚》男女主角最後的心碎告別，就是在火車站。

二來，特芮絲喜歡火車模型，而後來卡蘿寫給特芮絲的信裡，說生命總是回到原點（life is a full circle），靈感就是從特芮絲建議她買的火車模型來的。

第三，特芮絲看見卡蘿的那一剎那，卡蘿的衣服正巧勾到火車模型開關，讓火車停下來。卡蘿低頭查看，再抬頭，隔著賣場熙攘的人群，就看見特芮絲正凝望著她。

火車象徵了生命的旅程，是開始，是探險，是離開，是分別。在《卡蘿》裡，導演陶德一再用火車的意象，不是沒有原因的。

2

下一幕，特芮絲已經跟朋友坐上計程車。夜裡的車窗滿是雨滴，映射了許多顏色。車外是人聲，兒童玩鬧聲，警車聲。特芮絲望向窗外一男一女牽手走過，他們是如此的理所當然。這時火車聲和平交道柵欄放下的聲音交錯，然後鏡頭帶到一個大的模型火車，玩具啟動，火出嘟嘟往前走，平交道柵欄放下……。

特芮絲想起了第一次見到卡蘿的情景。

鏡頭又回到雨夜車窗，沉思的特芮絲，和警車聲。這時鬧鐘響起。

3

特芮絲被鬧鐘叫醒，披著棉被點燃爐火，讓屋子裡暖和點，然後刷牙洗臉。門鈴已經響起，特芮絲推開窗子往下望，男朋友理查騎著腳踏車來接她。理查在地上用粉筆塗鴉，又誇特芮絲，可是特芮絲卻沒什麼表情，只是平淡的反應著。

特芮絲戴著她那紅黃黑相間，可愛極了的蘇格蘭寬邊便帽，坐在理查腳踏車後座，腳踏車從右邊滑進畫面。

理查邊踩著腳踏車，邊跟特芮絲說，他收到船公司寄來的行程表了。

特芮絲沒有反應。理查急著問，你有在聽我說話嗎？

特芮絲的聲音，透著應付，說：「我有在聽，你收到行程表了。」

理查繼續講行程表，特芮絲這次很配合，假裝感興趣的說：「哇！」

理查問她，你怎麼想？特芮絲的回答是：「我想，天氣太冷了，我不能想清楚。」

理查說的行程，是他一心一意計畫，要帶特芮絲搭船去歐洲玩。為了要去歐洲，他們兩人省吃儉用的存錢了好久的錢。但顯然，真正一心一意想去的，是理查而不是特芮絲。

理查和特芮絲都在百貨公司上班，到了公司門口，排隊進百貨公司上班，門口有人發給每個員工一頂聖誕帽，說是公司聖誕節的心意。

理查跟特芮絲聊著家人，戴上聖誕帽，親了特芮絲一下，先到他自己的樓層上班。

這一段，我們看到理查自顧自的充滿熱情，把特芮絲包含在他自己的計畫裡面。

理查興致勃勃的計畫要買歐洲的船票，特芮絲卻很冷淡，很應付，很被動。雖然特芮絲並不很想去歐洲，但她還是一直理所當然的配合理查。理查雖然感覺到特芮絲沒什麼熱情，卻依然要特芮絲配合自己的行動。

理查對特芮絲很好，但是，是以他自己認為對的、好的方式。他對特芮絲的心情和喜惡，顯然並不太敏感。

而特芮絲對他的感情，則完全不是那麼一回事。

4

用餐時間的員工餐廳裡，人人戴著公司發的聖誕帽在用餐。只有特芮絲沒戴帽子。她喝著咖啡，讀起了百貨公司的員工手冊。

這個特芮絲，可真是愛讀文字啊。

（原著裡，特芮絲讀到員工手冊詳細寫著，工作多久可以有幾天年假等等。這樣的人生前景，是特芮絲無法忍受，也無法想像自己一輩子要過的生活。）

主管叫她上樓準備，因為休息時間到了，還叫她手腳要快點。

5

特芮絲蹲在洋娃娃櫃檯裡，清點完櫃檯，那頂公司聖誕帽，硬是給你放在櫃檯上。

特芮絲，就是不肯戴上那頂帽子。然後她啟動火車模型。趴在火車模型旁，看著小火車通過平交道，通過房屋。

她，在想什麼？是她的人生，要往哪個方向去？

這時候，營業時間到了，百貨公司的燈光亮起來。特芮絲的背影，慢慢的，心不甘情不願的走回洋娃娃櫃檯。魯妮一個遠遠的走回櫃檯的身影，竟也足以表現情緒。

電梯門一開，顧客蜂擁進來。

是啊，這可是聖誕節前最忙的時候。戴著眼鏡的主管，果然看到特芮絲沒戴帽子，立刻用手比著，要她戴上帽子。

我們看到特芮絲不是很心甘情願，但乖乖的找出藏起來的聖誕帽，戴上去。

特芮絲不願意戴公司發的帽子，這是一個重要的細節。特芮絲為什麼不願意戴這頂聖誕帽？這頂帽子，代表了百貨公司的規定，也代表特芮絲眼前的生活：身為店員的生活，同時也代表傳統和保守的體制。特芮絲一直抗拒這頂帽子，暗示特芮絲不願意在她現在的生活軌道裡馴服。

這頂帽子，也是一種標籤和壓抑，壓抑著特芮絲的理想和個性。特芮絲現在的生活，她的男友，她的工作，都不是她喜歡的。她只是很自然的接受了。可是，她究竟是怎樣的人，她想要成為怎樣的人，想要有怎樣的人生？

她還不知道。

這時，在吵雜的顧客群中，鏡頭帶到遠端。

特芮絲看到一位穿著貂皮大衣的金髮貴婦，正看著火車模型。

她的衣著神情，跟百貨公司的其他顧客完全不一樣。她氣質高貴典雅，一身淺棕色皮草，戴著紅色小帽子。神情有一絲迷惑，帶著淡淡的哀傷。

鏡頭就是特芮絲的眼睛，這時鏡頭從搖晃到定定的看著這位優雅的貴婦。

我們知道，特芮絲的眼睛，從無意中看到金髮貴婦開始，就完全無法從貴婦身上移開。

貴婦的大衣勾到開關，火車停下來。所以她低下頭看是怎回事。

這火車，會不會是命運的火車，停在這裡？

再抬起頭時，她彷彿在尋找什麼。這時，貴婦看到了特芮絲，跨過嘈雜的百貨公司大廳和人群，兩人眼神交會。

貴婦看到的特芮絲，是一位戴著聖誕帽，美麗，清純，瞪大了眼睛，發呆般凝望著自己的店員。

鏡頭轉到特芮絲，我們看到特芮絲用充滿仰慕和不可置信的神情，看著貴婦。

貴婦當然就是卡蘿。她也凝望著特芮絲。

這時，有個帶著小孩的媽媽問特芮絲廁所怎麼走，特芮絲回答了以後，再回過頭，已經看不到那貴婦了。特芮絲四顧張望，急著尋找那位金髮貴婦。特芮絲還伸長了脖子張望，可是卻再也看不到了。魯妮精準的演出特芮絲失望的神情。

6

一雙精緻的皮手套啪的一聲，放在櫃檯上。

特寫鏡頭裡，除了那雙精緻的皮手套，還有一隻擦了橘紅色指甲油，戴著閃亮鑽戒的手。

是那位貴婦，問：「我不知道，你可不可以幫我找到我女兒要的這種洋娃娃？」邊拿出一張紙問。

貴婦聲音充滿磁性，非常好聽，可是聲音裡，有著對生活的厭倦與不耐。

特芮絲看到這位貴婦，就是她剛才看見的貴婦。特芮絲眼睛看著貴婦，完全是驚為天人，不知所措的表情。她邊站起身來，眼神卻沒有一刻離開貴婦。特芮絲讀了紙條：「是聰明的貝西，會哭還會小便，可是我們已經沒有貨了。」她把紙條摺回去，還給貴婦，眼神還是一刻都無法離開貴婦。

貴婦遺憾的說，啊，我等太久了。那語調裡有不情願透出來的哀傷與遺憾。

特芮絲急著說，我們還有很多其他各種各樣的洋娃娃。

貴婦拿出菸盒，邊問她：「你在四歲的時候，會喜歡什麼樣的洋娃娃？」

特芮絲說：「老實講，我從來沒有很多洋娃娃。」

貴婦想點菸，特芮絲制止她說：「對不起，賣場裡不准抽菸。」

貴婦呻吟了一聲，挫折得不知該怎麼辦。然後把菸從嘴裡拿下來，道歉說：「請原諒我，購物讓我緊張。」特芮絲立刻接口說：「沒關係，在這裡工作，也讓我緊張。」

卡蘿笑了，跟特芮絲說，你實在很好心。

卡蘿立刻從貴婦包裡拿出一張照片，說：「你看，這就是我女兒。」

這時鏡頭大特寫貴婦那拿著女兒照片，塗著鮮紅指甲油，戴著鑽戒的手，和特芮絲沒有任何裝飾的手。

特芮絲看了一下，說：「她長得像你，尤其是眼睛附近。」

卡蘿笑著說：「是嗎？那你在她這個年紀的時候，會喜歡什麼禮物？」

特芮絲想了想，笑著說，模型火車。

卡蘿說：「是嗎？模型火車？你懂模型火車嗎？」

特芮絲說，「我懂，我們剛進了一組火車。」立刻滔滔不絕的介紹起火車。

「你剛進來那裡就有一組火車模型。如果不是因為我不能離開這個洋娃娃櫃檯的話，我就秀給你看。」

特芮絲講得如此興高采烈，卡蘿感興趣了，問她，你們有送貨嗎？

「有特別運送，兩三天就會到貨。」

卡蘿立刻下了決定，說：「就這樣吧！買了。」

顧客已經要買了，特芮絲卻還盯著卡蘿，怔怔的發著呆。

卡蘿看著特芮絲還在盯著自己發楞，只好問她：「我該現在付錢嗎？」

這時特芮絲才如夢初醒，說當然當然，趕忙低頭寫單子。

卡蘿填寫資料的時候，導演繼續讓你看，特芮絲如何的繼續看著卡蘿。

這次，除了大眼睛緊盯著凱特的臉以外，鏡頭變成魯妮的眼神，凝視著凱特塗著鮮紅指甲油的手，彷彿那手有魔力般。

卡蘿邊寫資料邊說：「我喜歡聖誕節，可以包裝禮物。可是到最後，卻總是把火雞給烤焦了。」

卡蘿也盯著特芮絲看，然後問：「你怎麼會這麼懂火車模型呢？」

特芮絲把單子撕下來給卡蘿，說：「我讀來的，也許我讀太多東西了。」

凱特立刻稱讚她：「真讓人耳目一新！」

然後卡蘿笑著說謝謝，聖誕快樂。

特芮絲完全像被催眠般，回應的說聖誕快樂，然後眼睛一眨不眨的，看著卡蘿轉身離開，還是繼續看，繼續看。

走了幾步的卡蘿，突然回過頭來，俏皮的笑著用手指著自己的帽子，對特芮絲說：「我喜歡你的帽子。」

那頂聖誕帽，特芮絲原本是怎樣也不想戴上的。想像特芮絲聽到卡蘿這樣體貼的稱讚，心裡會怎樣感動？

特芮絲笑得燦爛，和凱特對望。笑著看凱特走遠了，才低下頭看著單子上凱特的資料，繼續做事。

這時百貨公司正在廣播派克（Parker）鋼筆特賣：「來看本季我們的玩具部門，有怎樣讓人感動的驚奇！」

這個廣播當然是一個雙關語。

「有怎樣讓人感動的驚奇」除了指派克鋼筆，難道不是同時意指她們兩人的相遇？

特芮絲一轉身，卻看到卡蘿的皮手套，還在櫃檯上。卡蘿忘了拿走了。這時候，鏡頭特寫那對皮手套，同時，下班的刺耳鈴聲響起來。這個刺耳鈴聲，配上手套特寫。

然後鏡頭一轉，是特芮絲戴著聖誕帽的頭，在公司的員工置物櫃外。導演讓觀眾從置物櫃裡面往外看，看到特芮絲戴著聖誕帽的頭，被置物櫃的邊框限制住，聽著刺耳的下班鈴聲，一秒一秒的等下班。

導演完全要讓你知道，特芮絲是怎樣被這個工作綑綁限制的，她真的一點都不喜歡這個工作。

置物櫃的邊框，就是具象的讓我們看到，特芮絲被拘束得不能動彈的光景。

從卡蘿一出場，導演順著特芮絲的目光，讓我們看到特芮絲眼中看到的卡蘿，耳中聽到的卡蘿的聲音。

凱特・布蘭琪的聲音，的確像是卡蘿的聲音。原著卡蘿的聲音是「像她的貂皮大衣般，醇厚柔軟，又滿溢著不為人知的祕密。」

卡蘿的貂皮大衣，卡蘿的手，卡蘿的表情和笑容，卡蘿的香水，讓特芮絲不知所措。

當卡蘿拿出紙條，拿出照片時，鏡頭的角度，是特芮絲目光注視著卡蘿的手的角度。

鏡頭無聲的讓我們完全感受，特芮絲對卡蘿驚為天人，目光無法離開的震撼感覺。

在百貨公司這一幕，鏡頭也幾次對比著卡蘿的手和特芮絲的手。

當卡蘿把手套甩在櫃檯時，我們就看見卡蘿的鮮紅指甲油和鑽戒。然後是卡蘿拿出紙來問特芮絲，有沒有紙上寫的，會哭會小便的貝西洋娃娃。我們看到卡蘿塗著鮮橘紅指甲油的手和鑽戒，和旁邊特芮絲光禿禿，沒有任何裝飾和首飾的手。

第二次，鏡頭更直接大特寫卡蘿和特芮絲的手。

這兩次鏡頭所呈現的強烈對比，呈現了兩個人在身分地位，以及個性的巨大差異。

「就這樣吧！（That's that.）」電影裡這句話凱特總共說了兩次。

第一次說的時候，是高興地聽了特芮絲的建議，開心的買玩具火車。

第二次，卻是在電影尾聲，麗池飯店裡，憂傷絕望的心情下說的。

特芮絲的工作是賣洋娃娃，可是她卻不介紹凱特買洋娃娃，而竟然建議凱特買玩具火車。當然電影這樣安排，是為了讓卡蘿可以寫下地址給特芮絲。可是特芮絲是真的喜歡火車模型。

特芮絲作為一個店員，卻不同流俗的介紹卡蘿玩具火車。誰說女孩子只能玩洋娃娃？而且特芮絲還告訴卡蘿她喜歡閱讀。

不但卡蘿讓特芮絲驚為天人。氣質清新，談吐不凡，又喜歡閱讀的特芮絲，實在不像一個店員，卡蘿當然覺得特別，而這樣特別的人，竟然一看見自己就失魂落魄，已經有人生經驗的卡蘿，是怎樣的感受？

特芮絲跟卡蘿說，我不能離開我的櫃檯，不然我就可以過去幫你介紹火車模型。想想看，這對特芮絲來說，是怎樣的桎梏。

一個櫃檯：櫃檯內，是被捆綁在內的特芮絲；櫃檯外，是讓特芮絲如遭雷擊的卡蘿，和她所代表的雍容華貴與知性的世界。特芮絲卻連想走出櫃檯，展示給她看火車模型都不能。

有些影評批評說，劇情並沒有交代，為什麼卡蘿和特芮絲會發生那麼強烈的感情。當然，每部電影描寫感情的手法都不一樣。《卡蘿》並不是用濃烈的手法描寫和交代劇情，而是用暗示和含蓄的手法。

這是用電影語言寫出來的一首詩，而不是小說。

但這一場特芮絲遇見卡蘿，短短三分鐘的戲，其實已經很清楚的呈現，為什麼這兩個人初見，就會留下那樣深刻的印象，而且覺得彼此有連結了。

當店員的特芮絲所看到的卡蘿，雖然有錢，卻跟其他有錢的顧客不一樣。她高貴而有教養，和善而有禮貌。卡蘿不會頤指氣使，處處尊重她。特芮絲感受到的卡蘿，溫柔和善，平等對待她，是真正「看見」她的存在，而且可以了解她的人。要知道，卡蘿的身分和社會地位，和特芮絲差距很大，但在卡蘿和特芮絲的互動裡，你完全感受到兩個人有真正的感動和連結。

卡蘿除了驚人的美麗和氣勢，讓特芮絲驚為天人以外，更重要的是，卡蘿真正看到她這個人，也尊重她的意見，看重她的意見，看見她的優點。這是特芮絲出場到現在以來，臉上第一次有了真正開心的笑容。

卡蘿從一開始，就很認真的聽她說話，完全把她說的話當一回事。她說的話，卡蘿完全聽得進去，完全當一回事，更願意接受她的建議。

當卡蘿感受到特芮絲在安慰她，就接受她的安慰，立刻謝謝她。

雖然一個是年輕的女店員，一個是買東西的有錢顧客，可是從兩人的對話和互動，立刻可以感受到彼此的善意和了解，而且兩個人彼此有強烈的共鳴。特芮絲跟這個世界，第一次有了真正的連結。特芮絲不再不情願，也沒有心不在焉，更無須應付了事。因為她說的話，卡蘿都聽見了，而且聽懂了。

卡蘿是真的看見特芮絲。看見她的聰敏、善良、熱情、好學，看見她的清新脫俗。特芮絲的氣質，當然與眾不同。但如果卡蘿不是一樣善良、聰明、熱情，而且充滿靈性，一點都不勢利眼的話，她怎麼看得懂一個女店員的優點，並且看重她？

卡蘿不但聽懂了特芮絲的話，也立刻有回應。她看重她，而且毫不吝惜的表達。你說話，我聽見；你建議我買什麼，我就買。而且我懂得欣賞你獨特的建議。有多少年輕女孩，小時候渴望的，是一套玩具火車，而不是洋娃娃？有多少櫃姐會建議貴婦，不買洋娃娃，而買玩具火車給女兒的？一個給了如此獨特的建議，一個則有獨特的眼光接受了。這也暗示，她們兩人都渴望超越傳統上對於女性的定位與綑綁。誰說女生只能玩洋娃娃？

卡蘿一直在稱讚特芮絲。稱讚特芮絲好心，稱讚她好學。連特芮絲痛恨的那頂公司聖誕帽，卡蘿在離開櫃檯，走了幾步路以後，還特別回過頭來告訴特芮絲，她喜歡這頂帽子。

她為什麼要回頭講這句話？是因為特芮絲的話讓她知道，在百貨公司工作，特芮絲並不愉快。所以卡蘿走了幾步以後，又回頭笑著告訴她，喜歡那頂帽子。她是在安慰她，是在告訴特芮絲：你很好，我看見你了。這同時又是下意識的一種戀戀不捨：要離去了，可是捨不得，回過頭來，沒話找話說。

可以想像，這讓特芮絲多麼感動。我們更是第一次看到特芮絲的熱情和笑容。

而卡蘿在跟特芮絲買東西的短短時間，不自覺的一直觸摸自己的臉和頭髮，這是一種不自覺的慾望與渴望的展現，表示卡蘿對特芮絲的感覺也很強烈，雖然卡蘿對自己對特芮絲的感覺，還不自覺，但導演讓我們看見卡蘿被挑動了一種莫名的情感。

特別要說的是，美國文化裡有一種說法，說如果初認識的兩人告別，如果對方走了幾步又回頭看你，那他一定是喜歡你。電影在這裡，顯然也用了這一招。

而且，卡蘿回頭，俏皮的笑著對特芮絲說的時候，當然她也跟觀眾一樣，看見了特芮絲還在癡癡地望著她。卡蘿看到特芮絲癡癡凝望著自己，她心裡在想什麼？

這一場百貨公司的命定相遇，如果這不算一見鍾情，什麼才算一見鍾情呢？

卡蘿總是喜歡用一種輕鬆的語氣，不經意的說著難過或是重要的事。所以，當卡蘿說她喜歡包裝禮物，其實是說著她對人與人之間真情的渴望。而她說她老是把火雞給烤老、烤焦了，難道不是在說，她的婚姻，其實已經完了？

電影故意不交代，卡蘿究竟是故意忘記了，還是她也心神不寧，失魂落魄，竟忘了帶走皮手套？

因為這皮手套，所以兩個人的關係，有了後續。

電影沒有敘述特芮絲的身世。但原著對特芮絲的孤兒描述，非常重要。她父親早逝，被母親遺棄在寄宿學校，很少來看她。她不自覺的跟卡蘿傾訴自己的孤單，還要把母親在她畢業以後給她的兩百元還給她。

卡蘿告訴特芮絲：「你真是孩子。有一天，當你不再堅持還你媽媽錢了，你才算是大人。」

特芮絲基本上是個孤兒。沒有家，從沒有感受過無條件、充沛的愛，更缺乏母愛。這可以解釋，她對比較成熟的女性，為什麼有很特別的感情。而這也是為什麼特芮絲總是覺得非常孤寂。更不難理解為什麼，原著裡男友理查有一個大家族，對特芮絲來說，是最大優點之一。

特芮絲建議卡蘿買模型火車這一段，跟卡蘿忘了手套一樣，是原著裡沒有的。原著裡卡蘿買了洋娃娃以後，又回頭買了第二個洋娃娃，讓百貨公司寄到紐澤西家裡。當天特芮絲立刻寄了一張聖誕卡給卡蘿，但不敢署名，只敢寫員工代號。

正在辦離婚的卡蘿，接到問候的聖誕卡，非常感動，打電話到百貨公司致謝，才知道寄卡片的人是特芮絲，然後立刻邀她出去吃飯。

電影改寫成火車模型，一來可以順理成章拿到卡蘿的地址，把手套寄回去。二來，因此讓卡蘿覺得特芮絲是一個非常特別的人，才會建議她買火車模型。第三，呼應了火車在全劇的象徵意意。

但這樣的更動，並非沒有缺點。

原來銀貨兩訖之後，特芮絲主動沒來由地寄了聖誕卡給卡蘿，主動表示好感，愛慕的意味比較明顯。改成卡蘿忘了手套，特芮絲寄回去。讓人覺得是卡蘿刻意留下手套。卡蘿變成主動的人。而特芮絲表達好感與愛慕的意味就沖淡了。編劇這樣的更動，讓卡蘿和特芮絲情感互動的輕重和主被動，有了很大的變化。

就像所有的浪漫愛情故事，總是在不預期發生愛情的地方，遇見愛情一樣。卡蘿遇見了特芮絲。一場百貨公司裡的無心邂逅，從此改變了卡蘿和特芮絲的生命，但此刻她們兩人都還不知道。

原著作者自己在日記裡寫下她和卡蘿相遇：「我嚇壞了。我嚇壞了因為我知道她知道我嚇壞了，而且知道我愛她。」

7

下班的特芮絲，和男朋友理查、朋友丹尼，躲在電影院放映間裡看免錢的電影，因為丹尼的哥哥菲爾是戲院放映師。他們看的電影，是好萊塢經典電影《日落大道》（*Sunset Boulevard*）。

丹尼一邊看一邊記筆記。他要記錄演員台詞，比對他們說的和他們實際做的事，因為劇中演員說的話，和他們真正的感覺，有很大的差距。

這是導演擺在這裡的一個提醒：提醒觀眾，這部電影也是一樣。

現實生活中，我們也常常是不能暢所欲言的。常常逢人只說三分話，或是用試探的方式，小心翼翼的對話。劇中人也是一樣，甚至更幽微低調，因為他們身處壓抑的五〇年代。導演在提醒，你要小心觀察，劇中人物說了什麼，而其實心裡想的又是什麼？

導演讓特芮絲坐在理查懷裡，但理查根本無心看電影，不斷的對特芮絲上下其手，又親又摸。特芮絲卻試著專心看電影，對理查的親熱舉動，覺得挺煩的，一直要理查讓她專心看電影。這一幕，足以呈現出特芮絲和理查真正的關係，讓觀眾體會。

然後他們一起在酒吧喝酒聊天。男人們都喝啤酒抽菸，只有特芮絲喝葡萄酒。特芮絲拿著葡萄酒杯喝了一口說：「葡萄酒讓我覺得淘氣想做怪，但是是好的方面。」

理查抱怨：「我喝酒是為了忘記每天早上得起床上班。」

菲爾說：「你看，這就是你的問題。你還記得你有工作。上班是一種詛咒。」

「你也有工作啊！」特芮絲提醒他。

「你把那稱為工作？我稱之為錯覺。」菲爾說。

丹尼說：「你有薪水，難道薪水也是錯覺？」

菲爾介紹：「這是我弟弟，混蛋哲學家。」

特芮絲問丹尼在哪工作，理查笑她：「你不知道他在時報上班？」

特芮絲聽說丹尼在《紐約時報》上班，有點動容。但真正讓她跳起來的，是菲爾幫她把相機修好了，帶回來給她。她高興的，迫不及待拿著相機就開始玩起來。丹尼就問她，你在玩攝影嗎？

這時候理查一邊喝酒一邊感嘆起來：「女人！你看一台爛相機，竟然讓她比跟我坐船去歐洲玩還興奮。」所以理查其實並不是愚鈍到，完全不知道特芮絲的心情。他完全明白特芮絲並不那麼想跟他坐船去歐洲。那，他不是更該了解，特芮絲的志向和興趣，是成為一個攝影師嗎？

原著裡特芮絲想成為劇場設計師，編劇把特芮絲的志向改成攝影，這個改變，是一個非常聰明的，適合電影的更動。這讓特芮絲的才華與卡蘿對她的影響更容易顯現。也讓我們可以藉著特芮絲的鏡頭，看到特芮絲凝視的卡蘿，以及特芮絲對卡蘿的感情。同時，特芮絲的成長與成熟，也很容易藉著攝影讓我們看到。

特芮絲也不喜歡她的工作，可是並沒有對男朋友和朋友們抱怨自己的工作，也沒有談論自己的志向。她只有在看到照相機的時候，顯得熱情興奮。丹尼馬上敏感的注意到特芮絲喜歡照相這件事，可是理查卻反而取笑特芮絲的爛相機，和特芮絲喜歡攝影這件事。

這一幕，再一次說明了特芮絲和理查的關係。

理查自己很想去歐洲，所以鼓吹特芮絲存錢跟他去歐洲。原著裡每次特芮絲跟理查說她不想去，理查就會不高興，更用力說服特芮絲順從自己。特芮絲不想爭論，所以無可無不可的答應，連買一件好大衣都沒辦法，連買一台好相機也沒錢。特芮絲想當攝影師，卻只有一台爛相機。理查對特芮想當攝影師這件事，不但沒有支持和鼓勵，而且完全無動於衷，甚至還拿來取笑。

這場戲讓我們看到，理查對特芮絲的志向和人生目標，不但輕忽，不以為意，更不認同。

回家的路上，理查喝醉，把腳踏車推倒了。丹尼則要特芮絲到紐約時報找他，他要帶她去看攝影設備。相較於理查的忽視和不認同，丹尼對特芮絲的志向和興趣，非常在乎。

回到特芮絲家，理查躺在床上呼呼大睡打著呼，特芮絲卻穿著睡衣，坐在餐桌邊，對著卡蘿留下來的手套，和那張有卡蘿地址的單子發呆。最後她下了決心，跑出去把手套丟進郵筒，寄回去給卡蘿。

原著裡卡蘿並沒有忘了手套。而是特芮絲跑到百貨公司樓下，買了一張聖誕卡片，寄給愛爾德太太，祝她聖誕快樂。特芮絲對於自己突兀的寄聖誕卡給卡蘿，其實很惶恐，卡片一寄出後就後悔了。

她很害怕卡蘿知道自己對她的熱情以後，會厭惡她，所以心裡忐忑不安。沒想到卡蘿收到卡片以後，卻很感動，打電話向她致謝，還高興地請她吃飯。兩人關係的發動者，其實是特芮絲。

電影改成特芮絲把手套寄回給卡蘿，那特芮絲為什麼要對著手套和地址發呆？

客人遺忘的手套，大可交給公司，跟著玩具火車一起寄。或是毫不猶豫的寄還給人家就是了。可是她卻要對著手套和地址，沉思發呆良久，才衝出門丟進郵筒。她是睹物思人，還是渴望手套會成為她跟卡蘿見面的機會？還是在思考，這手套寄回去之後，卡蘿會怎麼想？未來會怎樣？

原著裡，特芮絲和理查上過幾次床，卻不但沒有做愛的激情和愉悅，而且心理和生理上都很不愉快。電影裡，原來有特芮絲幫理查手淫的一幕戲。情境是理查想跟特芮絲做愛，特芮絲不願意，所以幫他手淫。但最後剪接時，這一段被剪掉了。所以看電影的觀眾，會認為特芮絲跟理查從沒有任何性關係。這很可能是導演和編劇，想要使特芮絲更顯得純真，和卡蘿比較豐富的人生經驗相對比。

可是，原著裡的特芮絲，對男女間的性關係，是「嘗試過，但討厭」。而電影版的特芮絲，卻從未嘗試過和男性的性關係。這很可能讓電影的特芮絲，和原著的特芮絲，在自我追尋的程度和意義上，有所不同。

小說裡特芮絲曾對卡蘿說：「難道你不覺得跟男人上床一點都不開心嗎？」卡蘿說：「你只跟理查一個人有過關係，怎麼可以就這樣認定呢？」特芮絲只能語塞。「難道你不該多試不同的人再來下定論嗎？」卡蘿說：「你實在太年輕了，你前面的路還很長。」

意思是說，你還沒有足夠的人生經驗，怎能輕率地說自己真的不喜歡男人？

原著裡卡蘿當然感覺得到特芮絲對她狂熱的激情，但她始終認為特芮絲太年輕，還不真的知道自己要什麼，自己是什麼。卡蘿是在婚姻瀕臨破裂，才終於知道自己想要什麼，可是卻要付出慘痛的代價。所以理智上，卡蘿幾次試著把特芮絲推回理查身邊。卡蘿也一直跟特芮絲說，你太年輕，不能現在就做決定。

卡蘿對特芮絲的心情是矛盾的，因為她總覺得自己的出現，對特芮絲是不好的。所以一會兒想把她推遠一點，卻又忍不住把她拉近自己，總是忽冷忽熱。

這是原著裡卡蘿自己對特芮絲感情矛盾的地方。

電影有一個錯誤：原著裡卡蘿留下的收件人是Mrs. H. E. Aird，並沒有寫下卡蘿這個名字。因為當時是寫先生的姓名加上夫人，女子自己的名字，是不寫的。所以特芮絲是直到第一次午餐約會，才問卡蘿，她的名字是什麼。

可是在這一幕，特芮絲所對著發呆的的紙上，卻已經有了卡蘿這個名字。如果特芮絲已經知道卡蘿的名字，那午餐時為何還要問她名字呢？這顯然是電影的失誤。

8

我們跟著美國郵車，載著特芮絲寄來的手套，到了愛爾德太太家。同時一輛黑色高級轎車，下來了一個男人。

愛爾德太太抱著女兒坐在化妝台前，幫女兒梳頭髮。她跟女兒說，一定是你爸爸到了，同時跟女兒道歉，她不能跟她一起去。愛爾德先生走進來，抱起女兒。愛爾德太太轉過身，看著她先生，然後冷冷的說：「你提早到了。」

卡蘿的眼神之冰冷，足以殺死人。

她先生把一堆郵件往床上一丟，說郵件到了。我們看到了特芮絲寄來的包裹。

哈吉．愛爾德抱著女兒畫畫，太太也陪著女兒。他一直要他太太出席一個他家的宴會。他先說：「賽．哈洛森的妻子問候你，」卡蘿立刻糾正他：「是珍娜。」

哈吉：「珍娜，她也希望你去。」

但卡蘿還是不願意去，她說，幫我問候珍娜，我一直很喜歡她。

哈吉沒轍，直接說，我希望你去。卡蘿更乾脆地說，很抱歉，我已經另有安排。

這時候女兒說，媽媽要跟艾比阿姨一起去買禮物。

哈吉的表情立刻凶了起來，問女兒：「你是不是常常跟媽媽一起和艾比阿姨見面？」管家一定常常跟哈吉告密，卡蘿看了管家佛羅倫斯一眼。

先生提到艾比，顯然對太太是個威脅，而且這個威脅非常有效。太太萬分不情願的，同意去了。

凱特．布蘭琪的表情，說明了一切。她從頭到尾沒有笑，冷冷地看他，冷冷地對話，帶著厭倦和不耐，只對著女兒才笑，只有對女兒說話，才充滿感情。最後被迫同意去宴會，那個苦笑，帶著真實沉重的痛苦。

離婚手續已經在辦了，卡蘿迫不及待想趕快完成離婚手續。可是哈吉還不肯放手。

一個卡蘿的好友，哈吉叫她「賽・哈洛森的妻子」，卡蘿叫她珍娜。這兩個稱呼，代表了很大的不同。對卡蘿來說，女人是自我的個體，對哈吉來說，一個女人是某個丈夫的太太，是依附著先生存在的。哈吉跟卡蘿結婚十年來，一直是用這樣的方式對待卡蘿，把卡蘿當成他的附屬品。

這是他們婚姻最大的問題。

9

特芮絲在辦公室排隊，詢問卡蘿的火車模型送達了沒。

啊！包裹送到了，她簽收了。

特芮絲去問火車到了沒，既是負責，也是對卡蘿的關心，還有特芮絲自己焦慮的心情。她把火車模型交給公司運送，手套卻自己寄給卡蘿。

卡蘿收到火車和手套以後，沒有任何消息和回應，是很正常的。顧客收到貨物和遺失物，還要回應什麼？特芮絲是再也找不到任何理由跟卡蘿聯絡了。

然後鏡頭一轉，特芮絲正在櫃檯服務消費者，那個戴著尖眼鏡的領班，叫她過來，原來是要她聽電話。

不管是管包裹的男人回答她的詢問，還是領班跟特芮絲講話，你都可以感覺到特芮絲低下卑微的身份，他們對她說話，都帶著不耐煩和理所當然的高高在上。

特芮絲接起電話。卡蘿則繫著圍裙，一邊煮菜一邊打電話，笑著說「所以是你……」。顯然，她並不知道幫她寄回手套的人是特芮絲，因為特芮絲寫的寄件人，是員工編號，而不是她自己的姓名。

特芮絲問：「愛爾德太太，你收到火車了嗎？」

卡蘿說：「收到了，手套也謝謝你。你真是天使，真謝謝你。」

卡蘿說：「我只是想要跟你說謝謝。」

「我請你吃午飯。我明天有空。」

特芮絲跟主管借紙筆抄下餐廳的資料，那個主管拿紙筆給特芮絲，又露出了不耐煩的表情。

特芮絲到現在還不知道卡蘿的名字，所以她稱卡蘿為愛爾德太太。原著裡特芮絲突兀的寄聖誕卡給卡蘿，自己也知道有一點奇怪，所以有那種矛盾的心理。用員工編號署名，好像比較沒有那麼張揚。

但電影裡，她把手套寄還給卡蘿，卻不寫名字，而用員工編號署名，是有點不尋常。

接到電話，可以想像特芮絲快樂的心情。如果卡蘿沒有打這通電話，當然故事就結束了。如果卡蘿打了電話道謝，卻沒有邀特芮絲吃飯，那故事也是到此結束。卡蘿知道是她以後，邀請她吃飯，那表示卡蘿也想認識她。

10

然後，特芮絲戴著蘇格蘭格子寬邊便帽，站在餐廳玻璃門裡等卡蘿。

鏡頭從窗外，看到玻璃窗框內的特芮絲向窗外張望著，像是想要掙脫得到自由。

特芮絲透過玻璃，看到卡蘿正從對面走過街來。從上一次見到卡蘿以後，直到現在，特芮絲才再一次有了燦爛的笑容。她目不轉睛的，欣喜的看著卡蘿包著頭巾、領巾，拿著貴婦包，穿著貂皮大衣，戴著太陽眼鏡，雍容華貴的走過來。

我們之前看到特芮絲被櫃檯綁住，被置物櫃圈住。現在則是在餐廳霧濛濛的玻璃窗內，在窗框裡，看著窗外，等著向她走來的卡蘿。在她的世界裡，她一直是被壓抑，被綑綁著的。即使置身人群中，即使跟她男朋友在一起，她也非常孤單漂泊。當她和理查在一起時，我們從沒看過她笑。但她每次見到卡蘿，就有歡喜的笑容。

但導演讓我們看到，她和卡蘿之間，隔著玻璃。她隔著玻璃看著卡蘿。玻璃象徵阻礙，代表她渴望衝破她倆中間的阻隔。

11

這場午餐約會，非常重要。

《卡蘿》裡很多場景幾乎都是經典，但這場戲，太重要太精采了。在拍戲現場，因為預算很緊，每天凱特和魯妮都忙著拍不同的戲。兩個人拍的比較重要的對手戲，這是第一場。工作人員在現場看兩人表演看到入了神，直說像是世界第一好手的網球比賽，精采至極。而魯妮則萬分珍惜，跟凱特花一整天拍的這場午餐約會戲。兩個人的台詞看似平凡無奇，但都有深義。

兩人之間的沉默，有戲。兩人的眼神、表情、肢體動作，更是戲。

二〇一六年的獨立影片展的頒獎典禮上，甚至 Kuso 這場戲，惡搞凱特。

兩人一進餐廳，卡蘿先向特芮絲道歉讓她等。特芮絲坐下後，像小學生要把裙子擺順那樣，再坐下一次。這個動作，顯得她更加生澀，緊張。反觀卡蘿一坐下，就自在地打開皮包，拿出菸、打火機。兩人的肢體動作，立刻有了反差。

侍者一遞上菜單，卡蘿毫不考慮的點菜：「奶油菠菜和水煮蛋，一杯馬丁尼加橄欖。」然後把菸盒拿出來。

特芮絲則看看卡蘿，再看看侍者，低頭研究了菜單以後，說出一句：「我要一樣的。」

侍者問：「餐點一樣還是飲料一樣？」
特芮絲說：「全都一樣。」
特芮絲跟侍者點菜的時候，還有點無助的看愛爾德太太一眼。

卡蘿請特芮絲抽菸，特芮絲點了菸，像小孩子抽菸那樣。身體又重新坐直，像是想要坐高一點，成熟一點那樣。卡蘿則神情嚴肅，目不轉睛的盯著特芮絲看，點起了菸，似乎在研究她。

她丟出了第一個問題，問她的姓：「所以百麗華是哪裡的姓？」
特芮絲說是捷克姓改的。一邊說，一邊似乎沒有自信的，眼睛看著旁邊，不敢正視愛爾德太太。話還沒說完，愛爾德太太就直接稱讚說：「這非常特別。」
卡蘿直截了當的稱讚，讓特芮絲不好意思的笑了，不知道該說什麼。
卡蘿又問：「那你的名字呢？」
特芮絲。
卡蘿念著：「特芮絲．百麗華！」
卡蘿再次稱讚：「真是一個可愛的名字。」
真厲害，連名字都可以稱讚兩次。
特芮絲問：「那你的名字呢？」

卡蘿吐了煙圈，慢慢的說：「卡蘿。」

這就是我說的，電影前面犯了一個錯。在那張黃色的訂購單上，不應該出現卡蘿的名字。因為直到現在，特芮絲才知道她的名字。

從初次見面以來，卡蘿就一直稱讚特芮絲。在卡蘿眼裡，特芮絲簡直沒有一件事不好。在冷酷壓抑的環境裡，地位卑微，從未受尊重的特芮絲，被她第一眼就崇拜，驚為天人的卡蘿這樣看重。特芮絲心裡，會是何等感動。卡蘿並不是虛偽的人，她是真的看到特芮絲的優點。可見兩個人的連結，從一開頭，就很真誠。

這時侍者送上馬丁尼。

特芮絲和朋友們在一起，喝的是啤酒和葡萄酒。卡蘿喝的，則是馬丁尼。馬丁尼是貴婦喝的。

兩人舉杯時，穿著店員服裝的特芮絲，光禿禿像中學生的手指頭，沒有戒指，沒有手鍊，沒有指甲油，只有拿菸的右手，戴了學生型手錶。卡蘿當然全副武裝：耳環、鑽戒、鮮橘紅指甲油、手鍊。

然後，特芮絲有點不好意思地問了：「我敢說你一定以為是個男人把你的手套寄回去給你。」

卡蘿說：「是啊，我以為大概是滑雪部門的男人。」

特芮絲笑了，說：「對不起。」

卡蘿也笑了：「不。我很高興。我懷疑我會跟那個男人來吃中飯。」

這時候卡蘿撩了頭髮，碰著自己耳後的頸子，然後偏過頭，笑著對特芮絲看了一眼，然後閉上眼睛。也就是說，她完全不自覺的對特芮絲拋了個媚眼。卡蘿的聲音、表情、動作和飄過來的香水，讓特芮絲迷亂，只能呆呆地說：「你的香水，很好聞。」

卡蘿這時候忍不住碰自己的頭髮和脖子，是對特芮絲不自覺的回應。並不是刻意的誘惑。同時，這也是鏡頭刻意讓我們看見，特芮絲眼中所看見，充滿魅惑力的卡蘿。

特芮絲為什麼會跟卡蘿說，你一定以為是個男人把手套寄回去給你？難道她覺得把手套寄回去這件事，有那麼一點追求的味道？

卡蘿當然知道特芮絲對她的感覺，因為特芮絲毫無掩飾隱藏。特芮絲喜歡卡蘿的香水。卡蘿說：「哈吉跟我結婚以前買了一瓶送我，後來我就一直擦這香水。」特芮絲立刻問：「哈吉是你丈夫嗎？」

「是，技術上是，我們正在辦離婚。」

「抱歉。」

「不要抱歉。」意思是，對於這個婚姻，我並不眷戀，我希望離婚趕快辦好，所以不要覺得抱歉。

「那，特芮絲．百麗華，你自己住嗎？」卡蘿凝視著特芮絲，笑著問。

特芮絲笑著說，我是自己住，但有理查，他想要跟我住。

喔，不是那樣，他是想要跟我結婚。

卡蘿說：是這樣啊，又問：「那你想要跟他結婚嗎？」

特芮絲愣了一下，說：「我連午餐要點什麼都不知道呢！」然後眼睛直直看著卡蘿。

特芮絲並沒有直接回答卡蘿。

她轉個彎，說自己連點午餐都不知道該怎麼點，把婚姻跟點午餐比較，等於承認自己並不愛理查，也不想和理查結婚。因為她午餐不知道要吃什麼，所以看卡蘿點什麼就跟著點了一份。

同時，喜歡的人吃什麼，自己也跟著點一樣的，也是間接的一種表達。

卡蘿沉默的點著頭，神情有點哀傷，眼神飄忽，似乎恍神或是沉思。

她問特芮絲是不是自己住，是在問她的感情狀態。她問特芮絲想不想跟理查結婚，其實是在問她愛不愛理查。

特芮絲的回答，等於告訴卡蘿，不，我對理查並沒有那種感覺。理查想跟我結婚，但我並不知道自己要什麼。另一個意思是想告訴卡蘿，理查對我並沒有那麼重要。

而卡蘿在想什麼呢？想到她自己年輕時，跟哈吉的婚姻？想到特芮絲這樣年輕，而卡蘿對自己對特芮絲的感覺，是否也讓自己有點不知所措？

侍者上菜，打破了卡蘿的神遊。

卡蘿說：「我餓壞了，請慢用！」餓壞了，是一句雙關語。卡蘿在感情上，孤寂許久，也早已餓壞了。

卡蘿接著問：「你禮拜天都做什麼？」

特芮絲說：「沒什麼特別的，你呢？」邊吃菜時還差點燙到，顯得有點狼狽。

卡蘿說，最近也沒什麼。然後順理成章的說：「如果你想來我家玩，我很歡迎。我家附近有很漂亮的鄉間風景。」

特芮絲還來不及回答，卡蘿立刻直接問：「你這個禮拜要不要來？」

卡蘿問的時候，用一種漫不經心的態度問，但其實並沒有把握。

特芮絲嘴裡還有食物，愣了一下，好像驚訝卡蘿會真的邀她去她家。

特芮絲把嘴裡的食物吞下去以後，立刻說好，還開心的笑了。

點午餐時不知道要吃什麼，可以吃跟卡蘿一樣的。想不想跟理查結婚？並沒有想。可是要不要去卡蘿家玩？卻愣了一下，沒有猶豫的就答應。

卡蘿凝視著她，說：「你真是一個奇特的女孩！」

特芮絲問，為什麼？

卡蘿端著酒杯，微微搖著頭，用不可置信的，甚至是敬畏的表情，半自言自語的說：「從天而降。」好似無法置信，竟然世間有這樣奇特的人存在。然後喝一口酒，笑了起來，抬起眼，凝視特芮絲。

特芮絲看著卡蘿，低下頭去，害羞的笑了。

卡蘿說她從天而降，是一句很奇特的讚美。但對特芮絲來說，被自己喜歡的人用這樣的方式讚美，好似對方回應了自己的熱情一樣。

卡蘿眼中的特芮絲，為什麼這般特別？

原著裡，特芮絲對卡蘿一見鍾情，而青澀純真的她，毫不掩飾。當場卡蘿當然就感覺到了。當天下午，她立刻寄聖誕卡給卡蘿，讓卡蘿非常感動，打電話致謝時，發現果然是她寄的，於是不由自主地約她吃飯。午餐約會裡，特芮絲的熱情更是毫不掩飾。

在當時那樣事事壓抑的氣氛下，愛上同性更是不可承受的羞恥與罪，未經人事的特芮絲竟然這樣勇於表達，讓卡蘿又震撼又感動。而卡蘿正在辦離婚手續，她十年婚姻是在夫家的掌控和壓抑下過的，夫家和哈吉的虛偽、精明盤算，和她自己的孤立和受壓抑……這一切，使她一看到特芮絲的自然熱情和勇敢，脫口而出：「從天而降」。

前面她問「那你想要跟理查結婚嗎？」時，特芮絲回答的是：「我連午餐要點什麼都不知道。」但是卡蘿邀請她來自己家玩的時候，特芮絲沒有猶豫，吞下嘴裡的食物，立刻說好。

特芮絲毫不保留，毫不畏縮的表現自己對卡蘿的好感。

特芮絲把手套寄回去時，並沒有把握她跟卡蘿還會見面。卡蘿打電話道謝時，並不確定那人是特芮絲。也許心裡會猜「咦，我手套掉在哪裡？」可是因為寄件人是一個員工編號，實在不知是誰。

但知道是特芮絲之後，請她吃飯。吃飯時問到私人問題，然後請她來家裡玩。最後說特芮絲是從天而降。

卡蘿並不是預謀，而是每見到特芮絲，就更想要接近她，還想再見她。

卡蘿看到特芮絲的熱情、敏感、聰明與勇敢，完全不同於店員的氣質。她對特芮絲的印象，一次比一次深刻，互動越來越密切。回頭稱讚帽子，打電話致謝，請吃午餐，直接說，就是明天。

然後說隨時來我家玩；然後乾脆說，就這個禮拜天。

卡蘿和特芮絲的感覺是直接、熱烈而互相的。

很多影評認為，這一場午餐約會是卡蘿在誘惑特芮絲。這一點，和原著差距很大。

原著裡的特芮絲，為了聞卡蘿的香水，幾乎要跨過桌子。特芮絲甚至想要「把桌子推倒，衝進卡蘿的雙臂，把她的鼻子埋進卡蘿脖子上的金綠色圍巾。」

當她們兩人的手在桌上輕輕碰到了，「特芮絲的皮膚竟然灼熱滾燙，燒起來了。」

從原著看，是特芮絲對卡蘿一見鍾情，不自覺的表達對卡蘿的好感，而卡蘿也回應了。原著裡的特芮絲，一開始對卡蘿的情感，就是是非常強烈的。從第一眼，卡蘿就是特芮絲欣賞崇拜，目光無法抽離的對象。卡蘿無須誘惑特芮絲，但她們兩人間彼此的試探和若有似無的調情，像跳探戈。更精確的說，她們並不是在試探對方，而是在面對自己不由自主的情感。

原著裡午餐約會後，特芮絲立刻明白她對卡蘿的在乎千百倍於理查。她覺得「她對卡蘿的感覺，幾乎就是愛情，只除了卡蘿是女人以外。」甚至覺得，即使卡蘿沒有走過來跟她說話，她也一樣的愛她。

因為在那樣壓抑的五〇年代，因為是同性之間禁忌的愛情。所以特芮絲雖然一開始就無法自制的對卡蘿有感覺，可是並不知道該怎樣定位那樣的感覺。那個感覺明明那樣直接而強烈，可是她是女人，我怎麼會對女人有這種明明是愛的感覺？這到底是什麼？

凱特．布蘭琪的表演，顯示了卡蘿也同樣是被她無以控制的強大感情，一步步引領著她接近特芮絲。導演陶德說：「凱特了解，她的角色是在特芮絲的目光裡建造起來的。所以她得要演出是特芮絲慾望和渴求的目標的那種感覺，要創造出那種發光、熾熱的形象；但在那背後，事實上，卻又同時是一個錯綜複雜的女人。她實在是精采極了。」

事實上的確如此。

坦白說，卡蘿是這部電影裡最難演的角色。她充滿魅力，個性矛盾又複雜。她處境艱難，卻驕傲不願示弱。她看著特芮絲的目光裡有驚訝，有憂傷，有不可置信，也有難以自制的喜歡。她們兩人的對話，字字句句都像雙關語，充滿想像空間。

凱特的表演，要走在一條非常細的線上：一端是特芮絲渴望的對象，另一端，她又是帶著神祕色彩，憂傷、驕傲的痛苦貴婦。這兩端，則要交會在一個人身上。

這場午餐約會所呈現的卡蘿，有時鏡頭是客觀的帶領我們看見，許多時候鏡頭代表的，卻是特芮絲眼中的卡蘿。所以我們看見的風情萬種的卡蘿，是特芮絲欲望的、渴望的卡蘿。整場午餐約會，特芮絲像個發光體，雖然整個人顯然是侷促的，卻興奮歡喜。導演打在魯妮臉上的光，明亮而彷彿活潑流動的；打在凱特臉上的光，卻顯然比較憂傷低調，又暗示一種神祕感，極有層次。

光影的變化，正顯示了她們的心情與情境。

魯妮青春無敵，勇往直前。在魯妮的生命中，不曾見過卡蘿這樣的人。幾乎是一見鍾情的特芮絲，能夠跟卡蘿見面，是多麼的歡喜。而生命已經有經驗，有創傷的卡蘿，正在離婚進行式，看著天真、稚拙，像朝陽般的特芮絲，尤其是笑起來時，充滿了生命力與熱情，也大受震撼。不但特芮絲生命中從未見過卡蘿這樣的人，卡蘿的生活裡，像特芮絲這樣的人，也是她不曾見過的。更在她生命中最脆弱混亂的時刻，撞擊她的內心。難怪她會說特芮絲是「從天而降」。

特芮絲站在餐廳外，綁圍巾，目不轉睛的看著卡蘿走過街，上了一個女人開的敞篷車。那女人也回頭看了特芮絲一眼。卡蘿上車以後，回過頭搖著手跟她說再見，仰著頭笑起來。特芮絲怔怔的看著，也揮手說再見。

此刻的特芮絲，已經不是隔著玻璃看卡蘿了。而是走到外面，看著卡蘿。她跟卡蘿之間，已經沒有玻璃阻隔了，跟卡蘿的距離又近了一步。但看著卡蘿上了朋友的車，跟別人開心快樂的在一起。卡蘿的世界，離她還是很遙遠。

12

開車載走卡蘿的人是艾比。卡蘿搭艾比的車去哈吉家宴會。

短短幾句話就知道，哈吉的媽媽是多麼不喜歡卡蘿，卡蘿又是多麼不願意去，直到最後一刻，還是想方設法不要去。

艾比直搗黃龍問起特芮絲，問卡蘿，「你要跟我說說她嗎？」

卡蘿避重就輕的裝傻：「特芮絲？她把我的手套寄回來啊。」

艾比不放過她：「然後呢？」

卡蘿完全不願意講，直接轉移話題，說你要是不開快點，就會遲到了。從卡蘿的反應，就知道她對特芮絲在意的程度。如果不在乎特芮絲，就會毫不介意的跟艾比說起特芮絲了。而艾比為什麼問？艾比是最了解卡蘿的人，她發覺卡蘿對特芮絲的好感是不尋常的。而特芮絲看著卡蘿的目光，艾比顯然也感受到了。卡蘿什麼都不願意說，則讓艾比更明白。

然後我們看到一個心情焦躁，心不甘情不願的卡蘿，走進豪宅參加宴會。

卡蘿這麼痛恨去，為什麼哈吉一提到艾比，她就只好去了？因為卡蘿跟艾比過去的關係，哈吉是知道的。而現在離婚過程最關鍵的爭點，是女兒倫蒂的監護權。所以卡蘿不願意太得罪哈吉，再怎麼勉強也要去。而哈吉一來為了自己的面子，勉強卡蘿出席，同時也製造跟卡蘿復合的機會。

跳舞時哈吉說：「你總是整個屋子裡最美麗的女人。」卡蘿一點都不領情，冷冷的說：「去跟你媽媽說好了。」這句話點出了卡蘿的婆媳問題，以及哈吉媽媽多麼討厭卡蘿。

鏡頭也馬上讓我們看到哈吉媽媽冷冷的看著卡蘿。

卡蘿的美，似乎對哈吉有很高的展示價值。哈吉對待卡蘿，以一種很典型的占有欲來表現。他占有著卡蘿，向這個世界驕傲的展示他的戰利品。

原著裡特芮絲問卡蘿哈吉愛你嗎？卡蘿回答：「那是占有，不是愛。」

卡蘿在宴會裡快要窒息了。音樂聲中，卡蘿拿著一杯酒，站在陽台，憂傷的，百無聊賴的，若有所思。珍娜過來跟卡蘿聊天，想偷偷抽根菸，說她先生可不喜歡她抽菸。卡蘿只說：「所以呢？可是你喜歡！」

從一根菸，你就知道卡蘿的個性了。她的意思是，你想做的事，為什麼不能做？為什麼女人結婚以後就不再可以做自己，而男人卻依然故我？這樣在乎自主性，充滿個性，又充滿靈性的卡蘿，怎麼可能被夫家所歡迎？要怎麼跟哈吉相處下去？

珍娜好心的邀請卡蘿到她家過聖誕節，表示她完全知道她跟哈吉正在辦離婚。這也表示卡蘿跟哈吉的婚姻狀態，在哈吉親友間早已人盡皆知。在這種情況下，卡蘿還要被逼著參加宴會，實在情何以堪。

驕傲的卡蘿怎麼可能去珍娜家過節？她告訴珍娜，她可能會出門一陣子。不然她自己一個人要做什麼？因為女兒倫蒂聖誕節就要去哈吉家過節了，她得一個人過節。

這場舞會讓我們窺探到卡蘿的婚姻生活，是怎樣的狀態。她的沒有自我，她的被壓抑，她的不被夫家尊重與喜歡，都已經清楚明白的展示了。原著裡卡蘿曾經告訴特芮絲，哈吉應該跟一個一切以他為重，隨時為他的需要開宴會的女人結婚，她根本不合哈吉的需求。

卡蘿從來就不是那種可以只聽丈夫意見，在夫家擺布下生活，沒有自己主張的人。她再也不能這樣過下去。

13

鏡頭特寫特芮絲一回家，一筆一畫的在十二月二十一日星期天的行事曆上，寫下跟卡蘿．愛爾德的約會，下午兩點。同時，波維爾的配樂，響起了特芮絲的主旋律。

到卡蘿家玩，對特芮絲來說，是生活中的大事。而且卡蘿要從紐澤西開車來接她，所以一路上她們可以單獨相處。她低著頭，專注的寫著。

這一幕完全沒有對白，只有特寫和音樂，卻讓觀眾充分感覺到，特芮絲對於去卡蘿家玩的期待和重視。其實也就是讓觀眾體會特芮絲對卡蘿的感情。從第一次見到卡蘿，特芮絲就希望可以有機會認識卡蘿。現在，她們一步步的更接近彼此。

14

特芮絲跟丹尼去紐約時報的攝影室。

特芮絲知道自己雖然喜歡攝影，卻沒有技術可言。丹尼問她都拍些什麼。她說，她都拍鳥啊，樹啊，窗子啊這些。

為什麼不拍人？

特芮絲給丹尼的理由是，因為她怕干擾人們的隱私。但真正的原因是，特芮絲跟這個世界沒有連結，跟人也沒有連結。雖然她有個所謂的男友，但理查並不了解她，她也並不愛理查。即使跟人們在一起，她卻總是非常疏離。

這也是觀眾看到的，感受到的，特芮絲的生活。不管是工作或是男朋友，都不是她喜歡的。她喜歡攝影，卻只能拍樹啊鳥啊，她無法拍人；同時，她更是一個沒有家的孤兒。她沒有辦法跟世界有連結，即使在人群裡，她也是孤立的。她的內心有一部分被關閉著，被抽離，無法對世界有反應。

直到她遇見卡蘿。

丹尼提醒特芮絲，她應該要對人感興趣，要拍人。丹尼說：「我們總會很自然的親近某些人。有些人我們就是喜歡，你不知道為什麼我們就是會被某些人吸引，你唯一知道的是，你喜歡，或者不喜歡。」

丹尼走過來，拿走特芮絲的啤酒。特芮絲知道他要做什麼，喃喃的說：「已經很晚了，我該走了。」

丹尼親了她，特芮絲並沒有反抗，只是說：「你不該這樣做。」

丹尼問：「為什麼？你介意嗎？」

「不。」特芮絲說。

一個吻，特芮絲並不想要，也拒絕了。卻也沒有斷然離開，而且又說她不介意。

這是什麼意思？

特芮絲的生活裡，除了卡蘿以外，幾乎所有人都不太重視她的看法與意見，所以她也習慣了順從生活裡主導性比較強的各種力量。也許這就是為什麼，她其實並不那麼喜歡人。當她覺得無力反抗時，她唯一能做的事，只有逃走，或躲起來。

其實她喜歡丹尼，跟丹尼比跟理查談得來。跟丹尼的往來與關係，是她成長與自我探索過程的一部分。丹尼看重她對攝影的興趣，也很顯然喜歡特芮絲。但當他要吻她時，他也不太在乎特芮絲的拒絕。

特芮絲覺得不舒服，她想要離開，說：「我得走了。」

丹尼還在說服她再來玩。這時只見特芮絲一邊走，一邊不停的說：「我不知道。」在所有的探索過程中，特芮絲越來越清楚，她的生命裡，不要什麼，想要什麼。

但丹尼說的是事實。人也許不知道為什麼自己喜歡某些人，但總是很清楚，自己喜歡，或是不喜歡。特芮絲這時其實已經知道自己喜歡卡蘿，但不知道這到底是什麼感情，該怎麼形容，怎麼定位這樣的感情，以及該拿它怎麼辦。

15

哈吉開車送卡蘿回家，用自己的鑰匙打開卡蘿家的門。卡蘿謝謝哈吉，禮貌的吻他臉頰說再見，正要進門。哈吉卻一把拉住卡蘿，要求她去父母家一起過聖誕節：「我們今晚很開心。」

卡蘿說：「這只是今天晚上。」

哈吉說她不願意看卡蘿一個人過節。卡蘿不想多說，只說她並不是一個人，有女兒倫蒂和……。

卡蘿的拒絕，讓哈吉憤怒起來，說：「又是艾比。」

卡蘿說：「我和你的關係結束之前，我和艾比早就結束了。」

顯然哈吉非常明白卡蘿愛的是女人，而她對哈吉的感情早就沒有了。但哈吉不願承認卡蘿不愛他，他不願放手。

卡蘿渴望自由，渴望用自己的方式生活，而她和哈吉的關係，她的婚姻，讓她窒息。她愛女人這件事，只是她渴望的人生的一部分，而不是全部。她渴望的生活，包括有不去她痛恨的哈吉家宴會的自由。卡蘿知道她的婚姻無論如何努力，都已維繫不下去，除非她不再是自己。很清楚的，她不但沒有辦法愛哈吉，也沒有辦法和他共同生活，維繫婚姻的表象。

這是兩件事。

她的婚姻使她必須在哈吉家族保守傳統的規範下，在夫家的勢利眼與偏見下生活。一九五〇年代的美國，身為保守上流社會的一分子，哈吉生活在家族和父母的掌控下，很習慣，也享受家族的庇蔭。

卡蘿想要的是打破傳統窠臼，想要試著活出她想要的人生。他們的婚姻問題，是他們兩人之間的問題，與艾比或任何人根本無關。哈吉當然知道。他只是不願意承認卡蘿要離開他，不願放手。他會盡全力拉住卡蘿，如果拉不住，他會怎麼做？

讓我們看下去。

這一場戲，有兩個安排讓我很不解。

第一，明明卡蘿被逼去哈吉家，是很不愉快的。但哈吉說今晚很開心時，卡蘿卻沒有否認。這讓觀眾很混淆，難道卡蘿今晚真的很開心，很享受？

第二，明明在原著裡，是卡蘿的婚姻先完蛋了，才有艾比的事。但電影裡編劇讓卡蘿說：「我和你的關係結束之前，我和艾比早就結束了。」

原著寫得很清楚，卡蘿在女兒倫蒂出生沒多久，就知道她和哈吉的婚姻完蛋了。可是因為有了女兒，所以她一直拖著沒有離婚。雖然沒有離婚，但婚姻早已名存實亡。後來她跟艾比開家具店，為的竟然是可以少跟哈吉見到面。之後，她和艾比無意中跨過友誼，發展了一段感情，但也只短暫的維持了一陣子。對她來說，艾比是最好的朋友，而不是她的戀人。

所以是卡蘿和哈吉的關係先完蛋了，才發生艾比的事。卡蘿自己也說過，她對自己婚姻的不幸，讓她非常脆弱恐懼。

電影這樣一改，讓卡蘿變成一個奇怪的人，在婚姻狀況很好時，突然跟艾比發生感情。跟艾比結束後，又回去跟哈吉維持夫妻關係，婚姻還好好的維繫了很久。

這樣的更動，對於卡蘿的性格和形象，造成了混亂。我不知道電影為何要這樣改，也許編劇是為了要強調哈吉對於卡蘿愛女人這件事的無助與徬徨。但為了要幫哈吉製造出值得觀眾同情的空間，卻扭曲了卡蘿的真實性格。編劇好像是在告訴觀眾，哈吉深情，極力挽回，而他們婚姻的問題是卡蘿造成的，因為卡蘿愛女人。

但明明事實並非如此。

這場戲的兩個安排，都背離原著，也不太合理，更讓卡蘿的性格被犧牲，變成一個奇怪又混亂的人。

他們的婚姻問題，對卡蘿來說，已經大到無可修復，無可轉圜，已經徹徹底底結束了。

哈吉說：「不該是這樣的。」

卡蘿說：「我知道。」然後把門關上。

觀眾看到凱特．布蘭琪的表情和眼神，無法不為她覺得哀傷。卡蘿並非無情，她當然知道事情本不該如此。在小說中，她告訴特芮絲，說她從來沒有做任何事讓哈吉難堪過，而那是哈吉真正在乎的事。

卡蘿抱女兒回床上睡，回頭冷冷的對管家佛羅倫斯說晚安。因為她知道佛羅倫斯一天到晚跟哈吉打小報告，然後開啟模型火車，一邊喝酒，一邊看著火車嘟嘟的跑著。

其實卡蘿跟特芮絲一樣孤寂。在卡蘿的世界裡，除了艾比是她的知心好友以外，她只有女兒。其他所有的人，都是哈吉的親友和員工。而哈吉的親友，除了珍娜以外，對她都極不友善。這也是為什麼她對陌生的店員寄回手套，會那樣感動，對純真善良的特芮絲，會傾心以待。

卡蘿是個極其驕傲自由的靈魂。她善良，充滿知性，喜歡藝術，卻在跟哈吉的婚姻裡被綑綁窒息，而且極其孤單。表面上，她和特芮絲不管身分、地位和年紀，都很不同，但卻又都極其相似。

而哈吉跟卡蘿已經分居，正在辦離婚，哈吉卻時時用自己的鑰匙打開門，進進出出卡蘿家。這是一種占有慾的表現，要顯現他仍然是一家之主，仍然占有著卡蘿。他還沒有準備要放手。

16

理查陪特芮絲等卡蘿來接。

特芮絲的注意力完全不在理查身上，而在馬路上，因為卡蘿的車隨時會出現。導演讓我們看到理查一直在說話，特芮絲只有在不得不回話時，才說一句。

多半時候，理查只看得到特芮絲的後腦勺。

特芮絲說話時，完全心不在焉。一切是這樣明顯，她的心完全不在理查身上。當她看到卡蘿的車，觀眾可以感覺到特芮絲立刻開心起來，她不自覺的微笑，馬上迫不及待地跳上車坐好。

卡蘿自我介紹，客氣禮貌的對理查說，「特芮絲很稱讚你呢！」特芮絲當然沒有。卡蘿只是老練又客氣而已。

理查把車門關上，對特芮絲說我愛你，特芮絲卻只是應付的笑了笑，說拜。她的心，只在車上。

這是她們第一次單獨在一起，車門把整個世界隔離在車外。對於今天，兩個人都很期待。車子讓兩個人單獨在一個很小的空間，沒有了外界的窺探，卻看得到外面。狹小的移動空間，讓兩個人有一種很特別的親密感。當車門關上以後，彷彿她倆進入了另一個世界，把現實世界留在曼哈頓。

這段從曼哈頓到紐澤西的車程，導演完全讓觀眾感受那種陷入戀愛，如作夢般的真切感受。波維爾用如夢似幻的溫柔鋼琴，把觀眾帶進卡蘿和特芮絲如夢境般的感情中。導演的鏡頭，跟著鋼琴聲搖動，在後座用大特寫往前方拍。

我們看到特芮絲側著臉，溫柔地凝視著卡蘿。這時候鏡頭代表著特芮絲的視線，鏡頭從卡蘿戴著皮手套的手，搖到特芮絲的側面。我們跟著特芮絲一起看到卡蘿笑著的臉龐，聽到卡蘿笑著說她看到雪，她喜歡雪，如歌唱般撩人心魄的聲音。特芮絲回眸看著卡蘿，沉醉般對著卡蘿笑，然後低下頭，看著卡蘿的貂皮大衣、皮手套，看著卡蘿的唇。

導演用極近的大特寫，只看得到卡蘿和特芮絲一部分的臉。她們兩人微笑著，那種忍不住的歡喜，那種如夢似幻的陷入戀愛的感覺，被用鏡頭與音樂，而不是用語言，傳達給觀眾。

特芮絲初次見到卡蘿就忍不住笑，吃飯的時候也一直笑。事實上特芮絲只有跟卡蘿在一起才有笑容。看見卡蘿，就忍不住笑意。

一坐上車，特芮絲就開心的笑起來。可是其他時候我們看見的特芮絲，不是冷淡的、孤單的、挫折的，就是被壓抑的。

卡蘿也是一樣。卡蘿跟艾比在一起時，很輕鬆自在；但跟特芮絲在一起，那就完全不同。卡蘿是真的歡喜，真的快樂。讓她快樂的人，除了倫蒂，只有特芮絲。

有影評說，導演呈現卡蘿和特芮絲相愛的過程太少了。關於她兩人的感情描述，可能不如觀眾和影評希望的多。花在兩人各自處境和人際關係的處理，也占了太多篇幅，讓許多觀眾意猶未盡。

從另一方面來說，從第一次見面，凱特和魯妮精采絕倫的演技，每句話，每個表情、眼神和動作，都已經低調卻又明明白白告訴我們，她們兩人是如何互相吸引，如何互相驚為天人，如何覺得彼此有共鳴。

只是導演用的手法，以及凱特和魯妮的演技既豐盛，又極盡內斂。每個動作、表情、音樂、對話，都幾乎有多層意義。

車子進入隧道的畫面，更如夢似幻。特芮絲看著卡蘿扭開收音機，歌聲汩汩而下。這首歌是〈你屬於我〉（You Belong to Me），傳達此刻兩人的情感：

去看尼羅河的金字塔
去看熱帶島嶼的日出
只要你記得親愛的
你屬於我

去看阿爾及爾的市場
寄給我照片和紀念品
只要記得當你身在夢境
你屬於我

你不在時我如此孤單
也許你也孤寂又憂鬱
搭著銀色飛機飛越海洋
看見下雨的熱帶叢林
只要記得直到你回家
你屬於我

在這樣的歌詞裡她們進入隧道。跟自己喜歡的人，第一次靠得這麼近，把整個世界關在窗外。不不，整個世界只剩下這兩人獨處的車內。聽到這樣的歌聲和歌詞，任何人都會覺得如在夢境吧。特芮絲閉上了眼睛。

一路上特芮絲不時回頭望著卡蘿。而只要看著卡蘿，特芮絲就忍不住微笑。卡蘿也不時微笑的凝望著特芮絲。

導演讓觀眾進入兩人的世界和她們的心，去感受她們的感覺。

原著裡，進入林肯隧道時，特芮絲這樣想：「她凝望著擋風玻璃，腦海中出現一個狂野的想法。她希望林肯隧道垮下來，壓死她們兩個人。這樣她們的屍體，被拖出來的時候，是在一起的。」（第六章第六十頁）

陶德專訪時說：「那就是愛情，渴望被世界認可：我們是在一起的。」

日後當特芮絲回憶她們的愛時，她總想到車內這一幕。

17

一出隧道，豁然開朗，艾德．拉克曼的攝影，美不勝收至震撼人心。卡蘿在路邊買聖誕樹，特芮絲不再對人不感興趣了。

我們看到特芮絲渴望拍卡蘿，迫不及待的拿出她那台寒酸的相機，裝上底片，踏出車外開始拍卡蘿，完全不像之前跟丹尼說的那樣，對人完全不感興趣。

我們看到特芮絲的眼睛綻放熱情。順著特芮絲的目光和鏡頭，我們看到她怎麼看卡蘿，以及她看到的卡蘿。放下相機，特芮絲仍然目不轉睛的看著卡蘿，眼中充滿了熱情和愛意。而她拍的卡蘿，也完全捕捉到卡蘿的神韻、風采、驕傲，和寂寞。

卡蘿是她和世界的連結，讓她有了熱情和動力。雪地裡的卡蘿風華絕代。不管是撥頭髮、拉衣領、蹲下身，都讓特芮絲和觀眾看得屏息，目眩神馳。

卡蘿豈會不知特芮絲在拍她，豈會感覺不到特芮絲對她的感覺？

這場景，沒有一句台詞，但凱特和魯妮的表演，以及影像和音樂，就完整表達了愛意。

18

車子一到卡蘿家，管家帶著倫蒂跑出來迎接。

導演這時把鏡頭停在特芮絲，讓我們感受特芮絲的心境：她看到卡蘿是多麼的愛她的孩子。

卡蘿和倫蒂在布置聖誕樹時，特芮絲幫忙準備茶點，在廚房看著卡蘿開心的陪著倫蒂在客廳布置剛買回來的聖誕樹。此刻的卡蘿應該是快樂的吧。她最愛的兩個人，都在她身邊。

導演讓我們跟特芮絲知道，倫蒂對卡蘿有多重要。

特芮絲是客人，卻自告奮勇去幫忙弄茶點，那是特芮絲多麼想要為卡蘿做點什麼的心意。

19

晚上，倫蒂已經睡了。

壁爐火掩映著，旁邊有葡萄酒瓶和酒杯。

在卡蘿跟倫蒂說的「世上最最漂亮的聖誕樹」旁，卡蘿舒服的坐在地上，甚至把鞋子脫了。她正在用包裝紙包裝火車模型，這是要給倫蒂的聖誕禮物。

別忘了，卡蘿初次見面就告訴特芮絲，她喜歡包裝聖誕禮物。

特芮絲坐在鋼琴前彈奏曲子。卡蘿邊包禮物，邊聽著特芮絲彈奏的音符，她顯然知道是什麼曲子。

卡蘿問特芮絲：「剛剛買聖誕樹時，你是不是在拍我？」

特芮絲立刻道歉，說我該是先問你的。

卡蘿說，你不必道歉。

特芮絲解釋：「有朋友告訴我，我該對人感興趣才好。」

她邊說，邊用指頭敲著琴鍵。

卡蘿問：「那結果呢？」

特芮絲回過頭來，看著卡蘿，甜甜的笑著，說：「很有進步。」

說完話，眼睛仍然看著卡蘿，笑容仍然不停。

卡蘿：「我很高興。」

這什麼意思？

特芮絲開始對人感到興趣了。對誰呢？當然是對卡蘿。這幾句問答，好像說的是無關緊要的事，而其實兩人卻在說著彼此的情意。說的人和聽的人，都知道真正的意思。然後特芮絲繼續彈那首曲子。

卡蘿凝神聽著她彈的曲子，然後禮物再也包不下去了。她看著特芮絲，無法克制的站起身來，赤著腳走到特芮絲身後。把雙手放在特芮絲的肩上，說：「琴聲真美。」

那手，停在特芮絲的肩上約四秒鐘，然後小心的，捨不得的撫著特芮絲的上臂，慢慢把手放下。

特芮絲呢？她心情激盪，對卡蘿碰她，她充滿感覺，鋼琴是完全彈不下去了。鏡頭這時便是她的目光，她看到卡蘿的手腕和手環。直到卡蘿的手離開她，她才能繼續彈下去。然後一邊彈，一邊抬頭看著卡蘿。

特芮絲彈的是首什麼曲子，可以讓卡蘿先是凝神細聽，然後情緒激動，想要碰觸特芮絲，還跟她說這首曲子很好？

這是一首情歌，歌名叫做〈容易的生活〉（Easy Living），比莉・哈樂戴（Billie Holiday）唱的。

為你而活是容易的
當你在戀愛中，那是容易的
我是這樣在戀愛中
我的生命中只有你，沒有其他

我從不後悔給你的這些年
當你在愛中 給予是多麼容易
為你做的一切都是心甘情願
對你來說也許我只是傻瓜
但我如此快樂

這首歌，是一首當時人人皆知的老歌。所以特芮絲一彈這首歌的前奏，卡蘿就聽出是這首歌，當然知道特芮絲的心意。就好比，如果有人對你唱〈月亮代表我的心〉，或是〈I'll always love you〉你還能不明白嗎？

原著裡，特芮絲說〈容易的生活〉「那是我的歌。那就是我對卡蘿的感覺。」所以卡蘿才會問起，她之前是不是在幫她拍照。當特芮絲說她對人（卡蘿）感興趣，然後又繼續彈〈容易的生活〉時，卡蘿終於忍不住自己的情意，碰觸了特芮絲的雙肩。那樣的碰觸，是一種想要擁抱特芮絲的情意。但不能擁抱，所以只能把手放在特芮絲的肩膀上。同時也回應特芮絲的表白。

卡蘿說這首歌真是美極了，和身體的碰觸，回應了特芮絲的心意。特芮絲也感受了卡蘿的情意。

她們身邊的男人，對她們的態度都是強勢的，甚至是半強迫的：我喜歡你，就要你順從我，聽我的安排。我想要，我就吻你，我想去歐洲，就要你跟我去……。

哈吉則要卡蘿活在他和他家族的規則下，做他的賢妻良母。

但卡蘿和特芮絲卻始終看著對方，互相聆聽彼此的說話，回應彼此的需要。

凱特和魯妮的表演，就是在呈現這樣幽微含蓄的情感表達，而且她們的表演極有層次和內涵。這樣的表演方式，是在邀請觀眾的參與，深刻的感受、經歷主角的世界。

卡蘿站在特芮絲身邊聽她彈〈容易的生活〉，邊翻起琴譜，問她：「你想成為攝影師是嗎？」卡蘿何等聰慧，不必特芮絲說，就知道特芮絲想當攝影師。

特芮絲：「是啊，如果我有才華的話。」語氣並不是太有自信。

卡蘿：「那不是該讓別人來評價嗎？你唯一可以做的，是繼續拍下去。留下你覺得好的，把其他的丟掉。」

特芮絲：「我想也是。」

卡蘿點起一根菸，坐下來笑著問：「可以給我看你的作品嗎？」

特芮絲毫不猶豫的答應。

「我還沒有賣掉任何作品，或是把作品給買家看過。事實上，我連一台像樣的相機都沒有。所有的照片都在我家，而大部分都在水槽下。」

卡蘿笑著：「邀請我去你家。」

除了丹尼以外，卡蘿是唯一關心她的志向和才華的人。而且卡蘿是真的關懷她，真的在乎她。卡蘿先問是不是在拍我？然後問你想成為攝影師嗎？然後鼓勵她繼續做下去。然後說想看她的作品，然後說邀請我去你家。一字一句，緊扣特芮絲所在乎的攝影與作品。

卡蘿在乎特芮絲在乎的事，而且很想幫助特芮絲。

特芮絲也是第一次這樣坦然的，明明白白把自己的貧窮、無助、自卑和挫折告訴別人。卡蘿讓她覺得她什麼都可以說，卡蘿都會明白，都會了解，都會尊重，不會瞧不起她。而且卡蘿關心，卡蘿在乎。

所以當卡蘿要看她的作品時，她便毫不考慮地說好。特芮絲第一次覺得真正被看見，被了解，被鼓勵，被愛。

卡蘿客廳的鋼琴，平常當然是卡蘿自己彈的。旁邊的明式家具，牆上的刺繡花鳥，都在在展現了卡蘿性格和品味的重要細節。

特芮絲坐在鋼琴前，不時輕撫著琴鍵。原著裡特芮絲想著，這琴鍵，是卡蘿不時在彈在撫摸的；這屋子，是卡蘿的屋子，一切都是卡蘿。

導演不時拍卡蘿的手腕，因為特芮絲坐在鋼琴前，看著的，一直是卡蘿的手腕。

原著裡特芮絲也一直看著卡蘿的手。

凱特說，和服裝設計師珊蒂．鮑威爾研究卡蘿的服裝時，發現手腕是非常性感的，也許一般人不會注意，「但在愛人的眼中，那可是絕不會忽略的。」

「留下你覺得好的，把其他的丟掉。」這句卡蘿教她怎麼學習攝影的話，特芮絲一直記在心裡。

後來卡蘿被迫和她分手，雖然理智上特芮絲知道是因為哈吉的威脅奏效，但感情上她深受傷害。她覺得她就像是卡蘿對不要的東西一樣，被毫不留情的遺棄。

20

卡蘿和特芮絲正在談心，卻突然有人開門走了進來。卡蘿一聽到開門聲，匆忙把鞋子拿起來要穿上。

來人果然是哈吉。除了他，還有誰會大喇喇的不請自來，用自己的鑰匙開門？

卡蘿不悅的問：「發生什麼事了？」意思是，你怎麼可以不請自來？我怎麼不知道你要來？

哈吉的臉色更臭：「要有事情我才能來看我太太嗎？」

哈吉跟卡蘿已經分居，離婚官司正在進行，卻開口閉口以丈夫自居，也不覺得要來必須事先告知，對卡蘿毫不尊重。可是因為關係到女兒的監護權，所以卡蘿只能忍耐。

卡蘿的高跟鞋才穿上一隻，哈吉看見卡蘿光著腳。光著腳，可見卡蘿剛剛是多麼舒心自在。面對特芮絲，才能脫下鞋子，自由自在的光著腳丫子，可是面對哈吉卻要趕緊把鞋子穿上。人與人之間不同的心靈距離，相距必須以光年計算。

哈吉和卡蘿的關係，是正在辦離婚的感情破裂的夫妻，卻夜裡不請自來，而且覺得自己完全有權這樣「拜訪妻子」。特芮絲完全感覺得到，卡蘿的自我和自由被哈吉侵犯的不悅和無奈。

哈吉轉頭，不友善的瞪視著坐在鋼琴前，不畏懼的看著他的特芮絲。

原來哈吉夜來是要帶走倫蒂。卡蘿和哈吉在廚房開始談判，特芮絲人在客廳，卻專心聽他們爭執。

卡蘿說：「這不公平。我們已經說好的。倫蒂待到平安夜你才來接她。」

哈吉說，又不是我願意的，最重要的一句話是：那是我媽媽的主意。

哈吉雖然看起來像個大男人，卻事事都是媽媽說了算。即使事前已經承諾卡蘿，讓倫蒂待到平安夜。但媽媽一句話，卻立刻就來把倫蒂帶走，完全不顧卡蘿的感受，不容卡蘿反對。

卡蘿也很明白，如果她事事以婆家和丈夫為中心，完全沒有自己的意見，那這個婚姻也許可以勉強維持下去。問題是，卡蘿不是這樣的人。她是一個事事有自己主張與意見的人，是一個渴望自由的靈魂。

卡蘿的婚姻有兩個問題：一是哈吉與夫家對待她的方式，這對卡蘿來說，已經是不可承受之重了。更別提她已經不愛哈吉。

卡蘿不斷抗議：「倫蒂已經睡了，也還沒有整理好行李。」卻只能六神無主又憤怒的在廚房走來走去，絕望的抗議：「為什麼我不能跟我女兒過節？」

躺在地上修水管的哈吉回答：「我也沒辦法，飛機是一早的飛機。你以為我行李整理好了？」

哈吉開始耍脾氣，突然有重物掉下來的聲音，把卡蘿和特芮絲嚇了一跳。

修不好水管的哈吉坐在地上，氣得握著拳頭大吼「該死！」像個小男孩。然後站起來，轉移目標到特芮絲，衝過去對著特芮絲大吼：「你怎麼認識我太太的？」

哈吉是個無可救藥的二世祖。他對自己的妻子，並不尊重，事事要妻子配合他。明明已經在辦離婚手續，他卻開口閉口「我太太」，還要管卡蘿跟別人怎麼認識。

他讓媽媽掌控他的生活和婚姻，然後一遇到挫折，卻要把帳賴到別人頭上。

他夜來突然要帶走倫蒂，一早要飛去佛羅里達度假，干特芮絲什麼事？他卻粗魯無禮的對特芮絲大發雷霆。

卡蘿只能無奈的說：「哈吉，拜託！」

特芮絲回答：「我在法蘭肯伯百貨公司工作，先生。」

特芮絲站在牆邊，好像要藉著牆壁保護她一樣，但她仍然不畏懼氣勢洶洶的哈吉。

卡蘿被迫屈辱的向哈吉解釋她和特芮絲的關係。「我在她的櫃檯買了禮物，我把手套丟在那兒，她把手套寄回來，所以我向她道謝。」

對驕傲的卡蘿來說，這實在太羞辱難堪了。哈吉憑什麼侵入她的領域和生活，還審問她和特芮絲？

然後哈吉大聲說：「那真大膽。」

卡蘿在自己家招待朋友，哈吉卻來罵街。他們不是在辦離婚手續中嗎？但卡蘿能怎麼辦？

特芮絲從牆後現身，急著問卡蘿：「有什麼我可以做的？」

卡蘿只能說：「你別管。」

她被哈吉徹底擊垮了。卡蘿的表情是狼狽、生氣、挫敗、無助的，她把廚房的門關上。特芮絲想要為卡蘿作點什麼，卻也知道她什麼都不能做。

可憐的卡蘿完全沒有反抗的餘地，只能把倫蒂叫醒抱上哈吉的車。跟倫蒂告別的時候，卡蘿多麼捨不得，幾乎已經要哭出來。倫蒂要媽媽跟她一起去，卡蘿只能說：「有時候媽媽跟爸爸決定，他們沒辦法同時待在同一間房子裡。」

安頓好女兒，卡蘿往回走，哈吉這時卻趁勢一把抓住卡蘿，把頭埋在她脖子，聞她的氣息，說：「你聞起來真香。」卡蘿被他緊緊抱住，再怎麼憤怒，也只能無奈的說：「你喝醉了，我去幫你煮咖啡。」她只想逃離哈吉。

哈吉還是糾纏著說，你可以跟我們一起去，明天早上再買機票就好。

他難道不知道這不是有沒有機票的問題，而是卡蘿不願意跟他和他家人在同一個空間？

瞎子也看得出來，卡蘿完全沒有破鏡重圓的意願。卡蘿雖然一再表明，但哈吉就是完全不接受拒絕。哈吉不願意接受，他們婚姻破裂和卡蘿是不是愛女人這件事，其實沒有太大的關係。看他們兩人相處的模式，以及哈吉家族對卡蘿令人窒息的掌控，就算卡蘿愛的是男人，也無法繼續這種生活。

愛女人或愛男人或不愛人，卡蘿知道她都必須離開這個婚姻，她自己的生命才能繼續下去。

我們對卡蘿的處境之險惡，其實至此已經完全了解。

因為財大勢大，以及倫蒂的監護權官司，哈吉和他的家族擁有對卡蘿予取予求的權利。事實上，面對這場婚姻，卡蘿一直是弱勢的。即使是要結束這場婚姻，卡蘿依然是處於絕對的弱勢，根本沒有談判的條件。

特芮絲在客廳聽到哈吉在窗外糾纏卡蘿，說到「你要跟這個女店員一起過節？」時，立刻把唱片的聲音轉大。這是她唯一能做的，對哈吉的無言抗議。

哈吉拉扯著卡蘿：「早料到你是這種女人，卡蘿。」

卡蘿：「你就是跟我這種女人結婚。」

哈吉繼續拉扯卡蘿，不讓她進屋子裡，已經幾近無賴的行徑了。

因為卡蘿努力想擺脫哈吉，哈吉卻硬是用身體擋住卡蘿的去路，混亂中哈吉被台階絆倒了。他狼狽的站起來指著卡蘿，憤怒的大吼著威脅：「如果你不立刻跟我們進車子裡……」

卡蘿：「不然怎樣？就完了？」

哈吉咒罵卡蘿：「該死的你。」然後繼續指控卡蘿：「你從來不是冷酷的人！」然後上車走人。

他的言行，已經是在暴力邊緣。他又糾纏，又罵卡蘿冷酷。

問題是卡蘿並沒有冷酷，冷酷的是他自己和他的家人。明明婚姻已經無藥可醫，卻還要把一切過錯推到卡蘿頭上，然後還要懲罰卡蘿。

哈吉突然帶走倫蒂，又發飆，又指控，讓走回屋內的卡蘿，情緒崩潰。又氣又難堪又傷心難過的卡蘿一進屋，特芮絲立刻把音樂關了。怯生生地說：「我該叫計程車。」

想想看，從曼哈頓到紐澤西這一段長途，來的時候是多麼開心啊。現在她卻要自己叫計程車回去曼哈頓。那可是一個半小時的車程。

卡蘿沒有回答，打開菸盒，卻發現裡面已經沒有菸。她氣壞了：「當你以為事情不會更糟糕的時候，竟然連菸都沒有。」

特芮絲：「跟我說要去哪裡買，我去幫你買菸。我不介意，真的。」

眼看著卡蘿受苦，她再怎麼想幫忙，卻總是無能為力。她想安慰卡蘿，為她分憂，她願意為卡蘿做一切的事。

卡蘿打斷，大聲說：「你不必在荒郊野外去幫我買菸。我沒事。」

卡蘿多麼傷心，原本可以跟倫蒂一起過聖誕節的。她本來還在高高興興的包裝聖誕禮物，結果一切都成空。

而特芮絲越是體貼，卡蘿越是覺得難堪。讓特芮絲目睹自己的處境；更難過自己無法讓特芮絲不受哈吉無禮又無理的羞辱。她怎能不記得原本是多麼開心的相聚，卻因為哈吉突然闖來而破壞了一切。卡蘿的心裡糾結著兩個人：倫蒂和特芮絲，而她卻無法保護這兩個人。

她讓自己稍微平靜了一點，對特芮絲說：「八點三十分有一班火車，我載你到車站。」

黑夜的車子裡，氣氛跟來時完全不同。卡蘿一句話不說，沉著臉開車。兩人一路沉默。

特芮絲半側著頭，看了看卡蘿。上了火車，看著別人成群結伴，開開心心的，特芮絲忍不住哭了起來。開開心心的去卡蘿家，卻目睹了卡蘿艱難的處境。自己多麼想要幫卡蘿做些什麼，可是卻什麼忙都幫不上。而卡蘿也突然拒她於千里之外。

這一切到底算什麼呢？自己對卡蘿來說，又到底是什麼呢？

特芮絲哭得那樣傷心，一個人在火車上孤零零的，無聲的哭，想要忍住不要讓人發現，卻還是哭得眼淚鼻涕滿臉。

沒有聲音，沒有話語，短短十幾秒的啜泣，但她的表演是那樣張力飽滿，緊緊揪住觀眾的心。她的哭，有看喜歡的人受委屈的無助；有想要為喜歡的人分憂解勞卻無能為力；有知道卡蘿婚姻裡不堪情狀的憤怒，和被喜歡的人大小聲的委屈；層層感情和情緒糾結。然後鏡頭從魯妮的臉移到火車窗，讓我們從夜裡的火車窗看到特芮絲臉的倒影。

哈吉夜闖卡蘿家，讓觀眾和特芮絲一起看見了卡蘿的處境。但編導的處理，很容易讓卡蘿承擔罪責。觀眾看見卡蘿在婚姻和離婚過程中，其實是無力且無助，又被哈吉不斷騷擾。可是觀眾的注意力，一方面被轉移到哈吉對卡蘿的不斷指責，以及哈吉的憤怒、沮喪、嚎叫，以及不斷挽回卡蘿的舉措。彷彿哈吉是個愛妻子，願意原諒妻子出軌，想要挽救婚姻的無辜的受害者，而卡蘿則是不貞的妻子，因為跟女人的關係造成婚姻破裂。

但其實受傷最重，硬生生不能跟倫蒂共度聖誕節的，失去所有的，是卡蘿。最受傷、最痛苦的，是卡蘿。但亂發脾氣、嚎叫、跌倒的是哈吉；而哭泣的是特芮絲。

卡蘿在哈吉和特芮絲面前，都沒有露出脆弱受傷的那一面，她的傲氣讓她始終覺得要撐住。

哈吉在特芮絲面前這樣粗暴，可以想像對卡蘿是何等難堪。

卡蘿本就是一個驕傲而喜歡隱藏情感的人。卡蘿知道她自己是誰，知道她的所愛不能見容於社會，但以為她有能力找到一個可以生存的方式。她很少為自己解釋，在特芮絲面前，更有一種面對自己喜歡的人時的那種驕傲的姿態。

但卡蘿的處境雖如此艱難，觀眾卻不覺得卡蘿可憐，而忽略卡蘿才是被剝奪一切的人，而剝奪的人，正是哈吉。

因為編導太努力想要讓哈吉的角色，不要落入典型的「惡夫」窠臼，所以對原著的哈吉作了許多更動，但對哈吉處境的過度同情，卻再度讓角色失去一致性。

為什麼卡蘿突然對特芮絲那樣又冷淡又凶？除了絕望和憤怒以外，卡蘿內心還有一種力量，想要把特芮絲往外推。以卡蘿的年紀和歷練，她當然知道她和特芮絲發生了什麼事。可是她和哈吉的離婚官司還沒解決，實在不該在這個時候跟特芮絲太靠近，所以卡蘿的內心一直在拔河。

凱特的表演，非常細緻的呈現了內心的糾結與矛盾，但又非常節制。因為極度節制，所以她在處理卡蘿的內在世界時，並不以虛浮展現。在壓抑和禁忌的氛圍下，感情的表現當然隱晦而曲折。

凱特在訪談時多次提到卡蘿對特芮絲的感情：「當你陷入戀愛，那是發生在你身上的事，如同海嘯。愛情是如此危險，而你完全無法控制。」

面對離婚、監護權之戰和霸道的哈吉，本就焦頭爛額的卡蘿，卻在這時遇見特芮絲，對特芮絲的忽冷忽熱，可以想像。

21

特芮絲一個人孤零零，落寞的，在深夜裡回到曼哈頓的家。一上樓梯，走廊的電話正好響起來，她順手接起電話。房東太太很不爽的開罵說，你知道這是什麼時候嗎？她只好道歉。

電話是卡蘿打來的，算好時間，知道她這時到家。

她抽著菸，一開口就道歉：「剛才我真的很糟糕。」電話機旁邊，是一杯酒。她買到菸了，拿菸的右手，焦慮不安的一直擺動著。她請求特芮絲原諒：「你願意原諒我嗎？」那個口氣，簡直要哭出來了。

特芮絲立刻原諒。「好，我是說，我是說……」但說不出話來。特芮絲努力想要說什麼，卻找不到語言可以表達她的感受。

卡蘿請求：「你願意、你可以、讓我明天晚上來看你嗎？」卡蘿講話竟然結巴起來，幾乎是一個字一個字，艱難的把話講完。卡蘿從崩潰中稍稍恢復，第一件事就是向特芮絲道歉，請求見面。不再驕傲，既難過又抱歉，既失落又脆弱。

「好！」特芮絲立刻答應了。

特芮絲此時內心是混亂的。她感覺到自己對卡蘿的感覺，和卡蘿對她的感覺，如火山噴發，如此強烈。

在原著裡，她是這樣想的：「這一定是愛情，只除了卡蘿是女人以外。」

她有許許多多疑問想問卡蘿，卻不知從何問起。

特芮絲努力尋找字彙問卡蘿：「我想知道，我想，我是說，我想問你一些事情，但我不知道你願不願意回答我。」

卡蘿立刻說：「問我，請你問我！」卡蘿一邊聽特芮絲說話，心情激動，拿著菸的手一直發抖。

她拿著菸的手，緊緊握住話筒，像緊緊握住愛人的手般不捨，整個臉像要埋進電話裡面一樣，聲音泫然欲泣。

但夜歸人的喧鬧聲，打斷了她們的通話。

特芮絲想要問卡蘿，卡蘿想要回答特芮絲，可是最終沒有問。她是不是要問她，我對你的感覺，你對我的感覺，到底是什麼？

特芮絲從來沒有對任何人有過這樣強烈的感覺。她想，如果這不是愛，什麼才是愛？她知道自己可能是愛上卡蘿，可是在五〇年代的紐約，以她的生活經驗，她無法想像自己會愛上一個女人。她只知道自己對卡蘿有無法壓抑的熱情和愛慕，只想跟卡蘿在一起，只要跟卡蘿在一起就很開心。所以，她連想要問卡蘿，都不知道該怎麼問？要問什麼？

卡蘿是知道她們兩人發生了什麼事的。所以她請求特芮絲問她。

兩個人被自己如火山爆發般的感情，已經逼到情緒的邊緣了。原著裡，特芮絲寫過一封從沒寄給卡蘿的信，是這樣描述她對卡蘿的感情的：「我覺得我像站在沙漠裡，雙手伸開，你如同天上落在我身上的雨。」

一群夜歸人的喧鬧，打斷他們的通話，是另一個象徵。開心的在卡蘿家，卻被哈吉打斷；講電話又被人群喧鬧打斷。這象徵著，她們總是不斷的有外來的阻礙。

22

第二天，卡蘿振作起精神，帶著期待到律師樓。導演由上而下，空拍卡蘿快步走進律師樓的畫面，讓觀眾由上空俯視在街道行走，一身鮮紅大衣，如螻蟻般，不知未來命運如何的卡蘿。

「就直接告訴我了吧！」

「為什麼你說在假期過後我才要擔心？」

哈吉的律師今天早上有動作了，但卡蘿的律師不肯說，要卡蘿先坐下。卡蘿：「為什麼大家都以為坐著就比較有辦法接受壞消息？」好一個卡蘿，她不要坐下來聽壞消息，她要律師直接說。

經過昨天晚上索求不遂，哈吉立刻開始懲罰，報復卡蘿了。把倫蒂強行抱走還不夠，還向法院提出強制令，禁止卡蘿在聽證會之前見到倫蒂。而且對於原本談好的女兒的共同監護權，哈吉也要求改為單獨監護權。

卡蘿不解：「我們不是早就已經達成協議了嗎？」卡蘿還是太相信哈吉，她以為哈吉會履行他的承諾。

那哈吉是根據什麼事，有把握拿到單獨監護權呢？律師說，是根據「道德條款」，所謂的「行為樣態的證據」。

卡蘿恍然大悟，這時她才真正了解哈吉這個人。哈吉的邏輯很簡單：「如果他不能擁有我，我就不能見我女兒。」這是多麼讓人毛骨悚然的愛：得不到你，就毀了你。哈吉用監護權報復，寧願傷害女兒，讓女兒見不到媽媽，也要報復卡蘿。

在認為同性戀是犯罪，而女同性戀是精神疾病的年代，以及他的財勢，他竟然真的可以用親情來威脅卡蘿：「你要見女兒，除非你回到我身邊。」

監護權聽證之前，哈吉甚至不准她見女兒，連去學校見她都不行。所以，從聖誕節到監護權聽證這幾個月，她連見到女兒都不可能。至於監護權，更可能完全敗訴。律師委婉的提到哈吉指控的「不道德問題」。

「不讓倫蒂見我，才是最不道德的事。」這是卡蘿身為母親的悲鳴。

離開律師樓，導演用灰濛濛的玻璃，呈現卡蘿的心境。

今天的卡蘿，比昨天晚上失去得更多。她幾乎一無所有了。三月之前完全見不到女兒了，而三月之後，可能完全失去監護權。甚至連探視權都可能被剝奪。

離開律師樓的卡蘿，看著窗外，幾乎萬念俱灰。走在路上，慌亂地找打火機點菸，卻差點迎頭撞上一部工程車。

站在路邊沮喪的抽菸的卡蘿，鏡頭隨著她不經意的一瞥，拍到相機店。

她看著堪農相機發呆。

是誰跟她說，她甚至連一台像樣的相機都沒有？她晚上要去見特芮絲。被剝奪了照顧女兒的權利，不能為女兒做什麼，她總可以為特芮絲做些什麼吧。

女兒倫蒂和特芮絲交替出現，導演要呈現的顯然是，特芮絲對卡蘿的情感重量，某種程度彌補了失去女兒的痛苦與失落。

哈吉用倫蒂做武器，一來報復卡蘿，二來威脅卡蘿。

只要你不離婚，就可以有女兒；堅持要離婚，就沒有女兒。在許多國家，直到今天，女人都經常為了兒女而不敢離婚。原著裡，卡蘿喜歡孩子，原本希望多生幾個小孩。可是倫蒂出生不久，她就知道婚姻已經完了，所以不敢再生。

23

同一時間，特芮絲正在唱片行買唱片，理查在唱片行門口等她。

特芮絲買到了她想買的唱片，一回頭，唱片行有兩個女生，正在看著她。

特芮絲用眼角看她們，心裡想著，這大概就是那些女生愛女生的人吧。

可是我跟她們並不一樣，卡蘿也跟她們不一樣。

那為什麼我對卡蘿會有那種感情？

事實上唱片是要送給卡蘿的，可是她卻跟理查說是送給百貨公司同事的。

理查邀請她在聖誕節時去他家，但特芮絲覺得聖誕節是家庭團聚的時光，她並不覺得適合去，也並不想去，因為她不覺得跟理查親近到是一家人的關係。

理查卻理所當然地說：「你就是家人啊！泰莉！」

理查連特芮絲不喜歡人家叫她泰莉都不知道，總叫她泰莉。

她跟理查說：「我正在想，要把我的照片整理成作品集，申請攝影師的工作，也許去報社……。」

這是特芮絲的夢想，她的興趣，甚至是她的人生目標。身為她的男朋友，總該知道吧。總該關心吧，總該鼓勵吧，總該支持吧。

結果理查怎麼回應呢？在特芮絲說這些話時，他一句不吭，沒有任何反應。然後他直接打斷特芮絲的話，說：「你有沒有多想想去歐洲的事？」

特芮絲聽到理查這樣說，不可置信地看著他，忍無可忍，不管理查，快步向前走。她心裡一定在想，怎麼會有這種人？特芮絲應該早已經習慣了理查的自以為是，也懶得再跟他說什麼了。而理查竟然還問她到底怎麼了：「泰莉！怎麼了？」

特芮絲回過頭，突然問理查：「你戀愛過幾次？」

理查愣了一下笑著說，以前從來沒有過，只有遇到你才算。特芮絲說，別騙我，那兩個女孩子又算什麼？理查說，那只是性。特芮絲說：「我跟她們不同，是因為我們沒有發生關係？」

「怎麼了？我愛你，這才是不同的地方。」理察一頭霧水。

特芮絲瞪著理查看了半晌，轉身繼續走。理察跟上來，特芮絲又丟出問題：「你愛過男孩子嗎？」理查嚇了一跳，說當然沒有，「但我聽過那種人。」

特芮絲：「我不是說像那種人，我是說兩個人，比如兩個男生，突然就愛上彼此。」

理查問：「你愛上女生了嗎？」

特芮絲立刻否認。

理查說：「難道你不知道我的餘生都想跟你在一起嗎？跟我到法國，讓我們結婚。」

特芮絲忍無可忍，一古腦的憤怒：「我還沒準備好！我沒辦法逼自己這樣做。」

理查完全無法理解整件事，更無法接受。特芮絲只能說抱歉，轉身開門上樓。

特芮絲跟理查，是兩條完全沒有交會的平行線。理查對於特芮絲說到作品集，和她要換工作的事，完全漠不關心，只是一直要她去歐洲。這讓特芮絲知道，一個人堅稱愛你，口口聲聲愛你，可是卻完全不尊重你的價值、你的興趣和志向，甚至不重視你的意願，事事要你配合他。這樣的愛，到底是不是愛？對理查來說，這就是愛；但這絕對不是特芮絲想要的愛。

而特芮絲問理查有沒有愛過同性，就是她想問卡蘿，卻問不出口的。

原著裡在卡蘿出現之前，特芮絲就已有幾次要跟理查分手，但理查都死纏爛打，不願意分手。認識卡蘿以後，她才發現自己對人，原來可以有那樣深切的情感。對理查，從來不曾有過這樣的感覺。

看到卡蘿失敗的婚姻以後，特芮絲更是越來越清楚，她不要什麼，她不再願意隨便將就，因為卡蘿的婚姻就是前車之鑑。如果糊塗將就了，十年後她和理查，就會變成卡蘿和哈吉。

雖然她對理查否認，但她此刻已然越來越清楚，她和卡蘿的相知相惜，顯然就是愛情。跟理查在一起的任何時候，特芮絲從來沒有笑過。這一次，當然也不例外，直接不歡而散。

為什麼要在唱片行加這段特芮絲回頭看那兩個女人呢？這是因為特芮絲不知道該如何

歸類自己的感情，也找不到語言來形容或描述這種感情。

「我對卡蘿的感情應該就是愛，除了她是個女人以外。」原著裡還寫：「她跟卡蘿看起來都不像刻板印象中愛女生的人，可是她對卡蘿的感情，可以通過所有跟愛情有關的測驗和描述。」

當時雖然同性戀仍然是非法的，但在紐約或其他地方已經有地下的同性戀文化。不過以特芮絲的生活圈子，沒有接觸同性戀地下文化的機會，所以她無法理解自己的感情。當她看到刻板印象中的女同性戀，她只覺得她和卡蘿都不像她們。

理查說「那種人」，意思是說同性戀者是那種人，特芮絲卻一直說，不是那種人，而是兩個人相愛。意思是，愛並沒有分別，不要貼標籤。

後來她又問理查，有沒有愛上過男人？因為她還在想辦法搞清楚自己的感情。她唯一清楚的是，她從來沒愛過理查，她只是喜歡他，但從來沒有愛上他，而理查也一直很清楚特芮絲不愛他。這一點，原著裡交代得相當清楚。

她疑惑的另一個原因是，這是特芮絲第一次愛上一個人。

凱特訪談時說：「當你深刻的愛上一個人，當你被這樣的情感襲擊，像羅密歐與茱麗葉，你第一次發現有這樣深的感情。儘管主人翁是兩個女人，但愛卻是普世共同的經驗，跟女人深刻的愛上男人，並沒有什麼不同。愛情使人無法克制，也讓人拿愛情沒有辦法。」

24

咖啡廳裡，卡蘿對艾比傾訴對女兒的思念。

她告訴艾比：一柄女兒藏在她枕頭下的梳子，以前她總會把上面的頭髮清乾淨。可是今天早上，她就是捨不得把梳子上的頭髮清掉。

艾比罵哈吉怎麼可以？怎麼敢隔絕母女見面？又責備自己，「如果是我害的……」

卡蘿瞪著她：「你敢這樣說！永遠不准這樣說！」

卡蘿不是那種把責任推到別人身上的人。她不要艾比承擔罪責。同時，她並不認為愛上女人是一種道德瑕疵。

艾比問，哈吉要阻隔她們多久？

起碼得幾個禮拜，直到聽證會。所以卡蘿想出門，離開這個讓她傷心的地方一陣子。

艾比知道卡蘿不喜歡自己一個人開車，所以卡蘿一定是想邀請特芮絲一起旅行。

她提醒卡蘿：「她很年輕。」「告訴我，你知道自己在做什麼？」

卡蘿說：「我不知道。」苦笑著說：「我從來不知道。」

這段卡蘿自己對自己的評語，可能會有點誤導。不明就裡的話，可能以為卡蘿真的是一個從來不知道自己在幹麼的糊塗蛋。卡蘿真的從來不知道自己在做什麼嗎？卡蘿是這樣不負責任的人嗎？但明明卡蘿是一個很有主見，知道自己要什麼的人。而如果不是，卡蘿為什麼要這樣說自己？

不錯，卡蘿婚姻失敗了。原著裡她曾經對特芮絲說：「至少你不會犯跟我一樣的錯誤，只因為二十多歲了，該結婚了，就在認識的人裡找結婚對象。」

不錯，卡蘿跟從小認識一起長大的艾比，曾經有過一段情。但事出有因。即使卡蘿不是同性戀，她的婚姻也終將無可維繫。因為她要真正的愛，做完整的自己。因為她是個渴望自由和尊嚴的靈魂，而那恰恰是哈吉和他的家族永遠不可能給，也不願意給她的。哈吉強烈的掌控慾和大男人主義，加上還要事事唯母命是從，也許卡蘿錯在真的不知道自己在做什麼，竟然跑去跟哈吉結婚。

這一場戲有一段對話被剪掉了。

艾比希望跟卡蘿重續舊情，她是這樣說的：「我們可以再重新開家具店。」艾比的說法，其實就是一九五〇年的「讓我們重續舊情」的說法。但卡蘿直接拒絕了。卡蘿不愛艾比，她愛的是特芮絲。卡蘿很清楚自己要的是什麼。

25

晚上，特芮絲在廚房，有人敲門。

特芮絲整理一下衣服，觀眾跟特芮絲都知道，這一定是卡蘿來了。

門開了，卡蘿倚著門，笑著說，是房東太太讓我進來的。笑容裡有著告罪求原諒的意味。她用腳把一個行李箱子頂進門，說聖誕快樂。看到特芮絲呆呆地站著，不知該怎麼辦，卡蘿催她說：「打開啊！」特芮絲這才蹲下去，把行李箱子打開。是一台昂貴的堪農相機和一堆柯達底片。特芮絲愛不釋手的拿起相機，說不出話來，只能抬起頭，感動的說：「喔，卡蘿！」

一台堪農相機，並不是錢的問題。是心意的問題，是體不體貼，在不在乎這個人的問題，是有沒有真心聽對方說話的問題。昨天不經意地告訴卡蘿自己沒有好相機，而說的時候，並沒有一點乞憐或是索求禮物的意思。卡蘿卻立刻聽進去了，而且真的在乎，而且立刻行動。

特芮絲打開門的時候，導演從屋裡往外拍。觀眾看到高䠷、穿著豔紅長大衣的卡蘿，被鏡頭框在門框和牆壁形成的狹長框框裡，彷彿困在重重的限制裡，正要努力往外掙脫。特芮絲則被鏡頭限制在另一個框框裡，但她的框框比卡蘿大了些。導演這樣處理，當然不是只有攝影美學的角度，而是暗示了卡蘿和特芮絲各自的限制和壓力。同時，卡蘿倚著門站著，特芮絲卻是蹲在地上仰著頭看卡蘿，也正好象徵著她們兩人在感情裡不對等的關係。

特芮絲的收音機放的歌是〈煙圈〉（Smoking Rings）：

我每晚吐的煙圈哪裡去了

它們在做什麼
這些藍白色的圓圈圈
喔為什麼它們好像變成了一個夢
為什麼又消逝在我愛情的幻覺遊行裡

卡蘿專心的欣賞牆上的攝影作品，一張照片一張照片，仔仔細細的看。特芮絲則是緊張沒有自信地站在後面看卡蘿看照片。卡蘿看到買聖誕樹時，特芮絲拍她的照片了。特芮絲拍的這張照片，技巧也許未必成熟，但相片呈現了卡蘿的風采，和對卡蘿的愛慕和熱情，卡蘿當然看得出來。

特芮絲很緊張，一點自信都沒有：「沒有拍得很好，因為太趕了。我可以拍得更好。」

卡蘿給她什麼評語？

她簡單明瞭：「這是完美的照片。」

從第一次見面開始，卡蘿眼中的特芮絲，什麼都是好的。她對特芮絲，總是支持、鼓勵與讚美。就像特芮絲在卡蘿家彈那首〈容易的生活〉，琴藝不怎麼樣，但卡蘿立刻讚美。因為曲子代表的，是滿滿的愛意。

卡蘿直截了當的讚美，立刻讓特芮絲安心、放鬆。往下看，是一張陳舊的大概四五歲小女生的大頭照。卡蘿伸手輕撫照片，愛憐橫溢的問：「這是你嗎？」特芮絲在身後，笑著說是啊，眼睛則一直看著卡蘿。

那張特芮絲四五歲的照片，讓卡蘿想到女兒倫蒂，大受震盪。卡蘿想起倫蒂，再也控制不了情緒，跟特芮絲要了飲料，往客廳走過去，卻坐在沙發扶手上，背對著廚房，哭了起來。特芮絲拿了啤酒，發現卡蘿在哭，於是放下啤酒，走上前，輕輕撫著卡蘿的肩安慰她。卡蘿伸手握住特芮絲的手。這時候，她需要特芮絲。堅強的、驕傲的卡蘿，從不示弱的卡蘿，連剛剛在艾比面前，都沒有哭。卻在特芮絲面前，第一次放下武裝，釋放了自己的情感。

卡蘿哭了。

對自己在特芮絲面前流眼淚，卡蘿可能跟特芮絲一樣驚訝。昨天，她在特芮絲面前，可以舒服自在的脫下鞋子。今天，她可以在特芮絲面前，更進一步，釋放自己的傷痛。導演一步步的讓卡蘿卸除武裝，讓我們看到卡蘿深沉的憂傷。

同時，特芮絲四五歲時的照片，和倫蒂竟如此相似，再一次提醒觀眾，特芮絲填補了卡蘿心中失去倫蒂的傷痛和空虛。

卡蘿和特芮絲在屋頂上說話，卡蘿告訴特芮絲哈吉申請禁制令的事。

特芮絲問：「對抗它有用嗎？」

特芮絲很自責，覺得自己很沒用，幫不上卡蘿任何忙，也無法為她做任何事。

卡蘿安慰她：「這跟你一點關係都沒有啊。」

然後卡蘿突然說：「我要離開一陣子。」

特芮絲吃了一驚，立刻轉過頭問：「什麼時候？去哪裡？」震驚和捨不得，溢於言表。卡蘿跟觀眾一樣看到了。

「看我的車子可以帶我去哪裡。去西部，很快就出發。」

特芮絲情緒開始低落。

卡蘿繼續說：「而我想，也許，你會願意跟我一起去？」

這時，鏡頭轉過來特寫特芮絲的臉，觀眾看到她臉上的表情開始變化，從失落到歡喜。

卡蘿問：「你願意嗎？」

特瑞絲回答：「好，我願意去。」

特芮絲笑了起來，真如一朵花開，仰頭看著星空。卡蘿也仰起頭看著星空。

兩個人開車一起去旅行，那彷彿離開喧囂的曼哈頓，到另一個世界。也許那時她們才有自由，如在星空一般。

卡蘿先說她要離開一陣子，如果特芮絲不在乎，她就不會問特芮絲要不要去。但特芮絲一聽到卡蘿要離開一陣子，立刻露出緊張不捨的神情。

觀眾看到了，卡蘿當然也看到了。卡蘿再一次確認特芮絲非常在乎自己。

關於禮物，原著和電影很不一樣。

原著的特芮絲，送卡蘿一個昂貴的手提袋作聖誕禮物。卡蘿又驚訝又感動，雖然打電話向她道謝，可是堅持要她拿回去退錢。特芮絲當然不肯退，心裡卻很開心，因為「起碼卡蘿很喜歡」。卡蘿沒有堅持退還特芮絲，是因為她知道送她手提袋，讓特芮絲很開心。可是第二天卡蘿就親自送一個刻了特芮絲名字縮寫的 LV 行李箱當回禮。

原著的特芮絲，先是唐突的寄聖誕卡，然後衝動的買了昂貴的手提袋送卡蘿，即使被卡蘿埋怨也不在乎。那種純真勇敢的熱情，讓卡蘿非常感動，也激勵了卡蘿。

電影的卡蘿買堪農相機的同時，特芮絲則去唱片行買唱片。

仔細比對，可以發現原著特芮絲那種魯莽的熱情，那種管他三七二十一的浪漫，和對卡蘿明顯的愛慕和追求，在電影已被修正得非常含蓄。原著的卡蘿，既驚訝也感動於特芮絲表白的直率和勇氣，也用行動回應了特芮絲；電影的卡蘿，則比較不像是回應，而比較主動。

26

特芮絲開始整理行李，理查大叫：「你根本不認識她。」

特芮絲看了理查一眼，繼續整理行李。那一眼大概是：她了解我，比你了解我多得多。

特芮絲說：「你可以把我的信件轉寄到芝加哥郵政總局去。我的房租已經付到二月了。我存了一點錢。」

理查接著說：「那是為了我們的旅行。」

特芮絲意志堅定地要跟卡蘿去，毫不猶豫，絕不動搖。但無法對理查解釋為什麼。

理查：「你像個女學生一樣迷戀這個女人。」

特芮絲：「我沒有，我只是喜歡她而已。我喜歡任何我可以真正講話的人。」

特芮絲否認迷戀卡蘿，不，她還不能對著理查承認她對卡蘿的感情。但她也說了真心話。卡蘿是她唯一可以真心說話的人。不像她跟理查，總是話不投機。

理查接著詛咒：「兩個禮拜以後，卡蘿就會對你厭倦了。」

特芮絲終於受不了，大吼：「你根本不了解！」

理查繼續：「我完全了解。你根本著魔了。」

特芮絲大聲說：「我清醒得很。事實上我從來沒有這麼清醒過。你不要再煩我了。」

認識卡蘿讓特芮絲真正開始清楚的了解自己，了解攝影，了解愛。

理查質問：「我們結束了嗎？」

特芮絲並不是一個冷酷的人，她無法斷然地跟理查分手，她說不出口。她只能說：「要是你整天都為了這件事跟我吵，我怎麼跟你在一起？」

理查開始指控特芮絲：「你要我買船票！我幫你找到好工作！我還要你嫁給我！」

特芮絲終於說：「我從來沒有要你買船票，我從來沒有要求你做任何事。也許這才是真正的問題。」

是理查想去歐洲，是理查一直說要跟她結婚，她卻從沒答應。情況越來越清楚，她越來越明白。她跟理查沒有共鳴，她不愛理查，她並不想跟理查共度一生。如果她跟理查結了婚，卡蘿和哈吉就是悲慘的前車之鑑。

理查摔門走人以後，特芮絲有動搖嗎？

不。她繼續整理行李。

她寫了給卡蘿的小卡片。她的心在哪裡，還要問嗎？

27

卡蘿和特芮絲兩人把行李放到車上，準備出發了。

這時浪漫如夢似幻的鋼琴音又起，就如同卡蘿第一次載特芮絲從曼哈頓到紐澤西般。似乎她們兩人一起開著車子，總像不太真實的夢境一般。在車上，只有她們兩人，再也沒有外在世界的干擾。如今她們要一起開車從紐約往西走，這是更大的冒險，更大的解放，更大的自由。

但真的會自由嗎？

卡蘿問特芮絲：「準備好了嗎？」「好了！」她們發動引擎出發了。

這時候波維爾給我們聽的，是最經典歡樂的聖誕歌，Perry Como的〈銀色鈴聲〉（Silver Bells – Christmas）。

卡蘿暫時可以擺開所有的傷痛，跟特芮絲在一起。空氣中終於真的有聖誕節的感覺了。

城市的人行道　忙碌的人行道
被妝點成假日的樣子
空氣中有一種感覺　聖誕節的感覺
孩子們在笑
人們走過　遇見一個又一個笑容
每一個街角你都會聽見
銀色鈴聲　銀色鈴聲
城市裡的聖誕節
聽著鈴聲
聖誕節馬上就到了

當她們出發，卡蘿的車子在一片白茫茫的雪地裡前行，聽著〈銀色鈴聲〉的歡樂歌聲。

這一刻，實在忍不住為她們歡喜。

28

導演從前擋風玻璃往車內側拍，大特寫卡蘿戴著太陽眼鏡開車，笑著。一切都是新奇的，特芮絲含著笑容看著車外的鄉間景致。

卡蘿不時回頭跟特芮絲笑語。

她們停在一家小餐館用餐時，特芮絲：「我可以習慣整個城市都屬於我。」

特芮絲突然拿出包好的禮物，笑著送給卡蘿：「給你的，聖誕快樂！」

卡蘿真的非常驚喜，說：「你不該買的。」

特芮絲叫卡蘿打開禮物，卡蘿笑著搖搖看裡面有什麼東西，像在逗小朋友，立刻讓特芮絲笑開懷。

我們又一次看到，戴著彩色帽子的魯妮笑起來的酒窩。只有在跟卡蘿一起時，特芮絲覺得快樂，笑容始終沒有停過。卡蘿撕開包裝紙，是那張唱片〈容易的生活〉。

特芮絲解釋：「我在你家彈給你聽過。」

卡蘿：「我記得。」

一個有意的彈，表達心意；一個有心的聽，完全聽懂，也接受她的心意。特芮絲彈過還不算，又送了卡蘿這張唱片。

卡蘿看著唱片，彷彿在回想歌詞：

為你而活是容易的
當你在戀愛中，那是容易的
我是這樣在戀愛中
我的生命中只有你，沒有其他
我從不後悔給你的這些年
當你在愛中 給予是多麼容易
為你做的一切都是心甘情願

特芮絲突然拿起相機拍卡蘿，卡蘿抗議著不要，說我很醜。

卡蘿此時其實是心情低落的。

特芮絲伸手，按住卡蘿的手，急急地說：「你才不是，你好漂亮！」

卡蘿手被特芮絲按住，低下了頭，看著特芮絲的手，眼波流轉，露出羞澀之情，又抬眼看了特芮絲。特芮絲也發覺了，拍拍卡蘿的手，若無其事地拿起相機說：「別動。」

然後開始拍卡蘿的照片。

卡蘿溫柔的凝視著特芮絲問：「你想念理查嗎？」

特芮絲立刻低下頭調整相機說：「沒有。我整天都沒有想過他。」

抬頭對著卡蘿笑，又低頭說：「也沒想過家，真的。」

卡蘿看著特芮絲，微笑著點點頭，又不禁喃喃自語，苦笑起來：「家?!」有倫蒂才是家，卡蘿的家，已經被哈吉毀了。

特芮絲碰卡蘿的手，卡蘿就問她想不想念理查。為什麼？因為那樣的碰觸，雙方都有感覺。而特芮絲是真的快樂的，只要看她燦爛的笑容就足以了解。因為她只想跟卡蘿在一起，其他的人與事，她毫無牽掛羈絆。如果她會思念理查，她就根本不會答應跟卡蘿出門旅行幾個禮拜。所以她直截了當的說，她一整天都沒有想理查。

可是卡蘿卻是傷心、痛苦又歡喜，複雜許多。她的離婚官司和可能失去女兒讓她既無奈又痛苦，唯有特芮絲讓她歡喜。和特芮絲在一起旅行，是她唯有的逃避、寄託與安慰。

一頓簡單的路邊午餐，她們對自己和對方的心意，都有更深的了解，也更親近彼此。

29

夜裡，卡蘿的車在高速公路上趕路，路邊是美國城鎮的景觀。波維爾低沉憂傷的配樂，陪著開車的卡蘿。

收音機裡傳來播報員的聲音：「是的，對新當選的總統來說，這是溫暖的家庭團聚。此刻他的孫子們和玩具是他最要緊的事。這個歡樂的節慶裡，如果沒有這些小小人兒，還有什麼意義？」

卡蘿立刻把收音機關了。

還有什麼話比這些話更刺痛人心？剛當選的總統喜氣洋洋，跟家人在一起。是啊，沒有孩子的聖誕節，怎會有意義？可是，卡蘿卻被殘忍的剝奪了見女兒的權利。不僅是聖誕節，而是三四個月，或是永遠。

心痛的卡蘿，轉頭看著身旁睡著了，像個孩子般的特芮絲。怕她著涼，伸手密密地幫特芮絲蓋好毛毯。此刻，特芮絲是她僅有的，是她僅有的家了。

幫特芮絲蓋好毛毯，是一種對特芮絲的下意識的保護，也是失去倫蒂的卡蘿，對特芮絲產生的母愛的投射。

在黑夜裡開車，兩人相依為命的感覺，因為收音機裡的那段話更加明顯。

30

深夜裡，哈吉衝到艾比家，粗暴的敲門。

一看到艾比，他氣沖沖的說：「我要跟她講話！」

艾比直接回嗆：「你來幹嘛？你不是該在佛羅里達嗎？」

哈吉氣吼吼的說：「我不能去，因為倫蒂要跟她媽媽一起過聖誕節！」

哈吉真是一個莫名其妙的人。本來倫蒂就該跟媽媽過聖誕節的，可是他卻硬是把倫蒂帶走，不讓她跟媽媽過節，又申請禁制令，讓卡蘿在聽證會以前見不到女兒。

這一切不都是哈吉造成的？

哈吉繼續叫囂：「這不關你屁事！現在去叫她出來，我知道她在這裡。」

艾比反擊：「幹！你敢來我家對我指東罵西？她不在這裡。」然後她就關上門。

哈吉竟然伸手頂住門，自以為是地說：「她不可能不在這裡。因為她不在家，也沒有跟我在一起，那她一定在你這裡。」

這是一個多麼可笑的男人。都已經在進行離婚官司了，竟然還跑來要艾比交出卡蘿。

艾比罵他：「你說得太對了！你花了十年時間，確保她只能繞著你轉：你的工作，你的朋友，你的家族。」

哈吉詛咒：「他媽的！她到底在哪裡？」然後竟然說：「她還是我太太，她是我的責任。」

艾比諷刺他：「你真會照顧卡蘿啊！用一張禁制令甩她一耳光。」

哈吉竟還說：「我愛她。」

艾比冷冷的說：「這我幫不上忙。」把門關上了。

導演給了一個鏡頭：從門上的玻璃框中，我們看到哈吉的頭，和他充滿憤怒的眼睛。哈吉的人生，被他的自私和控制慾困住。

哈吉氣噗噗的走了。

從前面的例子，我們知道，哈吉一但覺得處於弱勢，絕對會找回場子，對卡蘿施加更嚴重的報復。

原著裡，卡蘿曾經說，哈吉非常虛偽，而她自己最不能忍受的，卻就是虛偽。

這一幕告訴我們更多關於卡蘿悲慘婚姻的實況：

1. 他們結婚十年。十年來，卡蘿幾乎沒有自由，也沒有自己。她的生活必須以哈吉為中心。除了艾比以外，她甚至沒有什麼朋友，因為哈吉不允許。

2. 哈吉有強烈的占有慾和控制慾，十年來盡全力掌控卡蘿，直到卡蘿再也無法忍受而枯萎，而無法繼續下去，而決定離婚。

3. 哈吉不願意讓卡蘿逃走。他一邊用女兒做威脅卡蘿的工具，一邊還要繼續掌控卡蘿，不准卡蘿逃離這個婚姻，逃離他。一邊繼續以愛為名，不擇手段傷害卡蘿。

其實不只是二十世紀五〇年代的美國。即使是二十一世紀的今天，在許多國家，任何女人結婚後，一不小心，都會變成卡蘿，一生要為丈夫而活，成為丈夫的附屬品。一旦要離開婚姻，更可能成為卡蘿，被迫失去兒女，面對無止盡的糾纏與騷擾，甚至暴力相向。

我們眼中驕傲的卡蘿，其實是生活在這樣的地獄裡，而且求救無門。表面上她比特芮絲強勢，但事實上，她的處境遠比特芮絲悲慘，因為特芮絲雖然一無所有，但她年輕而且自由。

卡蘿遇到特芮絲之前，就已經是離婚進行式，而這一場離婚的仗，她幾乎沒有勝算。

31

特芮絲提著行李箱到卡蘿的房間找卡蘿，準備離開旅館了。

她們投宿的是路邊的便宜汽車旅館。卡蘿還在洗澡，順便叫特芮絲幫她拿一件藍色毛衣。找衣服很簡單，一眼就看到了。特芮絲拿起那件藍色毛衣，卻把臉埋進去，深深的吸了一口氣，嗅聞衣服的味道，彷彿是要把臉埋進愛人的胸前般，溫柔的把衣服擁在懷裡，然後才把它摺好放在一旁。

這個動作，導演顯然是在向《斷背山》致敬。

當我們愛極了一個人，是會這樣想念那人的氣味的。不過那個人還在裡面洗澡，特芮絲竟然在幫她拿衣服時，拿起她的衣服來，表演這一手！也難為她忍了這許久。

特芮絲繼續撫觸卡蘿衣箱裡的衣服，卻突然看到了一支手槍，特芮絲不禁嚇了一跳。這時卡蘿催她了，拿一件衣服怎麼拿這麼久呀？特芮絲趕緊把剛才那件毛衣拿給她。

她們開車上路，特芮絲從後座拿麵包跟卡蘿一起吃。然後突然一臉嚴肅的問：「你覺得安全嗎？跟我在一起時。」

卡蘿笑了出來，不回答，卻說：「你真是時時刻刻讓人驚奇。」

特芮絲很認真的說：「我是認真的。如果有什麼事讓你害怕，你一定要告訴我。總有什麼事我可以幫上忙？」

特芮絲一直想要保護卡蘿，一直想要為卡蘿做什麼。幫她把手套寄回去；幫忙準備茶點；哈吉跟卡蘿糾纏爭執時，急著問卡蘿，她可以做什麼？卡蘿沒菸抽了，她想幫她買菸；卡蘿去她家，告訴她被禁止見女兒的事，她也急著問可以幫卡蘿做什麼。因為看到那支手槍，她知道卡蘿心中的恐懼和隱憂，想要跟卡蘿一起分擔。她什麼都願意做，但卻什麼也幫不了。

因為卡蘿的問題是離婚官司和監護權，正如卡蘿說的，「你什麼都不能做。」

卡蘿認真的說：「我不害怕，特芮絲。」

傍晚，她們到了俄亥俄州的坎頓。

車子轉進威廉麥肯理汽車旅館，收音機裡正巧放著〈你要冒的險〉（That's The Chance You Take, Eddie Fisher）：

也許他會是你的真愛
也許他會尋找一段新戀情
但那是你要冒的險

也許他會帶給你歡笑或是淚水
但那是你要冒的險
也許你付出一切，卻毫無回報
也許找到你的心最渴求的東西
我希望你找到快樂
但如果你找到的是憂傷
那是你要冒的險

汽車旅館櫃檯介紹說，總統套房今天有特惠價。卡蘿說，兩間標準房間就可以了。這時，特芮絲突然問，為什麼不選總統套房？

卡蘿回頭看了她一眼。

她要住總統套房，表示想要兩人同房。特芮絲想要跟卡蘿更親近，也想保護卡蘿。

特芮絲出來拿冰塊的時候，碰到一個男人自告奮勇幫她剷冰塊，毫無戒心的特芮絲也接受他的幫忙。

32

在總統套房裡，唱盤放的，正是特芮絲送給卡蘿的那張唱片：〈容易的生活〉。

卡蘿教特芮絲化妝，兩個人都玩得很開心。

卡蘿看著特芮絲，稱讚她好看。

然後，接著呢？特芮絲問。

卡蘿邊喝酒邊笑著拿起一瓶香水，教特芮絲擦香水：「小姐，可以麻煩你把香水只擦在脈搏上嗎？」特芮絲抹了。

卡蘿也抹了香水在脈搏和脖子上。聞著香氛，卡蘿不禁讚嘆：「啊，真是香啊。」卡蘿伸長了脖子，要特芮絲聞自己脖子上的香水。「聞聞看！」卡蘿說。

特芮絲於是靠向卡蘿的脖子。

兩個人身體貼近，特芮絲幾乎是在吻著卡蘿的脖子，聞卡蘿的香水味。

這四秒的貼近，讓兩個人幾乎都醉了。

一分開，特芮絲立刻低頭喝了口酒；卡蘿也趕緊找酒喝，舉杯「敬麥肯理總統！」兩人哈哈大笑，好化解這微妙微醺的尷尬。

凱特和魯妮的表情和肢體動作之精巧細緻，低調和渾然天成，只能細細意會。

住在名叫麥肯理汽車旅館裡的總統套房裡，所以卡蘿舉杯，敬麥肯理總統一杯。

兩個人不禁大笑。

唱片正在唱著：

當你在戀愛中，那是容易的

我是這樣在戀愛中
我的生命中只有你，沒有其他

兩個人之間的情感張力已經要爆表了，每一天，都更親近彼此。

晚上，是兩人第一次睡在同一個房間。不，什麼事都沒發生。

卡蘿已經睡著了。但特芮絲側躺著，張大了眼睛，睜睜的凝視著隔壁床熟睡中的卡蘿，捨不得睡。

導演讓我們隨著特芮絲的目光，看卡蘿身上蓋的紅色毛毯，塗著鮮紅指甲油的手，披散了的金髮和側睡的臉。

然後特芮絲心滿意足地躺平，嘆了口氣，瞪大了眼睛。

卡蘿和特芮絲聞香水這一段是常被討論的精采表演。仔細看看凱特和魯妮的表演，為什麼這樣讓人擊節讚嘆！

劇本是這樣寫的：

Carol（**CONT'D**）

Me, too.

Therese applies perfume to the same spots on Carol.

Carol closes her eyes, arches her neck back slightly.

Carol（CONT'D）

That's divine. Smell that.

A beat, and Therese leans forward to smell Carol's perfume.

納吉的劇本只有這些，極之簡約，無盡留白。劇本裡只有「特芮絲靠過來聞卡蘿的香水。」短短一句。

但凱特和魯妮兩人卻把這短短幾秒，沒有話語的戲，演得低調又雷霆萬鈞。

她們這樣演這一句：

魯妮靠向凱特聞香水，凱特也靠過去一點點。

魯妮的臉幾乎埋在凱特的脖子，兩人身體已經近到幾乎像在接吻了。靠近的時間，比聞香水需要的時間久了一點，因為要表現出那種留戀兩人身體靠近的感覺。

之後，她們表現出兩人身體分開時，那種兩人都有了感覺，有點尷尬，有點害羞，有點醉了，有點不知所措的感覺。

魯妮低下頭喝了口酒，凱特也找酒喝。

這就是凱特和魯妮兩人的演技。

凱特舉杯說「敬麥肯理總統」，兩人大笑。舉杯敬酒，則是凱特加上去的畫龍點睛。

33

一早在旅館吃早餐。

我們看見特芮絲一個人，靠牆坐在一張小餐桌前，低了頭研究資料。昨晚幫她剷冰的那個男人走過來說早安，一屁股坐在特芮絲對面。

特芮絲並沒有拒絕他坐下，只說這咖啡很難喝。男人說，沒關係，只要夠燙就可以。鏡頭轉過來，我們遠遠看到卡蘿的背影，她正在倒咖啡。這下好了，這男人占了卡蘿的座位，等一下看怎麼收拾？

特芮絲竟然還問他：「箱子裡是什麼？」

男人回答：「日用品雜貨，我在賣。」

我們看到卡蘿端著咖啡走過來，位子被一個男人占了，只好自己拿椅子過來坐。臉色很臭，抱怨著爛咖啡。但當然真正抱怨的，不是爛咖啡。

男人一看到卡蘿過來，趕緊站起來道歉。

卡蘿問：「抱歉？」沒說別的，但凱特的表情和硬硬的聲音很清楚的表達了不爽：你怎麼坐我的位子？臉色超難看，一點都不假裝客氣。

特芮絲趕緊解釋：「我們剛剛在聊天。」

男人還在自我介紹姓名，然後又厚著臉皮，自顧自坐下去。

卡蘿坐下來，連禮貌都不裝了，一句話都不說。特芮絲介紹自己和卡蘿的名字。只見卡蘿看著那男人，又看看特芮絲，沒說話。特芮絲則看著卡蘿一直笑。

卡蘿和特芮絲研究地圖和開車路線，男人卻不肯罷休，不但不走，還一直沒話找話說。

特芮絲眼看卡蘿一臉不爽的樣子，竟然還繼續跟他一來一往對答得不亦樂乎，而且全程笑吟吟。卡蘿只能勉強掛著笑容，瞪著特芮絲。

哈哈哈，卡蘿吃醋了，而且特芮絲知道卡蘿吃醋。

這一場卡蘿吃醋的戲，卡蘿沒說話，全場只看凱特的表情和眼神。她用什麼眼神看那個年輕男人？怎麼看特芮絲？怎樣表現她的不爽？

然後看魯妮的眼神和笑容，怎樣回應凱特的表情和眼神？她要表現出，戲謔的享受凱特的吃醋。

這場戲，就看這個！看凱特和魯妮怎樣用眼神跳探戈。

原著裡旅行時，是特芮絲吃醋得厲害。卡蘿充滿魅力，一路上遇見的陌生男性，幾乎都圍繞著卡蘿轉，讓特芮絲吃醋極了。卡蘿讀著艾比的信笑起來，她也覺得卡蘿一定是希望艾比陪她。滑鐵盧之夜後，她更介意卡蘿和艾比的過去。

原著的卡蘿不太吃醋，只有兩次例外。

一次是她突然問特芮絲，理查信裡寫了什麼？特芮絲告訴她，她已經跟理查分手了。

卡蘿問：「那是你的決定？」特芮絲說是。卡蘿就說，那我們以後不再提這件事。另外一次是卡蘿趕回紐約，把車子留給特芮絲，約好她一個禮拜就回來繼續旅行。她特別跟特芮絲說，可不能隨便用這部車子載陌生人。

原著的卡蘿在旅途中，把兩張照片放在皮夾裡：一張是倫蒂，一張是特芮絲。這就是卡蘿的愛的宣言。

34

又回到車上了。

波維爾給卡蘿和特芮絲聽的是一首略帶戲謔的歌〈One Mint Julep〉：

一天清早，我正在走路
遇見一個女人，我們就聊起天
我帶她回家，想喝點酒
但我只有薄荷朱利（雞尾酒）
薄荷朱利就是一切的開端

鏡頭擺在車窗外，一開始是特芮絲大特寫，靠躺在前座上幸福的發著呆，看著窗外的風景，像極了奧黛麗．赫本。

卡蘿想把皮草脫掉，特芮絲幫著她，讓卡蘿一邊開車，一邊脫皮草，兩人邊脫邊笑得開懷。脫下皮草，卡蘿說：「這樣好多了。」

卡蘿脫下皮草，象徵她脫掉了體制的包袱，她從此不曾再穿回去。特芮絲幫她脫下，也象徵著，是因為特芮絲進入她的生命，讓她有勇氣掙脫。

特芮絲邊吃蘋果邊看著卡蘿，又讓我們看見她臉上的酒窩了，卡蘿則指著前面的風景給她看，兩人說說笑笑。開著開著，雨夜裡終於到了芝加哥的德芮克（Drake）旅館。兩人已經許久沒有在像樣的地方睡覺了。一進房門，累慘了的卡蘿大喊：「總算有真正的床了！」直接在床上躺平。特芮絲興奮的坐在漂亮的椅子上，一回頭，卡蘿已經睡著了。等卡蘿睡醒了，她倆到旅館的餐廳吃飯，帶位人員問她房間號碼，特芮絲卻直接回答：「六二三號房，愛爾德太太。」

這時卡蘿對特芮絲眨了眨眼睛，因為特芮絲故意說是愛爾德太太。

為什麼特芮絲要跟餐廳的人說是愛爾德太太呢？因為這樣讓她們兩個女人在公開場合，不那麼令人側目。

吃完飯後她們去郵政總局拿特芮絲的信。

卡蘿在總局裡的電話亭打電話到哈吉家。

為什麼？是想要跟倫蒂說話？還是想跟哈吉談判？可是電話一接通，她卻又立刻掛上電話。

她一看到特芮絲拿著幾封信，就開玩笑說：「有人很受歡迎喔！」

特芮絲問她不拿信嗎？她說，沒有人知道她在這裡。

特芮絲問：「你剛才去打電話了嗎？」特芮絲其實是看到卡蘿在打電話的。

卡蘿卻不敢承認：「什麼？我剛去化妝室。」騙了特芮絲。

為什麼卡蘿不願意承認她剛剛是在打電話？是因為太驕傲，不願意承認想聽倫蒂的聲音？還是不想讓特芮絲擔心？

驕傲的卡蘿，總是要逞強，尤其在特芮絲面前。她可以在艾比面前示弱，卻總要在特芮絲面前逞強。

這一段和原著又極為不同。原著裡卡蘿每天都打電話給女兒。她接到艾比的信，特芮絲都知道，特芮絲還一直為艾比的信吃醋。反而是特芮絲沒有告訴卡蘿接到理查的信。電影卻反過來，讓卡蘿去打電話給哈吉，卻又騙特芮絲不是打電話。這段改編，使卡蘿的形象變得有點奇怪。

35

又回到路上，她們到了愛荷華州的滑鐵盧。

已經是新年前夕了。

卡蘿穿著浴袍，站在浴室鏡子前擦著乳液，似乎想著什麼，閉上了眼睛，然後從浴室出來。

特芮絲坐在梳妝台前梳頭髮，收音機裡紐約時代廣場的新年倒數，正播放〈舊日時光〉（Auld Lang Syne）。

〈舊日時光〉是一七八八年 Robert Burns 記錄的蘇格蘭民謠，也是全世界最知名的過年曲。新年前夕跟親友相聚，在〈舊日時光〉歌聲中，舉杯祝新年快樂，這是歐美人過年的傳統。

故人舊誼，怎能遺忘，
心中怎能不懷想？
故人舊誼，豈可遺忘，
何況舊日美好時光？

為那舊日美好時光，摯友，
為那舊日美好時光；
讓你我舉杯相親，
為那舊日美好時光！

我已把手交給你，摯友，
君且執我之手，
舉杯為知己，
為那舊日美好時光。[1]

卡蘿一出來，走到梳妝檯前，拿起桌上的啤酒，兩人碰杯：「新年快樂！」喝了酒，特芮絲繼續梳著頭髮，卡蘿走到特芮絲身後。

導演的鏡頭，擺在兩人身後，讓我們從鏡子裡看見她兩人。

當卡蘿把雙手放在特芮絲的肩上，特芮絲停止了梳頭髮。

卡蘿右手放在特芮絲肩上，左手梳著特芮絲的頭髮，溫柔而憂傷地說：「哈吉和我從來沒有在跨年夜一起過。總是有著生意要談，總是有客戶要應酬。」

鏡子裡的特芮絲，雙目凝視鏡子裡的卡蘿，專注深情的聽著，然後說：「過年夜我總是在人群裡，孤單著。」

「今年我不孤單了。」特芮絲伸手緊緊握住卡蘿放在她肩上的右手，不肯放開。

這時，廣播主持人說著：「當雪飄落下來，黯淡的冬日月亮，在時代廣場上空，而新年正要喧鬧的進入永恆。」

1 參考翻譯 http://wensonyeh.blogspot.tw/2009/10/auld-lang-syne.html

導演藉這段廣播，描繪她們的情境。

卡蘿慢慢用左手鬆開浴袍的腰帶。特芮絲看見卡蘿鬆開了浴袍腰帶，知道卡蘿的心意，轉過頭，向卡蘿索吻。

廣播繼續播著〈舊日時光〉樂聲。

卡蘿低下頭，左手托著特芮絲的頭，溫柔的吻她。兩人交纏相吻，雙手輕握。

特芮絲低語：「帶我到床上。」

在床上，卡蘿鬆開特芮絲睡袍的腰帶，看著她的身體，驚嘆說：「我看起來從來不像你這樣美麗。」

卡蘿吻特芮絲時：「你在顫抖！」因為特芮絲竟然在顫抖。

卡蘿要關燈，特芮絲不肯，說：「不要，我想要看著你。」

做愛中，卡蘿輕輕溫柔的對特芮絲說：「我的天使，從天而降。」

卡蘿和特芮絲渴求彼此相屬，合而為一。這場做愛，對這部電影極其重要，因為相愛的人在愛的關係上，至此才真正完成了她們的愛。兩人的情感至此，渴望相屬，做愛實屬必然也必須。

這一幕，一開始鏡頭先從房間往浴室拍，從浴室的鏡子裡，讓我們看見卡蘿塗著乳液，若有所思，然後她走出浴室。

鏡頭看到特芮絲坐在梳妝鏡前，梳著頭髮。

卡蘿站在到特芮絲身後，鏡頭放在卡蘿身後往鏡子裡拍。

導演讓我們從鏡子裡，看卡蘿和特芮絲，從鏡子裡凝視彼此，說出過往的寂寞。

因為她們兩人都無法用言語告訴對方自己的愛意，所以這是她們能夠說出的最親密的表白了。這樣的表白，真實意義是：遇見你，因為你，所以我不再寂寞了，不再孤單了。

特芮絲回頭向卡蘿索吻時，鏡頭終於離開鏡子，對著她們兩人，讓我們不再從鏡子裡看她們，而可以直視她們兩人。

為什麼這樣做呢？因為之前兩人的關係還是有閃躲，有試探，有掩飾，有顧忌，有疑惑，有重重阻隔。但是當特芮絲回頭索吻，卡蘿彎下腰，溫柔的吻她開始。當特芮絲要卡蘿帶她到床上，她們兩人終於衝破所有阻隔與壓抑，終於向自己以及對方承認自己的愛情。所以從特芮絲回頭索吻那一刻，鏡頭不但從鏡子如華爾滋般滑向她們兩人，而且把她們兩人擺在畫面正中央。

卡蘿和特芮絲的關係，和她們過去與別人相處的方式是多麼不同。是特芮絲緊緊握住卡蘿的手不肯鬆開，是特芮絲向卡蘿索吻；是特芮絲要卡蘿帶她到床上，是特芮絲不讓卡蘿關燈。卡蘿哀傷的說著過去的寂寞時，手放在特芮絲的肩上，直到特芮絲伸手緊握她的手，她才拉開浴袍腰帶。但即使鬆開了浴袍腰帶，卻仍沒有主動吻特芮絲。

特芮絲只有這一次，在浴袍裡面，跟卡蘿一樣什麼都沒穿。其他時候，導演都讓我們看到她總在睡前穿著那件藍色睡衣。包括前一場戲，她們在總統套房，卡蘿教她化妝、擦香水，都看得到她倆在浴袍內都穿著睡衣。

但在滑鐵盧，兩人身上都只穿了浴袍。那表示特芮絲和卡蘿，兩人都已經準備好了，要突破彼此的關係。

特芮絲在梳妝檯前梳頭髮，和卡蘿在梳妝檯前幫倫蒂梳頭髮的景象，是多麼相像而前後呼應。導演再一次暗示卡蘿對特芮絲的感情，有母愛的移情作用，就像特芮絲對卡蘿，也有過往從未有過母愛的移情作用。

卡蘿和哈吉結婚十年，卻從來沒有一起慶祝新年。新年對哈吉來說，是要用來跟客戶搏感情的，要處理一次又一次的商業利益，而不是要跟妻子相處的，可見哈吉的價值觀和卡蘿差距有多大？卡蘿沒有跟哈吉抱怨溝通過嗎？當然是討論過的，可是以哈吉一慣的大男人和控制慾，卡蘿的抱怨是沒有用的。

這樣寂寞孤苦而又沒有自由的婚姻，卡蘿過了十年！到最後，卡蘿已經心死。卡蘿完全了解，哈吉所謂的愛她，興趣在於把她變成哈吉的所有物與附屬品，像他其餘的財產一樣，完全屬於他。艾比說出了殘酷的真相。而且這個男人還不准你逃離。為了逃離這個私人地獄，卡蘿必須付出慘痛代價。

這是為什麼，卡蘿的生活被凱特形容為「在私人地獄安靜的崩潰」。

特芮絲的「總在人群中孤單」，是一種孤單。特芮絲的父親在她小時候就過世了；母親雖然還活著，可是卻在她小時候就把她丟在寄宿學校。這是特芮絲心理上「總在人群中孤單」的一條線索。原著裡卡蘿就曾經愛憐地叫她：「我的小孤兒。」

卡蘿在新年夜總是要被迫和客戶應酬，則是另一種孤寂。這樣孤寂的兩個人，相濡以沫，相依為命，在這一刻終於不再孤單，終於合而為一。

卡蘿和特芮絲做愛的場面，是一場充滿了愛意與美麗，而不是性慾的場面。可是即使在最歡愛、最美麗的時刻，仍是充滿了哀傷。

這可能是電影史上最哀傷的做愛。

電影巧妙的把卡蘿和特芮絲完成她們愛情的場景，設定在跨年夜。這是一個可以達到多重目的的設定。跨年夜，是要和最愛的人相聚的，而且是常會回顧、反省過去；會展望未來，思考你的人生的時候。

而〈舊日時光〉這首歌，幾乎是全世界在新年到來的那一刻都會唱的歌。講的是友誼、溫柔、愛，和人與人的連結。

導演巧妙的利用跨年夜，作為她們完成愛情的背景。讓主持人說「當新年在喧鬧中進入永恆」的時候，卡蘿解開腰帶，與特芮絲溫柔相吻；在〈舊日時光〉歌聲中，和波維爾溫柔的音樂裡完成她們的愛情。

編導在這場戲非常忠於原著。卡蘿始終對特芮絲是心懷歉疚的。原本劇本裡，做愛之前，卡蘿竟對特芮絲道歉「對不起，為了將來可能會發生的事」，因為她雖然不知道被跟蹤，卻知道她倆前面的路，是艱困危險的。

她一直覺得特芮絲還年輕，可以避免她所犯的錯。她覺得她自己失去了自由，而特芮絲擁有青春和自由。特芮絲應該找一個對的人，而她自己是那個錯的人。

她覺得特芮絲自從認識她以來，因為她自己的離婚糾葛，並沒有能力對特芮絲好。儘管特芮絲一直跟卡蘿說，她跟她在一起才知道快樂是什麼，卡蘿就是那個對的人。特芮絲自覺卡蘿給她那麼多快樂，她卻不能給卡蘿快樂。

可是卡蘿在婚變中，其實脆弱又自卑，雖然自認沒錯，卻覺得自己害特芮絲扯進許多糾葛，讓特芮絲不快樂。她知道前途凶險，可是她愛特芮絲，再也無法自制，所以向特芮絲道歉。這也是為什麼，她跟特芮絲分手的時候，她會說她是為了特芮絲好，而釋放了她。

固然她是因為哈吉的威脅而不得不分手，可是在她心裡，她並不是遺棄特芮絲，而是釋放特芮絲。

這是為什麼，她始終不敢主動。

36

一早醒來，特芮絲看到卡蘿站在窗邊，端著咖啡。

問：「再說一遍這個城的名字？」

卡蘿笑著說：「滑鐵盧。這不是很糟糕嗎？」滑鐵盧是拿破崙失敗的地方，難道她們要失去她們的愛？

原著裡說，每一個州都有滑鐵盧。暗喻著每個地方，都有著卡蘿和特芮絲。

經典電影《魂斷藍橋》，英文片名就是滑鐵盧（*Waterloo Bridge*），男女主角在〈舊日時光〉曲中的深情共舞，應該是陶德讓卡蘿和特芮絲做愛那場戲的靈感來源。

一臉幸福陶醉的卡蘿到櫃檯退房。

櫃檯邊的收音機正宣布一場車禍，其中一個傷者威廉斯狀況嚴重。

收音機：「威廉斯的確切死因……」

幸福洋溢的卡蘿，竟然一早聽到的，是年輕生命的死亡。這是怎樣的預告？

一九五三年一月一日，二十九歲的鄉村音樂歌手漢克．威廉斯（Hank Williams）車禍去世。導演藉年輕歌手的喪生，預示卡蘿和特芮絲好不容易得來的幸福，也遭逢了致命的打擊。

櫃檯的女人問：「你是四十二號房嗎？你們有昨晚發出的電報。」

卡蘿立刻警覺，忙問：「電報什麼時候到的？」

她看了電報，臉色大變，氣急敗壞地衝到車上找槍。卡蘿大吼：「我的行李箱在哪？我要行李箱！」

特芮絲被卡蘿嚇壞了，不知道發生什麼事。卡蘿找到槍，立刻衝到隔壁的四十一號房去，嚇壞了的特芮絲，只能在後面追著她喊：「你拿槍要幹什麼？」

卡蘿衝進四十一號房，發現那個跟她們閒聊的業務員，竟是私家偵探，昨晚在牆壁上鑽了洞，把她們兩人歡愛的聲音錄下了。

卡蘿大罵：「你這狗娘養的，錄音帶在哪？」她甚至願意付雙倍價錢把錄音帶買回來，但錄音帶一早就寄去給哈吉了。特芮絲躲在門邊。又氣又著急，幾乎崩潰的卡蘿無助地走出四十一號房門，把電報交給特芮絲。看完電報的特芮絲，才知道人心險惡，憤怒的對偵探說：「你怎能？」轉身把卡蘿丟下的槍帶走。

偵探卻說：「我是個專業人員。這不是針對你。」無計可施，六神無主的卡蘿，只能跟特芮絲說，讓我們離開這裡，徬徨無計，連走路都有點踉蹌。

我們看到自制的、驕傲的卡蘿，竟然走路踉蹌。那個打擊有多嚴重，可想而知。特芮絲走過去，把槍丟在垃圾桶。這時，特芮絲戴著的，已經是黑色帽子，而不是那頂彩色蘇格蘭帽了。

這代表她童稚純真的結束。

特芮絲聽到卡蘿在跟艾比打電話。

卡蘿嗚咽的說：「我不知道怎麼收拾殘局。我沒有力氣了。」

第一次，卡蘿崩潰了。她向艾比承認，自己已經沒有力量了。

驕傲的卡蘿，不認輸的卡蘿，終於被哈吉的手段徹底擊垮。原著裡哈吉甚至騙她說，離婚很順利，只是因為官僚體系沒有效率，才會拖延。

卡蘿以為離婚只是在進行中的過程而已，而她的心和人都已經自由了。她以為跟特芮絲離開紐約，往西部走，可以讓她離開哈吉的掌控，可以躲開她和哈吉離婚過程的這些混亂與難堪。

她錯了。

特芮絲站在冷風中，聽著她心愛的人對別人訴說自己的無助。她始終介意艾比和卡蘿那麼親近，卡蘿什麼事情都告訴艾比。而她覺得，卡蘿這麼慘，都是自己害的。她是害卡蘿陷入悲慘的幫凶，自己卻什麼都不能為卡蘿做。她也介意卡蘿什麼都不跟她說，只跟艾比說。

特芮絲整個身子瑟縮了一下。因為她知道，剛剛擁有的幸福，竟這樣短暫。她和卡蘿所要面對的，豈是只有寒風而已。難道所有的快樂，都已被摧毀，都將結束？

魯妮那個身體瑟縮一下的動作，精采萬分。一句話都沒有，卻勝過千言萬語。

卡蘿說：「我不知道怎麼收拾殘局。我沒有力氣了。」

她之所以這樣無助，是因為她知道，哈吉比她想像的更卑鄙殘忍。這件事發生後，她會徹底失去倫蒂的監護權，同時她和特芮絲之間，也將不再有希望。她將失去她的兩個摯愛，可是她卻完全無能為力。

但這一段有個疑問是，既然艾比已經知道卡蘿她們投宿的旅館，為什麼昨天晚上不打電話給卡蘿而是打電報？

電報要到今天早上才到，電話卻可以即時通風報信，不是嗎？

37

再次上路，昨晚是那樣充滿了愛與快樂。今早卻一切變了樣。

卡蘿如千斤重擔般開車，特芮絲在車上，垂頭喪氣的抽著悶菸，不說話。

卡蘿回頭問特芮絲：「你在想什麼？」特芮絲說不出話。

卡蘿抱怨：「你知道一天我要問你多少次你在想什麼？」

特芮絲立刻說：「對不起。」「我在想什麼？」「我在想，我太自私了，而且我……」

卡蘿立刻打斷她說：「別這樣。你根本不知道會發生這種事。你怎麼可能知道？」

特芮絲繼續說：「我該拒絕你的。而我從不曾說不。這樣很自私，因為我總是什麼都說好，都可以。我什麼都不知道，也不知道自己要什麼？當我什麼事都說好，我怎麼可能知道任何事？」特芮絲邊說邊傷心的哭了出來。

看到特芮絲哭，卡蘿把車停在路邊。雖然她自己已經六神無主，她知道哈吉一拿到錄音帶，她的尊嚴、名譽和權益都會被徹底剝奪。這都不算什麼，但倫蒂會被永遠帶走。之前她就已經勝算渺茫，加上這捲錄音帶，她只能一敗塗地。

但此刻，心愛的特芮絲在哭，她還是要振作精神安慰她。卡蘿整個身體靠過去，用右手抱著特芮絲，左手撫著她的臉，拭乾她的淚水。

她沉痛的對特芮絲說：「我只拿你心甘情願給的一切。」一字一句用力的說：「這不是你的錯，特芮絲，好嗎？」

她們必須趕路回紐約。此刻，說什麼都沒有用，因為情況已經糟到不能再糟。

卡蘿將失去一切。

卡蘿說「我拿你心甘情願給的」，她真的做到這一點。

導演這時把鏡頭擺在擋風玻璃前，讓我們只能透過擋風玻璃，模糊隔離的看著她們兩人。而且前擋風玻璃和側擋風玻璃，還是分割成兩塊的。

導演讓觀眾留在車子外，從車窗玻璃看特芮絲哭泣，看卡蘿安慰特芮絲，而不是把鏡頭放在車子裡面。是要讓觀眾感覺，她們的感情是與社會隔離的，她只有在車裡才能擁有自由表達的空間，可是社會依然在車外窺探。

而且特芮絲和卡蘿，也同時被擋風玻璃給切割分離了。這象徵他們之間有了裂痕。

38

晚上在汽車旅館，特芮絲換好睡衣，又聽到卡蘿跟艾比在通電話。

卡蘿說：「親愛的，謝謝你。我已心煩意亂，一塌糊塗了。」

特芮絲覺得，她跟卡蘿之間的一切，已經被摧毀了。特芮絲可憐兮兮地走出來，卡蘿看到特芮絲出來，就掛了電話。

眼看著特芮絲走到另一張床，拉開床罩要鑽進去。卡蘿對特芮絲溫柔的說：「你不必睡在那裡。」

特芮絲想了一下，走過來，到卡蘿身邊。

卡蘿緊緊的、溫柔的抱著特芮絲，兩人緊緊的擁抱。然後卡蘿溫柔的吻特芮絲，兩人的擁抱和相吻，是那樣的溫柔深情，卻又無比哀傷。擁抱和吻裡，嘗試著訴說言語無法形容的感情。導演讓我們看見魯妮面容裡的巨大哀傷。

這時她們兩人其實都知道，分離是不可避免了，卡蘿面臨的是幾乎無法對抗的力量。她們昨晚最相愛的時刻，竟然被卑鄙的錄了音。她們對自己的愛並不認為有錯，可是哈吉奪走倫蒂，讓她倆分開，也就擊碎了卡蘿整個世界。

這時，卡蘿手上的鑽戒已經不在了。

原著裡，卡蘿是因為旅行用錢，等不及從紐約轉帳來，而把鑽戒賣了。電影雖然沒有交代為什麼鑽戒不見了，但可以看成是卡蘿跟特芮絲相處之後的變化。然後鏡頭拍著她們裸著身子，緊緊相擁而眠，雙臂交疊。

明天一早起來，世界將變調。

導演在拍這場戲時，短短不到一分鐘的戲，卻讓凱特和魯妮吻了超過十分鐘都不喊卡。吻到後來，陶德還是不喊卡，凱特和魯妮忍不住笑起來，問說這樣夠了嗎？我們可以走了嗎？

陶德在訪問時說，看到她們相吻那一幕，他整個呆掉，久久不能自已，無法喊卡。因為凱特和魯妮完全呈現了卡蘿和特芮絲的深情纏綿和巨大的哀傷。後來他在剪輯室裡看這場景，還是一次又一次的被那深切的哀傷而感動，而震撼。

卡蘿對艾比承認自己已經崩潰了，因為她不像特芮絲一樣天真。她熟知世事，更知道哈吉和他的家族會用錄音帶怎樣對付她。以及如果她要求在監護權上有一搏的機會，她將可能要做出多大的犧牲和讓步。

而且時間緊迫，要立刻開始行動。她更知道，她和特芮絲，必須立刻分開了。卡蘿之所以破碎崩潰，不只是因為即將失去倫蒂。也因為她知道她要失去特芮絲了。

她不會願意把特芮絲推到這混亂骯髒的醜聞裡。

39

特芮絲沉沉的睡著，一覺醒來，睜開眼睛，看見的卻是坐在床前抽菸，盯著她看的艾比。

鏡頭帶到，昨晚特芮絲原本穿的藍色睡衣，整整齊齊的疊好放在另一張床上。

特芮絲立刻把身體藏在棉被裡，問：「她走了？」

艾比說：「一大早。」

特芮絲問：「她會回來嗎？」

「不會。」是艾比的回答。這回答幾乎擊碎特芮絲的心。特芮絲立刻又自責的說：「都是我的錯。」

「不要亂講。」

艾比把窗簾拉開，說我們該走了。

特芮絲坐起身子，用被子遮住裸露的身體。啊！這是多麼難堪又絕望。

在早餐室裡，隔著玻璃，我們看到特芮絲絕望、失魂落魄的臉。前晚她和卡蘿才衝破阻礙和困難，相屬合一。昨天就發現被錄音，今天一早起來，卡蘿已經離她而去。

艾比要她吃點東西，但她怎麼可能吃得下任何東西？眼看特芮絲沒有反應，艾比便說：「隨便你。」

特芮絲問艾比：「你為什麼恨我？我又沒有做對不起你的事。」

艾比滿嘴的食物，吃了一驚說：「你以為我飛過大半個美國載你回紐約是因為我恨你，想看你受苦？」

特芮絲說：「你是為卡蘿做的，不是為我。」

「你和卡蘿，到底怎麼回事？」特芮絲追問。

原著是，滑鐵盧之後，特芮絲追問卡蘿她和艾比的關係，卡蘿親口告訴特芮絲的。電影改成特芮絲問艾比，由艾比告訴她。

特芮絲完全清楚艾比對她的忌妒，和對卡蘿的愛。

艾比說：「那完全不一樣。我從十歲就認識卡蘿了。大概是五年多以前，一個夏天晚上，我的福特在我母親家附近壞掉了。我們試著整夜不睡，但最後在我的床上滾在一起，就是那樣。持續了一陣子。」

憔悴傷心的特芮絲聽到這裡，心痛不已，別過頭去，閉上眼睛，幾乎無法聽下去。在這種情況下，聽到情敵訴說跟自己心愛的人的過往親密關係，是怎樣的心情？

卡蘿教她怎麼學攝影：「挑你覺得好的，把不要的扔掉。」一直迴盪在她心裡，她就是卡蘿不要的嗎？艾比跟卡蘿的事也一樣，以前她可以對艾比說變就變，所以她現在也可以遺棄她。

艾比停了一下，感傷的說：「然後事情就變了，不是誰的錯。」

然後她拿出卡蘿寫給特芮絲的信。特芮絲立刻抓了信，衝出餐室，坐在餐室外的窗框讀信。

導演用遠景，讓我們看到小小的、心碎的特芮絲，坐在高高的建築下讀信，顯得渺小無助。

最親愛的，這不是意外，他無論如何都會找到我們。每一件事終將回到原點，但我們要感謝，早點發生比晚點發生好。

你一定會覺得我這樣說很殘忍，但無論我怎麼解釋，你都不會滿意。

你要求解答和解釋，是因為你很年輕，請不要生氣我這樣說。

但有一天你會了解。

當你了解了，請想像我會在那裡迎接你，我們的生命會像朝陽那般伸展。

但在那之前，我們不能有任何接觸。我有很多事情要做，而你，

親愛的，有更多事要做。

請相信我願意做任何事讓你快樂。

所以，我做了我唯一可以做的。

我釋放了你。

這是一封讓雙方都心碎的分手信。整封信是以卡蘿低沉、傷痛的聲音讀出來的。在凱特如伏特加般醇厚的聲音裡，艾比載著特芮絲一路回紐約。路程上，是特芮絲痛苦的崩

潰。

凱特的聲音，要多聽幾遍，才聽得出其中的滄桑、傷痛和悲哀。

當然，即使情況敗壞艱難至此，她還是盡力鼓勵特芮絲。但這怎麼可能有用？

在卡蘿的聲音裡，我們看到特芮絲整個佝僂了背，失去魂魄的呆坐在陰暗的旅館床邊，整個人像被輾碎的破娃娃。我們看到特芮絲在寒風中，像個失去依靠的孤兒般，狂奔下車子，在路邊大吐，蹲在路邊哭。看到她哭累了，如病倒般，只能痛苦地躺在車後座。

依然是卡蘿的車子，但曾經是兩人快樂的旅行，如今開車的人卻是艾比，載著心碎的特芮絲。

夜裡，艾比邊開車，邊調整後照鏡，從後照鏡同情的看著特芮絲。特芮絲已經哭到衰弱的昏睡在後座。艾比臉上的表情說明了一切。

這一幕，承載著非常細膩及多重的感情。

艾比是卡蘿從十歲就認識，最親密的朋友。因為一次意外，使她們短暫的成為愛人。原著的時序很清楚：當時她的婚姻已經完了，卻因為倫蒂而無法離開婚姻。她在婚姻中幾乎窒息，痛苦壓抑，而在和艾比的關係裡得到些許安慰，也第一次發現自己愛女人。對於卡蘿，那只是一場狂熱病，一下子就過去了，留下來的是深厚的友情而不是愛情。

可是艾比卻仍然深愛著卡蘿，願意留在卡蘿的生命軌道裡。為了幫卡蘿，飛越大半個美國把卡蘿的愛人帶回家，她的心情不問可知有多麼複雜。

但作為女人，而且一樣是愛著女人的女同性戀者，她了解也同情特芮絲的痛。可能艾比是唯一了解、同情卡蘿和特芮絲的人了。

陶德說，他跟凱特看剪出來的初版。凱特看到艾比從後照鏡同情的看著特芮絲那一幕，不由自主地落淚。因為那一幕裡，卡蘿的痛，特芮絲的痛，只有艾比可以懂。凱特從那一幕，了解了同性戀者的孤絕，被整個世界壓迫，她們只有她們自己。

最後，特芮絲落魄的，孤零零的，帶著行李回到曼哈頓的家。

牆上卡蘿讚賞過的照片還在，可是如今，她卻心碎的回來。

我們看到特芮絲的心碎與痛苦，但卡蘿的情緒和感情呢？在這場巨變中，這當下最痛苦的，難道不是卡蘿？

之所以要分手，是因為不得不分手。同時，卡蘿覺得因為特芮絲還年輕，也許很快就可以忘掉她，而她更不希望特芮絲被捲在這整場混亂中。

她不是遺棄特芮絲，她是放棄了自己，犧牲了自己，同時，希望特芮絲離開自己後，也許會比較快樂。

原著中，卡蘿在信中說，她是那個錯的人，而特芮絲還很年輕，也許可以從她的錯誤中得到教訓，避免她的錯誤，而在未來過得更好。她的意思是，她自己因為錯誤的婚姻，而失去一切。

為了爭取女兒，她必須看心理醫生「治療」同性戀傾向，必須斷絕跟特芮絲的關係，還要讓哈吉予取予求。

卡蘿覺得自己的人生已經徹底完了。她覺得，自己從頭到尾對特芮絲不是一件好事，給她帶來的都是壓力和痛苦。特芮絲既年輕又自由，她希望特芮絲將來不要重複自己的錯誤，而可以得到真正的幸福。

但卡蘿當下立刻決定要跟特芮絲分手，為什麼沒有當面溝通，而是寫分手信分手？而且讓艾比來載她回去。是因為無法面對特芮絲？還是因為面對特芮絲，她無法分手？這難道不會使特芮絲加倍難堪，更覺得自己被拋棄而且沒有尊嚴？雖然卡蘿並不認為如此，但她確實拋棄了特芮絲。

必須分手嗎？顯然艾比帶來了一些消息，讓卡蘿在短短幾個小時裡決定必須斷然跟特芮絲分手。

原著裡好強的卡蘿，剛開始還想繼續旅行，不願意向哈吉屈服。幾天之後，卡蘿覺得這樣下去不是辦法，還是得回紐約解決。特芮絲已經學會開車，所以兩人約好，大概一個禮拜卡蘿就會回來。卡蘿以為，監護權和離婚早就談判好了，這錄音帶也不是太嚴重的事。

沒想到回去之後，發現哈吉用錄音帶和特芮絲的一封信，推翻所有承諾，不但不給監護權，甚至要求卡蘿在倫蒂十八歲前，不能見女兒，除非卡蘿答應哈吉的一切條件，才有見到女兒的一絲希望。卡蘿的電話還被哈吉竊聽，行動被監視。她沒有任何選擇。

卡蘿還要忍氣吞聲，不能得罪哈吉和他家族。

簡單說，卡蘿要徹底否定自己，變成一個不是卡蘿的人，才可能見到自己的女兒。

這是多麼不堪、殘忍的虐待。

卡蘿的痛苦，絕對不亞於特芮絲，甚至只會更痛苦。因為她必須徹底否定自己，還要同時失去倫蒂和特芮絲。之後卡蘿出現的場景，都是面對夫家和律師等人，在社會壓力下的倔強與好強。

電影成功聚焦在特芮絲崩潰受創的痛苦，讓觀眾的情感定錨在特芮絲。

相對地，在描述卡蘿的深情、痛苦矛盾的心境，以及束手無策的絕望時，是用委婉間接的方式，低調呈現。因為編導極力避免妖魔化哈吉，又聚焦在特芮絲的心碎與成長，所以即使凱特的演技出神入化，觀眾還是不容易有心理空間，可以站在卡蘿這一邊。這是對卡蘿這個人物的處理，失衡的地方。

40

特芮絲把旅行的照片洗出來。一張張都是卡蘿，每一張都是卡蘿。特芮絲把卡蘿的神韻都拍出來了，技巧已經大有進步。

這時導演特寫特芮絲癡癡的凝望著在藥水中搖晃的，沉睡中卡蘿的臉。

特芮絲終於忍不住排山倒海的思念，下樓打電話給卡蘿，連鞋子都沒穿。看她下定決心拿起話筒，又立刻掛上。思索再三，又拿起話筒，丟下錢幣，撥了號碼。

電話接通了，特芮絲鼓起勇氣說 Hello。

接電話的是卡蘿。她坐在床邊，穿著睡袍，憔悴心碎，右手拿著聽筒。她一聽到特芮絲的聲音，一聲不出，閉上了眼睛。

特芮絲溫柔、思念、不捨的喚著她的名字：「卡蘿！」

聽到呼喚，卡蘿左手緊緊握住話筒，彷彿愛撫著愛人的手，或是擁抱著愛人般。

電話兩端沉默著，而卡蘿嘴角不斷抽動，像是極力壓抑著想要回應特芮絲呼喚的本能，終於用唇吻著話筒，閉上了眼睛。

可是，不，不能通電話，不能來往，必須掛電話。

卡蘿用手指想按掉電話，卻怎麼也不捨得。

她的指甲已沒有任何指甲油。

終於狠下心，按下按鍵，切斷電話。

聽到卡蘿把電話掛上的聲音，特芮絲用耳語般的聲音呼喊著：「我想念你。我想念你。」然後悵然地掛上電話。明知卡蘿不能也不會跟她通話，卻忍不住還是要打，還是想聽對方的聲音，想要試那萬分之一的可能。

卡蘿掛上電話以後，整個人癱倒在床上，憂傷愁苦。她剛剛用了多少力氣，才能壓抑自己的情感。

觀眾的心跟著卡蘿和特芮絲一起心碎。

特芮絲年輕單身而自由，她的朋友，如丹尼和菲爾，都是文青，所以特芮絲未必能理解，卡蘿如何被哈吉剝奪自由。

原著裡，特芮絲跟卡蘿說以前被解雇，因為覺得太丟臉，所以乾脆讓自己徹底消失。卡蘿就羨慕的對特芮絲說：「你知道你有多幸運，可以有消失的自由嗎？」

原著裡卡蘿曾告訴特芮絲，她的電話已經被哈吉竊聽。如果她不能徹底斷絕跟特芮絲的關係，恐怕連上談判桌的資格都沒有。

卡蘿最愛的兩個人已被奪走，她被完全孤立，只剩下艾比這個救生圈。

41

丹尼打開桌上的罐頭。罐頭旁的《紐約時報》，壓著一疊疊的卡蘿照片，全都是特芮絲拍的。丹尼拿開報紙，看到照片。照片全都拍得很好，氣韻生動，神采流轉，彷彿卡蘿隨時會從照片走下來般。

丹尼跟特芮絲說：「這些照片拍得好極了，你真的抓住主題的靈魂了。」

特芮絲走過來，說：「那些只是練習而已。」一把搶走照片，塞在櫃子底下，沒有表情。

特芮絲穿著牛仔褲，紮馬尾，正把房間從昏黃色漆成藍色。

丹尼繼續說：「你真該把照片整理成作品集。只要你願意，我就跟我在時報的麻吉說，他們一直需要做文書工作的人。」

可是特芮絲只是奮力的漆油漆，一句不吭。

丹尼問：「你跟她去旅行了，對不對？」

特芮絲沒回頭：「對！」

丹尼是同情的，或許好奇：「發生了什麼事？」

特芮絲當然無法對外人解釋，只能說：「沒什麼，只是真的很難。」

「是因為上次我親你的關係嗎？如果是因為那樣，請忘了那件事，別害怕。」

特芮絲立刻否認：「不，我並不害怕。」

不不不，她不是因為這樣才愛上卡蘿。不，她不懼怕這個世界，她只害怕卡蘿不愛她，遺棄她。她其實知道卡蘿是不得不分手，但她不能不怨卡蘿。她無法跟任何人談卡蘿，包括丹尼。她不能不想起，理查詛咒過，說卡蘿馬上就會對她厭倦。是嗎？就像她對艾比？明知不是這樣，卻不能不懷疑。

特芮絲的衣著開始變化，把房間改漆藍色。但是特芮絲又沒有了笑容。我們只能看到特芮絲面對牆壁，背對著我們，努力的刷牆壁，什麼都不願意說。能說什麼呢？

魯妮連她的背影都有戲，都可以表達感情。那種受傷，沉默，壓抑，心痛，怨，都有。

丹尼對於特芮絲跟卡蘿的情感並沒有批評，這是特芮絲和卡蘿不同的處境。特芮絲不了解卡蘿處境何等凶險，以及一個母親愛女兒的心情。但她愛卡蘿。她受傷。她怨。

42

特芮絲正在嘗試改變生活。卡蘿卻在地獄裡。

電視機裡是剛當選總統的艾森豪的就職演說：「我們已經經歷了半個世紀的持續挑戰。」

導演用電視裡艾森豪的演說，帶出當時的時代氣氛和與主角情境有關的雙關語。「持續的挑戰」也正是卡蘿所面臨的。

先傳來哈吉母親的聲音：「多來一點馬鈴薯泥，卡蘿？」

鏡頭拉過來，我們看到穿著端莊，全副武裝的卡蘿恍神了一下，才僵硬但禮貌地回應說：「喔，好的，謝謝，那很好吃。」

卡蘿看起來一點都不喜歡吃，但人在屋簷下，怎敢拒絕？卡蘿顯然是被迫來哈吉家的。

哈吉坐在卡蘿旁邊，幫卡蘿挖了一大匙馬鈴薯泥。

電視裡的艾森豪說：「真相定義了今日的意義。」

這句話太經典了。

卡蘿婚姻的真相是什麼？卡蘿的「今日的意義」又是什麼？

哈吉的家族是這樣虛偽又殘酷，吃人不吐骨頭。不只搶監護權，更要殘忍的剝奪倫蒂與母親相處，享受母愛的權利。

卡蘿只為了可以見倫蒂，而來這裡等，哈吉母親還假惺惺的要卡蘿多吃馬鈴薯泥，好似她對卡蘿有任何一絲憐憫般。

卡蘿的表情是痛苦、侷促不安的。她看了哈吉母親一眼，幾乎掩藏不住憤怒。

艾森豪繼續說：「我們因這榮耀和歷史性的典禮，而振奮而被召喚！」

卡蘿的榮耀和歷史性的典禮又是什麼？

卡蘿委屈的吃了一口馬鈴薯泥，可憐兮兮，結巴的請求：「我在想，也許，也許，瑪吉和徹斯特現在，差不多該帶著倫蒂回來了。」

哈吉母親竟然說：「瑪吉交代我們不用等他們。」說完，對著卡蘿露出了勝利的得意笑容，似乎以折磨卡蘿為樂。意思是說，瑪吉帶倫蒂出去玩，雖然知道你要來，可是她並不急著讓倫蒂回來見你，你就慢慢等吧。

連哈吉都看不下去，說：「我想他們很快就回來了。」

卡蘿僵硬侷促，如坐針氈。

鏡頭換個角度，我們看到餐桌上還有第四個人，哈吉的父親。他開口說話了：「哈吉告訴我們，你跟你的醫生處得很不錯，卡蘿。」

卡蘿還來不及回答，哈吉他媽媽立刻補一槍，口沫橫飛地說：「當然該處得很好，那可是很貴的醫生。」

卡蘿聽到這種話，終於忍不住回擊，平靜的說：「事實上，他不是醫生，他是心理治療師。」

哈吉他媽繼續刺：「他是被高度評價的。」

哈吉父親加入，支援妻子：「耶魯畢業的，跟你叔叔一樣。」

卡蘿的叔叔也是耶魯大學畢業的，表示卡蘿自己家族也不是泛泛之輩。卡蘿不讓步，堅持把話說清楚：「是的，可是那還是不能說他就是醫生。」

卡蘿的話，讓大家啞口無言。

這樣的卡蘿，才是卡蘿。她是不可能委曲求全，忍氣吞聲的。她知性，以理服人，是會回擊的。

這時候，電視裡的艾森豪又說了：「他們龐大的帝國已經消失了，新的國家已經誕生。」

艾森豪的每句話，都在幫卡蘿下註腳。

艾森豪：「對我們的國家而言，這是一個新時代……」

卡蘿這時語氣平和的說：「但我確實喜歡他，他幫了很大的忙。」

幸好今天沒有白來，倫蒂回來了。卡蘿衝出去接倫蒂，開心的一把抱起倫蒂，把她緊緊抱在懷裡，跟女兒親熱。瑪吉和徹斯特看到卡蘿，竟連招呼都不打。

鏡頭上，哈吉和他父母，站在一旁，看著卡蘿和倫蒂，很有象徵意義。他難道不覺得慚愧？不覺得自己過分？

這一幕我們看到，卡蘿不但被逼跟特芮絲分手，還被逼著看心理治療師，矯正同性戀，而且還是哈吉家族規定的人。這其實是對卡蘿人格和尊嚴的徹底否定。

為什麼卡蘿這麼介意他是不是醫生呢？因為那人確實不是醫生，而且，如果她承認看的是醫生，那就是承認自己是病人，承認自己是精神病，是心理不正常。卡蘿雖然被迫向外界妥協，但在內心卻不能投降。她知道自己沒有錯，而且不願失去最後一點尊嚴。

這頓飯，完全清楚的呈現卡蘿十年婚姻生活的真相和此刻無奈的處境。

1. 哈吉是二世祖，父母掌權強勢且高壓，一切都是他媽媽說了算。連哈吉在父母面前，都沒有說話的餘地了，更何況是擁有自由靈魂，個性強勢且叛逆的卡蘿？

2. 他父母很保守很傳統很勢利眼又刻薄，向來不喜歡，也看不慣卡蘿。
3. 卡蘿被迫矯正同性戀，早已開始痛苦的心理治療與輔導。
4. 可憐的卡蘿，為了看到倫蒂，不得不來哈吉家吃地獄般的午餐。可是哈吉的母親還要不斷刁難，千方百計嘲諷。
5. 哈吉家族殘忍的剝奪孫女的母愛與親情，以及虛偽的表態。

導演也刻意用艾森豪的演說，呈現卡蘿的處境和時代氛圍。

43

另一方面，理查和特芮絲分手了，理查帶來特芮絲的紙箱。回到家，特芮絲把照片拿出來整理。用卡蘿教她的法子：把好的留下來，把不好的丟掉。

她看到了那張卡蘿買聖誕樹時，她幫卡蘿拍的照片。

她愣住，拿起來，凝視卡蘿許久，然後把照片放在要丟掉的那一堆。

特芮絲對卡蘿是有怨的。卡蘿背叛她，把她丟掉了，不要她了。

所以，她要學會卡蘿教她的這件事，把不要的丟掉。

她也不要卡蘿了。

晚上卡蘿家，艾比端著兩杯茶爬上二樓。

卡蘿一臉憔悴絕望，站起來要搶著幫她端茶。

坐下來，卡蘿絕望無助的說：「我實在無法繼續這樣下去了，艾比。」

「我是說，我還得吃多少番茄肉凍午餐，然後，我回家，一個人，還是沒有倫蒂。」

哈吉父母不肯讓倫蒂跟卡蘿回家。

卡蘿拿出菸來正要點燃：「回來這個空蕩蕩的房子。」一個孤零零，沒有女兒的家。

卡蘿叼著菸憔悴的面容，如被一拳重擊鼻梁，愣住不能動彈。

眼看著卡蘿這樣絕望，艾比靜靜的聽著卡蘿哀鳴，突然問：「特芮絲呢？」

愣了幾秒後，彷彿消化了這個名字，她清醒過來，問：「什麼？她怎麼了？」結巴起來，又擔心又著急。

艾比微笑的看她，溫柔的問：「你有聽說什麼嗎？」

卡蘿長長嘆了口氣：「沒有，沒有。從她打電話來以後，已經一個月了，沒有任何消息。」顫抖著抽著菸說。

「我但願……你是……？」卡蘿這時意識到，艾比是不是聽到了什麼消息。「聽……聽到什麼消息了嗎？」卡蘿結巴的問。

艾比搖頭：「從特芮絲那兒？沒有。」然後微笑地，說了最重要的話：「不過，她應該已經開始在《紐約時報》上班了。」

卡蘿搖著頭，悔恨的、結巴的說：「我應該跟她說：『特芮絲，等我！』」

艾比同情的看著她。

這時卡蘿家的車道上，突然有車燈亮起。

卡蘿：「誰竟然在我的車道上迴車？」

艾比急忙站起來說：我該走了！

卡蘿著急的說：「不不不，你別走……。」脆弱的卡蘿，像溺水的人抓住浮木般，不肯讓艾比走。

但艾比堅持要走：「我該走了。」

卡蘿只好送艾比下樓，兩人緊緊握著手，卡蘿搭著艾比的肩，艾比攬著卡蘿的腰。

這象徵著，艾比是卡蘿最堅定的朋友，最後的支柱，以及她們彼此從十歲至今，深厚的友誼和對彼此的了解。

而此時卡蘿唯有的，也只有艾比了。

艾比如此了解卡蘿，也十分清楚哈吉家族，知道卡蘿一定會失去倫蒂。她更知道卡蘿和特芮絲如何相愛。

眼看卡蘿即將失去倫蒂，如果卡蘿真的不能和特芮絲在一起，卡蘿是否還能好好活著？所以當卡蘿跟她說，她真的撐不下去了，她立刻就問起特芮絲，並且帶來特芮絲的近況。

她想讓卡蘿知道的是，除了倫蒂，別忘了你的生命中還有特芮絲。這時候提醒卡蘿，生命中還是可能有愛，對萬念俱灰的卡蘿來說，是多麼慷慨的提醒啊。

仍然愛著卡蘿的艾比，明知卡蘿不愛自己，明知特芮絲是自己的情敵，卻願意在卡蘿最脆弱最無助的時候，拋開自己的忌妒和占有慾，成全卡蘿和特芮絲。

只要卡蘿快樂就好。而卡蘿跟特芮絲在一起才快樂，那我就幫助，成全她們的愛吧。

艾比對卡蘿的愛，和口口聲聲愛卡蘿，卻用控制和支配處理婚姻，讓卡蘿失去自我；當卡蘿無法忍受而要逃離，就奪走女兒，更逼卡蘿否定自我的哈吉相比，簡直是天與地的差別。

艾比在卡蘿家陪伴卡蘿，眼看卡蘿憔悴心碎，不捨之下告訴她特芮絲的近況，這一幕是凱特建議的。而離開時艾比和卡蘿兩人相互扶持的場景，更是凱特和莎拉兩人臨場即興的精采表演。剪接師阿方索每次在剪接室看這一幕，都被那感情的重量感動萬分。

44

灰暗的玻璃外是熙來攘往的街道。

卡蘿搭著計程車，要去律師樓跟哈吉談判。這是她犧牲自我，放棄她所愛，以求能有最後一搏的戰場。她被釘在十字架上審判，罪名是因為追求愛、尊嚴和自由。

卡蘿已經不再穿皮草了。事實上從她在車上，由特芮絲幫著脫下皮草那一幕之後，她不曾再穿過皮草。

這是很重要的改變。服裝的改變，除了顯示兩人心境的變化以外，也象徵著兩人情感關係的轉變。

我們跟特芮絲第一次在百貨公司見到卡蘿時，她身上就是那件皮草。之後我們看到的卡蘿，幾乎都穿著皮草或是豔紅大衣。可以說，那皮草幾乎是卡蘿的第二層皮膚。可是我們現在看見的卡蘿，已是一身素雅，白色大衣。認識了特芮絲，經驗了真正的愛情，經歷了痛苦的失落，卡蘿已經蛻變了。

突然她看到一個熟悉的身影，她忍不住靠向車窗，凝視窗外。是特芮絲。

她穿著紅色套裝和紅色皮鞋，看起來彷彿一夜之間長大成熟了。特芮絲正要過馬路，那樣生氣勃勃，有目標有希望的往前走。卡蘿目不轉睛的看著特芮絲，彷彿精魂已經越過車窗。

計程車繼續往前開，眼看著離特芮絲越來越遠。卡蘿整個臉幾乎貼在車窗玻璃上，計程車繼續往前走，她快要失去特芮絲了。她從車窗玻璃的前段移到後段，睜睜的看著特芮絲，恨不得越過車窗而去。

卡蘿的目光有幾百種感情：哀傷、愛戀、思念、驚異、仰慕、欣慰和悔恨……。

最終，特芮絲終於消失在人群中。

看見特芮絲，彷彿讓她頓悟，她把最愛的特芮絲隔離在她的人生之外，其實是把她自已隔離在人生之外了。彷彿她的人生，其實在計程車外，而她卻在車內。

成熟而脫胎換骨的特芮絲給了她面對哈吉的勇氣和信念。她終於可以真正正視自身的處境，和自己的人生。這是最了解她的艾比，之所以要跟她提起特芮絲的原因。

原著裡，卡蘿曾經在信裡對特芮絲說：「我記得你的勇氣。你的勇氣是我從來不曾懷疑的，而那，給了我勇氣。」

卡蘿始終看到特芮絲的勇氣，和初生之犢不畏虎的純真。而這樣的勇氣，再一次鼓舞了卡蘿，給了卡蘿面對橫逆的勇氣。她是不是可以一樣，誠實的面對自己的生命，勇敢的活出自己想活的人生？

計程車裡的凱特，目光和表情裡的愛戀、眷念、思念、感動、震撼和不捨，超過她過往所有表演。無聲，卻勝千言萬語。這是一個偉大的演員，所可以給這個世界的珍貴禮物。

45

然後，卡蘿鼓起勇氣進了律師樓。

今天跟哈吉律師的談判，是一場血淋淋的戰爭，但她幾乎連自衛的武器都沒有，極度弱勢。而且，是她的人生、她的人格和尊嚴被釘在十字架上，被眾人審判。她根本毫無勝算，卡蘿能怎麼辦？

不再穿著皮草，不再一身紅，穿著素色的卡蘿在電梯裡。一打開門，一屋子的人。

哈吉的律師傑瑞說：「根據這無可爭辯的證據，所顯示的嚴重性，我們預期，我的客戶會在法庭贏得單獨監護權。」

這就是卡蘿面臨的地獄。

卡蘿的律師佛德立刻反擊：「先別下結論，我客戶的心理治療師，對她在冬天事件後的康復狀況完全滿意，主張她絕對有能力照顧她自己的小孩。」

他接下去說：「她已經完全斷絕，跟被質疑的女孩的一切聯絡，而且……」

哈吉神情凝重，低著頭聽律師說話，不時看卡蘿一眼。

「我們有賽德布魯克研究所的兩位精神科醫師，他們宣誓的意見書表明，我的客戶是因為她先生一連串的作為和事件的影響，才使我的客戶情緒崩潰，也才使她有那些假設有的，脫離常軌的行為。」

卡蘿律師的反擊非常有力。卡蘿已經放棄自我與所愛；也承認自己是精神病人，而精神失常的原因還是哈吉造成的。

律師話還沒講完，哈吉已經站起來，拍著桌子大罵：「胡扯！」

律師佛德繼續說：「而且，根據這些錄音帶錄音以及取得的方式，我們相信法庭不會接納作為證據。」佛德的第三招也有說服力，非法竊聽取得的錄音帶，理應無效。

哈吉的律師打斷卡蘿律師：「好了佛德，這是你打算處理案子的方式嗎？首先，我要先看看那些宣誓意見書。第二……」

現場一片混亂，每個人都在大聲說話。

卡蘿終於忍不住，禮貌的請求說話。「我可以，我可以說話嗎？」

卡蘿對佛德說：「我不會否認錄音帶裡所呈現的事實。」

佛德嚇了一跳，卡蘿怎麼可以承認錄音帶的內容？他立刻要求：「這是不列入紀錄的。」

卡蘿不理他，乾脆破釜沉舟的說：「沒關係，就列入紀錄。」

全場震驚，佛德嚇得轉過頭來瞪著卡蘿，連哈吉的律師都不可置信地看著她。這女人瘋了嗎？自己承認自己幹了那些事？

卡蘿轉頭對哈吉說：「哈吉，我希望你快樂。我沒有讓你快樂，我辜負了你。我是說，我們兩人都應該付出更多。但我們給了彼此倫蒂，而那是世上最讓人屏息、最慷慨的禮物。所以，為什麼我們要花這麼多時間，想辦法讓彼此見不到她？」

哈吉一句話都說不出來。

卡蘿說得很客氣，其實要獨占倫蒂，用倫蒂來報復的，一直是哈吉。

卡蘿繼續說：「跟特芮絲發生的事，是我要的。我不會否認，或說我……」

卡蘿的律師嘆口氣，臉色像苦瓜。這簡直是自殺，為什麼卡蘿要招認一切？

「但我真的後悔。我後悔這一切的混亂，在我們孩子的生命裡所造成的影響。我們，哈吉，我們兩個都要為這一切負責。所以，我想，我們應該把一切事情好好處理。現在，我認為哈吉應該有倫蒂的監護權。」

佛德趕快打斷卡蘿，他想卡蘿一定是瘋了。「我可以建議，我們先休息一下嗎？」休息一下，他也許可以想辦法挽回頹勢。仗都還沒打，那有這樣全盤投降的？

哈吉的律師當然要乘勝追擊，於是現場再度陷入混亂。

卡蘿請求：「佛德，你可以讓我說話嗎？如果你不讓我說話，我會沒有辦法處、處理。」

「我不是烈士。我不知道什麼對我才是最好的。但我知道，我打從骨子裡知道，什麼才是對我女兒最好的。」

卡蘿開始顫抖，微微啜泣，有著鼻音。但她極力控制自己，不願意讓自己哭。為了倫蒂好，卡蘿什麼都願意犧牲。

「我要倫蒂的探視權，哈吉。我不在乎，見倫蒂時，是不是得有其他人在場監視，但必須是定期的、經常性的。」

卡蘿站起來，穿上外套，一邊輕輕啜泣一邊說：「以前，我會不計代價，不惜一切，把我自己鎖起來，放棄我自己，只求爭取倫蒂跟我在一起。但一個否認自己，拒絕承認自己生命本質的我，對倫蒂，對我們，究竟有什麼好處？」

鏡頭照到哈吉，哈吉臉上有一絲悔意，有一點感動。

卡蘿啜泣著繼續說：「所以，這就是底線。我不會，我無法再繼續談判了。你可以接受，也可以不接受。但如果你不接受，我們就上法庭。但如果上法庭，事情會變得很醜惡。」卡蘿終於哭出來：「但我們都不是醜惡的人啊，哈吉。」

說完，卡蘿轉身哭著離開。

卡蘿律師叫：「唉！卡蘿！」追了出去。

鏡頭特寫，哈吉看著卡蘿。哈吉的臉上是一個非常複雜的表情，有不忍、舊情、震驚、頓悟和疑惑。可是，他會對卡蘿心軟嗎？

卡蘿所做的，是一個母親對她摯愛的女兒可以做的最偉大的犧牲，和最勇敢的教導。我想起所羅門王的故事，那個孩子真正的母親，因為怕兩人相爭，會把孩子撕碎，而寧願放棄孩子。

卡蘿並不是為了跟特芮絲在一起而犧牲女兒。她說過去她會不惜一切代價的把倫蒂留在身邊。確實。倫蒂生下沒多久，她就知道婚姻完了，可是為了倫蒂，她願意放棄自己，留在婚姻中。被偷偷錄音後，她再一次放棄了自己，跟特芮絲分手，把自己鎖起來，只求可以跟倫蒂在一起。

但她終於了悟，一個不能勇敢面對自己生命的真相，不能誠實生活的母親，對女兒將是多大的災難。

同時，卡蘿說得很清楚，即使她多麼想要女兒，她也不願意讓她的孩子在離婚官司的混亂傷害中，備受折磨。她知道什麼才是所有的選項裡，對女兒最好的安排。

究竟，什麼才是一個好母親呢？

是為了維持表面上的家庭完整，服從丈夫，完全沒有自我，而活在沒有愛的婚姻裡？是為了可以不失去女兒，而委曲求全，失去靈魂的過一生？是為了可以為監護權一戰，而承認自己的愛是錯的，是精神變態？同時把倫蒂扯入為了監護權而展開的醜惡離婚官司？在法庭上跟哈吉家族互鬥，互掀瘡疤？

卡蘿不願意這樣傷害倫蒂。

卡蘿選擇承認自己內在的本質，這本質，包括不願意順從夫家，包括渴望自由，包括渴望真愛。

是的，包括不願意繼續欺騙自己，包括她愛特芮絲。卡蘿知道，當她誠實的活出她想要的生命，她才是倫蒂真正需要的母親。

卡蘿說：「我會把自己鎖起來，只求讓倫蒂跟我在一起。」

因為要把自己鎖起來，所以把特芮絲關在外面，離開特芮絲，卡蘿的痛，絕對不下於特芮絲；或許更痛。

在五〇年代麥卡錫主義的高壓保守年代，在哈吉家族和律師環伺下，卡蘿竟然膽敢承認對特芮絲的愛！她說這是她要的，她不會否認。這是多麼巨大的勇氣。難怪卡蘿的律師不住嘆氣，因為這根本是人格自殺，等於承認自己是個變態。

但是卡蘿說她後悔。為什麼她後悔？

她後悔的，是不該在離婚手續沒有完成以前，忍不住對特芮絲的愛。她以為離婚早已談妥，離婚手續已在進行，對監護權也已經有了共識，所以她該已是自由身了。她後悔自己太天真；後悔低估了哈吉可以何等不擇手段。

原著裡，卡蘿就曾對特芮絲說過，她絕不願意讓倫蒂夾在父母中間，左右為難，所以她寧願犧牲自己。

卡蘿所不能對哈吉和眾律師說出口，而且觀眾也常忽略的，另一個卡蘿覺得悔恨的原因，是為了特芮絲。

她深深覺得對不起特芮絲，把特芮絲牽扯在這件骯髒齷齪的離婚官司裡，讓特芮絲幾乎身陷醜聞之中，而且讓特芮絲無論如何，都已深受傷害。這也是為什麼她在分手信裡對特芮絲說：「請相信我願意做任何事讓你快樂。所以我做了唯一我可以做的：我釋放了你。」

所以她才會對艾比說：「我該告訴特芮絲……特芮絲，等我！」

而她之後跟特芮絲重逢時，才會說特芮絲如花盛開般的成長，「是不是因為你離開我的關係？」

卡蘿一直深怕自己對特芮絲有不好的影響，尤其是特芮絲被捲入她跟哈吉的離婚糾葛中。原著裡，偵探跟蹤錄音後，卡蘿就曾經愧疚的對特芮絲說：「我究竟給了你怎樣的日子啊！」

46

灰暗霧濛濛的玻璃窗外，是熙來攘往的人與車。那是卡蘿的視線所看到的世界。然後鏡頭拉到卡蘿，透過咖啡店灰暗的玻璃，我們看到卡蘿獨自一人，坐在靠窗的卡座，望著霧濛濛的窗外沉思，寫信。

導演把鏡頭擺在咖啡店玻璃窗外，讓我們隔著玻璃看卡蘿。

在律師樓談判之後，她已經承認一切，也失去了一切。前途茫茫，好似這灰暗的玻璃，遮蔽了她的未來。

但另一方面，她已經不再懼怕失去，她已經勇敢的面對了自己的生命與真相，更為了女兒而做了不同的犧牲。

什麼才是一個好母親？以自身真實的生命展現在女兒面前，這會不會才是一個更好的母親？這時候，一無所有，也從此無所懼怕的卡蘿，終於有自由和條件可以追求她所愛了，她寫信給誰？

還有誰？

47

導演把我們帶到《紐約時報》的攝影編輯室內。

先是特寫編輯們在審視底片，然後拉開鏡頭，看到編輯們正在開會討論一張張照片。

我們看見特芮絲站在那裡，聚精會神的記錄著。

編輯室內煙霧繚繞，喧譁聲、討論聲此起彼落。

「這個傢伙，這個傢伙，這個傢伙。」

「那是這個傢伙，我喜歡這樣。」

「這個在哪裡？我們早先有的照片在哪裡？」

這時有人開門進來，拿了封信給她，說：「專人送來的，酷喔！」

特芮絲看了信封，她知道是誰寫的信。但正在開會，她把信夾在筆記板下，繼續工作。

等她回到座位上，她把那封短箋放在打字機旁，邊看信邊打字。

在印著哈吉．愛爾德太太和地址的信紙上，卡蘿龍飛鳳舞的寫著：

最親愛的特芮絲，你今天傍晚可能會有空，到麗池飯店跟我見面喝杯茶嗎？週五，四月十七日，下午六點。如果你不能來，我會了解的。卡蘿

這就是卡蘿。

如果你不能來，不願意來，我會了解的。永遠只有請求，沒有強迫。就像她在車子裡對特芮絲說的：「你心甘情願給的任何東西我都接受。」事實上，她對任何人都是如此。

這封信讓特芮絲不時陷入沉思。最後，她把信揉了，扔進垃圾桶，專心打字。特芮絲在時報裡的工作，是文書人員，主管開會時站在一旁記錄，而不是攝影師。她跟卡蘿分開後，我們不曾看過她有新的攝影作品了。這，也是一種象徵與暗示。她因為卡蘿，而真正可以開始抓住攝影的精髓。但離開了她的繆思之後，卻也不再攝影了。

卡蘿已經一無所有，也對哈吉叫牌，婚姻和監護權都已經了斷了。現在她真正是自由之身了，只有一件最重要的事，就是見特芮絲。卡蘿寫信，用的還是印著哈吉·愛爾德夫人的信箋紙，一來可見她的生活細節講究；二來清楚呈現，當時一個已婚婦女的唯一身分，是哈吉·愛爾德夫人，只看得到她先生的名字，可想而知，女性是沒有獨立人格與地位的，所以即使已經在離婚當口，哈吉還理所當然的對艾比說，卡蘿是他的責任。

48

麗池飯店裡，「當然，謝謝，再見！」鏡頭是卡蘿掛上電話，從電話亭走出來，理了理頭髮，往餐桌走去。

她看到特芮絲已經坐在她訂的桌前了。

她站住，激動的看著特芮絲的背影，眼淚幾乎要奪眶而出。她吸了口氣，讓自己鎮定下來，才往前走。

爵士樂聲中，特芮絲穿著雅致的套裝，戴著珍珠耳環，化著妝，這是一個成熟長大的特芮絲。

桌子上已經放好茶點，她用手轉著茶杯。

彷彿聽到身後的腳步聲，特芮絲回過頭來，看見卡蘿已經站在身邊。她穿著米色套裝，戴著黑色帽子，綁在皮包的絲巾也是淡色的。

卡蘿站在桌邊，期期艾艾的說：「我沒把握你會來。」

從看見卡蘿，特芮絲就一直目不轉睛地凝視著她，沒有笑容，沒有說話。

卡蘿卻不敢看特芮絲。

卡蘿坐下後，說：「你願意來見我真好。」

特芮絲的聲音是成熟了的聲音，低沉，溫柔，聲音裡有著複雜感情。有哀怨，有深情，有壓抑：「別這樣說。」特芮絲看著卡蘿，說完，又低下頭。

卡蘿問：「你恨我嗎？特芮絲？」

特芮絲看著卡蘿，壓抑不了的眼神裡有千言萬語：「不！我怎麼可能恨你？」端起茶喝了一口。

卡蘿彷彿受到鼓舞，鼓起勇氣，笑著，雙手交疊，掩飾自己的緊張。說：「艾比跟我說，你的生活好極了。」她並沒有告訴特芮絲，她曾看見她。

「你不知道我有多替你高興。」卡蘿深情地望著特芮絲。

「而且，你看起來好極了，你知道嗎？」

「就像你突然盛開，成熟了！」

特芮絲沒有說話，沒有笑容。緊張的拉了拉自己的衣服，低下頭去。

「這都是因為你離開我的緣故嗎？」

特芮絲立刻說：「不。」

這是真的，卡蘿為特芮絲可以好好生活，可以成熟長大，發揮才華而真正高興。原著裡卡蘿對特芮絲說：「我的小紅人（little big shot），你知道嗎？你連聲音都不一樣了。」她希望特芮絲可以發揮自己的才華，可以有自己想要的發展。但她知道她那樣傷害特芮絲，也許，她終究不會有第二次機會。

特芮絲看著卡蘿的目光又愛，又怨，又怒，又緊張，又壓抑，千言萬語。

兩人沉默下來。卡蘿的目光不肯離開特芮絲，一直凝視著她。

特芮絲低下頭，又抬頭，凝視著卡蘿，問：「怎樣？」沒有笑容。

卡蘿：「沒什麼。」卡蘿拿起菸，邊說：「哈吉跟我要賣掉紐澤西的房子。我在麥迪遜大道上，找了一間公寓。」

卡蘿要拿菸給特芮絲，特芮絲卻拒絕了：「不用了，謝謝。」

卡蘿：「我也找了工作。相信嗎？我要在第四大道的家具公司當採購。」卡蘿自己都覺得不可置信，所以用一種嘲諷的語氣說，點起菸。

第一次見面，卡蘿就曾對特芮絲說：「逛街讓我很緊張。」特芮絲還用「在這裡工作也讓我緊張」來安慰她。結果現在她卻要去當採購，專門買東西。

不過原著裡，卡蘿和艾比合夥過骨董家具生意，而且卡蘿一直對家具有濃厚的興趣，也極有品味。

卡蘿喜歡用輕鬆嘲謔的態度說嚴重的事，不喜歡把自己的傷痛公開亮給別人觀賞。

特芮絲沉默地看著卡蘿，幾秒後，側著頭問：「你見到倫蒂了嗎？」

這是特芮絲到目前為止，唯一問起的事。其他對答，都是不不不。

卡蘿為了倫蒂才離開她，所以她知道卡蘿剛才說的事情，其實對卡蘿來說並不是那麼重要。卡蘿最在乎的事，卡蘿反而沒有說。

特芮絲只想知道，卡蘿見到倫蒂了嗎？

「一兩次。」卡蘿想辦法平靜的說著。

「她現在跟哈吉住，這是……」卡蘿深深吸了口氣，像是要極力忍住，不讓自己哭出來：「這是對的事。」

特芮絲沒說話，沉默的喝了一口茶，然後低下頭。

她怎麼會不知道這對卡蘿是怎樣的打擊和失落？她那麼愛倫蒂。

「總之……」卡蘿有點吞吞吐吐，說不出口。

特芮絲注視著卡蘿。

「這是一個很好、很大的公寓，大到可以住兩個人。」卡蘿邊說，眼睛卻不敢直視特芮絲，低頭看著香菸盒。「我本來是想，也許你會要跟我一起住。但我猜，你現在應該不會想跟我住了。」

這段話說得結巴，艱難，毫無自信，然後自己說，你應該不會願意。說完，緊張的笑了笑，鼓起勇氣，期期艾艾的問：「你願意嗎？」雙目熱切的、期待的看著特芮絲。

兩人沉默地注視著，沉默著。

原著裡這樣寫特芮絲：「她的心大力跳動了一下，就像卡蘿第一次打電話給她時一樣。她的內在回應了卡蘿，違背了她的意志，使她立刻快樂起來，而且覺得驕傲。她為卡蘿有勇氣去改變自己而覺得驕傲。她始終記得卡蘿的勇氣。但特芮絲按捺著自己的心。

跟卡蘿住在一起？那曾經是絕無可能，也是她在世上最渴望的。跟她住在一起，分享每一件事，夏天與冬天，一起散步一起閱讀，一起旅行。」

然後特芮絲卻直視著卡蘿，拒絕了：「不。我不想。」

卡蘿受傷了，特芮絲的拒絕，讓她心碎。

原著裡特芮絲心想：「因為你會再次背叛我。」可是卡蘿並不是背叛她。

慌亂中，卡蘿不放棄：「我跟些朋友約在……」卡蘿又結巴了，話幾乎要說不下去，眼睛仍然不敢看特芮絲。

「橡木廳，晚上九點。」終於找到勇氣講下去。「如果你想要吃晚飯。」她這時才敢看特芮絲。

「如果你改變主意，我，我想你會喜歡他們。」她看著特芮絲，艱難的講完。

特芮絲聽完，低下頭，沒說話。兩人沉默著。

特芮絲再抬頭看卡蘿，還是沒說話。雖然沒有出聲直接拒絕，但卡蘿知道特芮絲不會去。

「好吧……」卡蘿知道，特芮絲沒有給她第二次機會。

卡蘿凝視著特芮絲，幾乎落淚。

一直看著特芮絲，卡蘿心碎的說：「那就是這樣吧！」眼睛裡已經充滿淚水。

就這樣吧。

卡蘿第一次對特芮絲說「那就是這樣吧！」時，是第一次見面，特芮絲建議她買模型火車，她同意了，說了這句話，當時何等高興。此時此刻說這句話，卻心碎已極。

卡蘿的淚水幾乎要奪眶而出，仍怔怔的看著特芮絲。

特芮絲已經幾乎無法壓抑她激動的情緒，和對卡蘿的感情，呼吸越來越急促，感覺得出她內心的掙扎。

兩人仍然沉默地對望著。

然後，雙目含著淚水的卡蘿對著特芮絲，說出了英文裡最讓人震撼，最動人的三個字：「我愛你。」

卡蘿這一句「我愛你」，聲音裡蘊含了溫柔、不捨、抱歉、纏綿與滄桑。

特芮絲仍然不說話，雙眼注視著卡蘿，卻更加激動，彷彿火山即將噴發。

但就在兩人相見最關鍵的時候，冒失鬼傑克，遠遠看到了特芮絲，說：「特芮絲，是你嗎？」

大概每間戲院的觀眾，這時候都想把這個傑克當場槍斃。

傑克走過來：「怎麼猜得到？我跟自己說，我認得那個女孩子。」

特芮絲回過頭打招呼：「傑克。」

卡蘿抽起菸。

傑克把手放在特芮絲肩頭，拍了拍：「看見你真好，已經好幾個月了。」

特芮絲為他們介紹：「傑克，這是卡蘿．愛爾德。」

特芮絲的眼睛一直看著卡蘿，沒有話語。

傑克告訴她：「泰德．葛雷跟我約在這裡，我們一堆人要去菲爾的派對，你也要去不是嗎？」

特芮絲說：「是，我會去。」仍然看著卡蘿。

卡蘿立刻說：「你們兩個人去沒關係。」

特芮絲還是看著卡蘿。

傑克問卡蘿要不要去。但是卡蘿怎麼可能去？特芮絲拒絕了她，她已經失去特芮絲，她已經心碎。但即使內心淌血，卡蘿只會默默離去，不會糾纏，不會讓特芮絲為難。她說過，她只會拿特芮絲心甘情願給的。

卡蘿於是說：「晚飯前，反正我得要打幾個電話。」卡蘿努力讓自己微笑著，凝視著特芮絲，說：「我得趕著走了。」如果她不趕快走的話，我怕她會哭出來。

特芮絲問她：「你確定嗎？」眼睛凝視著卡蘿，特芮絲的目光彷彿黏在卡蘿身上，再也不能移動了。

驕傲的卡蘿說：「當然。」她保存了自己最後的尊嚴，仍然讓自己帶著微笑。她已經告訴特芮絲，她愛她。既然結局如此，那就這樣吧。

她站起來，穿上外套，準備走了。

這一分別，她們也許永遠不會再見。

特芮絲的目光，隨著卡蘿轉，然後對傑克說：「好極了。我搭你的便車。」

她喘了喘氣，試著想要微笑。說「好極了」，可是語調卻是哀怨戀慕。

卡蘿說：「你們兩個晚上好好玩。」

然後，她右手輕輕放在特芮絲的肩上。特芮絲轉過頭，低下頭，看著卡蘿放在她肩上的手，閉上了眼睛，彷彿要全心感覺這一刻。

再一次，卡蘿要離開了。而這一次，是特芮絲撕碎了卡蘿的心，是她要她走的。

卡蘿永遠不會像哈吉那樣苦苦糾纏相逼。

所以，從此兩人再不會相見。

當卡蘿把手放在特芮絲肩上，特芮絲的頭不由自主地，隨著卡蘿的手而轉過來，而低頭，而閉上眼睛。兩人之間那種欲言又止，難分難捨，纏綿的愛戀，表現得淋漓盡致。電影史上幾乎難以見到，這樣含蓄卻動人的愛意。

卡蘿與傑克握手：「很高興認識你，傑克。」卡蘿離開了。

不再驕傲的卡蘿，求特芮絲回來，告訴她她愛她，卻只能心碎，再次失去特芮絲。但有外人在，卡蘿卻只能默然離去，連落淚都不能。

特芮絲神情複雜，心神不寧，情緒激動，胸膛起伏，但傑克根本沒有察覺異狀。

傑克說：「我去確認這傢伙已經出發了，馬上回來。」

傑克又拍拍特芮絲的肩，走了。

傑克一走，特芮絲拿起外套和手提包，立刻匆匆站起來想去追卡蘿。

跑到樓梯口，頓時停住了，轉身往回走。

下一個鏡頭，看到她用冷水洗臉，讓自己平靜下來，看著鏡子裡神情激動的自己。

特芮絲明明還是深愛著卡蘿。但之前受的傷太重。雖然理智上知道是情勢所逼，知道卡蘿所有的無奈，但感情上卻不能原諒卡蘿竟那樣捨棄她。她不再信任卡蘿，覺得以後她會再次背叛她。

現在卡蘿來找她，她不知道該怎麼辦，只能先防衛自己，她必須拒絕。她一定要拒絕，她不會像以前那樣，對卡蘿百依百順。當時在車子裡，特芮絲哭著說，她對所有的事都說好。但現在她是一個完全不同的人了。她是乾乾脆脆的對卡蘿說的每一件事，全都拒絕。

她的意志是什麼？

特芮絲曾想像過多少次，卡蘿如果求她，她就要拒絕。雖然她的心是快樂的，想要跟卡蘿走，但是她不允許自己。卡蘿或許應該聽得出來，或許不，她拒絕時，聲音裡的猶豫和感情。

但卡蘿沒有告訴特芮絲她的傷痛和掙扎。卡蘿太驕傲了，她只用輕鬆的語調，略過她所有的受傷和抉擇。她沒有告訴特芮絲，要跨出多大的一步，她才能夠來到麗池飯店跟她見面。但是特芮絲難道不知道？

在麗池飯店的那一幕，導演借用了大衛・連一九四五年的浪漫電影《相見恨晚》的手法，是導演向《相見恨晚》致敬的一幕戲，而引用得恰到好處，精采萬分。

是電影的開場，也是電影尾聲。呼應了卡蘿信中所說，每一件事都回到原點，循環過後，又回到麗池飯店。

導演給我們不同的鏡頭角度，讓我們看到雖然是同樣一幕戲，卻有跟開始時不同的角度與細節。

這時，我們已經知道卡蘿和特芮絲的故事了，同樣的場景，給我們的感受，卻已經完全不同。我們知道她們兩人這次的見面是多麼不容易，中間歷經了多少折磨和滄桑，幾乎已是再世為人。

這場戲裡，傑克兩次把手放在特芮絲的肩膀上，卡蘿也把手放在她肩膀上，三次手按肩膀，感情和感受完全不同。

特芮絲成熟有品味的打扮和服裝，呼應了她內在的改變；正如同卡蘿素雅的裝扮，也顯現了她內在的改變。

在麗池飯店這場戲，凱特和魯妮的演技，出神入化到可以使人崩潰。

魯妮整場戲只說了兩三句極簡短的話，整場戲是用眼神、目光、表情和身體表演，把特芮絲和卡蘿重逢後，既愛又怨又眷戀，深刻矛盾的感情，演到入骨。當她說話，不但說話的語氣跟以前不同，而且連聲音都變成熟了。不再是之前小女孩的聲音，而是低沉、溫柔，愛怨交雜的成熟聲音。

凱特的那個驕傲的卡蘿，在放棄一切，失去一切，卻找到自己的生命本質之後，再也不顧自尊的求特芮絲再給她一次機會。可是她並沒有告訴特芮絲自己跨出了多大的一步，做了多大的犧牲。即使含著淚，她還是用輕鬆的、嘲弄般的語氣說著話，這就是卡蘿。

當她終於知道一切無望，特芮絲不願意再回頭時，心碎中，她唯一能說的，只有那一句：「那就這樣吧！」

知道兩人可能從此終生不再相見，她看著特芮絲，終於忍不住，告訴她，她愛她。

凱特・布蘭琪的嘲弄的語氣；雙目含著淚光卻拚命忍住的表情；求特芮絲時，沒有自信的不敢看她的惶恐；被一再拒絕後的絕望心碎；在傑克面前所有感情的壓抑；用僅存的自尊，優雅的告別；以及最後那樣捨不得的，輕按著特芮絲的肩膀……這簡直已經不是演技。無疑的，演技的重量，絕對超過《藍色茉莉》。

當她的手放在魯妮肩上時，導演的鏡頭放得很低，因為是代表魯妮的視角，只看得到凱特的手。而凱特的手，包含了多少欲訴無由的感情，和此刻一別，終生不再相見的不捨。

你什麼時候看到一隻手，可以演出這樣的感情厚度？

卡蘿對特芮絲說出英文裡最美麗的三個字「我愛你」。

凱特・布蘭琪說出來的那三個字，之纏綿悱惻，之低迴婉轉，之勇敢，之動人，情感厚度與層次驚人。這一句我愛你，如果不是電影史上最盪氣迴腸的我愛你，起碼也在前兩名。

一些影評人說，看到卡蘿告白，對特芮絲說她愛她，就在此刻，突然被傑克打斷時，觀眾沒有不想要把傑克當場槍斃的，因為打斷了這樣重要的事件，絕對是唯一死刑。

但傑克的打斷，是編導有意的安排。

卡蘿和特芮絲每次在一起，在表達情意最關鍵的時候，總是有阻礙和破壞。在紐澤西家，兩人正在訴衷情，哈吉突然夜闖，讓卡蘿備受打擊。卡蘿打電話向特芮絲道歉，特芮絲想問卡蘿，卻被夜歸人打斷。滑鐵盧兩人終於合一，卻被偵探錄音。此刻卡蘿終於說出英文裡最震撼的三個字，卻被這個傑克打斷。這是一種象徵的手法，象徵她們的關係所遭遇到的困境，是何等巨大。

人生，如何能得圓滿？如何可以有情人終能相守？

49

看著雨夜裡車窗外的行人，特芮絲坐在計程車裡，回想著跟卡蘿愛戀的一切過往。

計程車到了菲爾家。一下車，菲爾就在樓上大叫：「你也該來了，百麗華小姐。起碼不是那麼久。」

可見特芮絲已經很久沒有參加朋友的聚會了，而朋友們想念她。

丹尼也在窗邊熱情的叫她：「她在那兒，趕快上來。」

特芮絲笑著說：「你們那裡最好有啤酒，或是葡萄酒。」特芮絲說過喜歡喝啤酒和葡萄酒，喝完會醺醺然耍淘氣。

她有自己的生活圈，有更多朋友。現在的特芮絲跟當時不同了。

樓上滿滿的年輕男女，根本是紐約文青大集結。在音樂聲中，大家喝酒，抽菸，談笑，跳舞。

我們看到特芮絲端著酒杯，一個人。她看到理查正和一個女孩子跳舞，理查也看見她了，趕快把眼睛別過去。但她怎麼會在乎呢。一回頭，有一個女人正感興趣的看著她，那女人看著她，撥了撥頭髮。特芮絲趕忙回過頭來。她再回頭，那女人還在看著她。

我們看到特芮絲不自在的站在門框旁，人們走過時，她還要側身讓人們經過。

下個鏡頭，導演把鏡頭放在窗外，讓我們透過窗子，看著特芮絲在屋子裡。

特芮絲拿著菸，端著酒杯站在一堆人旁邊聽大家講話，她嘗試專注的聽人們說話，但那種感覺，卻完全像個不相干的遊魂，不小心飄到這裡來一般。

她總是孤單的在人群裡，就像在滑鐵盧時她告訴卡蘿的一樣。

人群移到一旁去了。從窗外，我們看到特芮絲又是一個人了，倚在檯邊拿著菸跟酒，她又一個人被困在窗框中了。這時，剛才凝視著她，對她感興趣的女人走過來跟她搭訕：「你是菲爾的朋友，對吧！」

特芮絲說：「我是，也是丹尼的朋友。」

女子說：「你不問我為什麼知道嗎？」

特芮絲說：「大部分在這裡的人，不都是菲爾的朋友嗎？」

女子說：「我知道為什麼菲爾這麼稱讚你了。」是因為特芮絲很聰明，反應很快？這女人顯然是在對特芮絲放電。

特芮絲說：「你能嗎？」特芮絲知道那女子喜歡她，而她對對方並不感興趣。

下一個鏡頭，居然是特芮絲一個人躲在廁所抽菸，遠離了每個人。在菲爾的派對裡，她竟然發現廁所是她最自在的地方？

其實直到現在，我們每每發現，她只有在跟卡蘿在一起的時候，才覺得自在與快樂。特芮絲在廁所抽菸時，聽得到客廳傳來的歌聲。是一個低沉的女聲，唱著〈沒有別的愛〉（No Other Love）。當然，導演又來了，用這首歌，唱出特芮絲的感情。

沒有別的愛　可以溫暖我的心
現在我只知道　你的雙臂給我的安慰
沒有別的愛　喔　這甜蜜的滿足
跟你在一起時才尋覓得到　每一次　每一次
沒有別的唇　渴望你更多
我是為了你吻我的狂喜而生　永遠屬於你
我因為用愛愛你　而被祝福
直到天上的星辰燃燒殆盡
直到月亮變成銀色的殼
沒有別的愛　別讓別的愛　知道你的誘惑是何等美好

是的，沒有別的愛，除了卡蘿以外，還有誰可以讓她笑？還有誰是她所愛？

她在想卡蘿嗎？

有人敲門要用廁所了，她趕忙道歉。「抱歉，我馬上出去。」讓出廁所，客廳裡，她看見大家都已醉倒了。理查半醉，摟著剛才那個女孩喝啤酒，看了看她，沒說話。

歌聲繼續唱：

沒有別的愛　可以溫暖我的心
現在我只知道　你的雙臂給我的安慰
沒有別的愛　喔　這甜蜜的滿足
跟你在一起時才尋覓得到　每一次　每一次
沒有別的唇　渴望你更多
我是為了你吻我的狂喜而生　永遠屬於你

特芮絲拿了外套和皮包，她要走了，回頭看看丹尼，他和一個女生依偎著，看著電視，仍然抄著台詞。

電視裡一個男人說：「大衛生讓她準備好回舊金山。」

「他對她做了什麼？」

「禱告！」
「禱告？」

導演再一次利用現場情境雙關語，帶出主角的處境。在這裡，他使用的是〈沒有別的愛〉這首歌，和電視放映的電影台詞。讓我們一起祈禱，卡蘿和特芮絲，真需要好運。

特芮絲一直知道，卡蘿是她在世界上的根源，卡蘿是她的心，是她的家，是她的一切。她愛卡蘿，她只在乎卡蘿。她只想要跟卡蘿在一起，除了卡蘿，沒有其他人，其他都不是。

她站在路燈下，深吸一口氣，轉身走開。

遠處有火車煞車聲。在〈沒有別的愛〉的歌聲中，特芮絲越走越快，半跑著伸手攔了計程車。

50

到了旅館，特芮絲爬上樓梯往橡木廳走去。

一對男女走過，男人說：「我看明年你得要多出門。要多出門，因為夏天。」

導演又用雙關語帶情境。（「Come out」，在英語裡除了出門，也有同性戀出櫃的意思。）

特芮絲攏了攏了一下頭髮。

男人說：「對吧！沒有比這個更直接的了。」

男人說：「大概可以撐多久，你猜？」

又是雙關語。

門口的領班問她有沒有訂位，她只說：「抱歉，我來找人的。」

也不管領班直說：「女士，你只有一個人我沒有辦法為你安排座位。」

不管三七二十一，就直闖進去了。

這句話是什麼意思？因為是單身女性，他不能給她一個座位。

特芮絲一桌桌看過去，環顧四周，尋找卡蘿的身影。然後她看到卡蘿了。

特芮絲頓時站住，吸了口氣，眼睛再也離不開卡蘿。

卡蘿用手支著脖子，側著身子，聽朋友說話。

鏡頭注視著特芮絲，越搖越近。

特芮絲站著，癡癡地凝視著卡蘿，呼吸越來越急促，胸膛起伏。

配樂響起。

然後，她開始邁步往卡蘿走去。

卡蘿的身影，不時被來來去去走過的人們擋住。特芮絲繼續往前走，癡癡的、深情地望著卡蘿。

攝影機如海浪般搖曳著，模擬特芮絲走這段短短的路時，會自然搖晃的視角。

這時鏡頭拍的卡蘿，是特芮絲眼中的卡蘿。

她還沒看到特芮絲，正笑著聽別人說話，點點頭，但看得出心神在遙遠的天外。然後，她也看見特芮絲了。

她倆四目交投。

特芮絲站住，怔怔的、癡癡的看著卡蘿，慢慢的，微微的笑了。

我們看到了特芮絲久違了的微笑。

卡蘿看著她，慢慢的，慢慢的，慢慢的，眼睛閃耀著光彩，嘴角微微升起一抹笑容。

畫面結束，黑畫面。

原著這樣寫：

> 那是她愛著的，也將永遠愛著的卡蘿。
>
> 呵，現在是不同的方式了，因為她是不一樣的人。那就像重新再遇見卡蘿一樣，但那始終是卡蘿，不是別人，沒有別人。
>
> 那將會是卡蘿，在千百個城市，在千百個房子裡，在外國的土地上，她們將一起去探索，不管在天堂，還是在地獄。

這個結局，可以說是突破性的，非常大膽、動人而美麗的結局。

橡木廳這一幕，兩人沒有對白，只有波維爾的音樂，和搖晃的鏡頭。就只是特芮絲走進來，走幾步路，跟卡蘿四目對望，就劇終了。可是卻震撼動人，甚至可以說是電影史上最撼動人心的結局之一。氣氛的鋪陳，運鏡的手法，兩位主角的演技，音樂的醞釀都是成功的因素，缺一不可。

魯妮從一進來，開始尋找凱特的身影，到找到了以後，她的表情，她的眼神，她的身體動作，她的步伐，全都是戲。她站定了，她的凝望，她的呼吸，她的眼神，她的微笑，根本無法以言語形容。

至於凱特，到最後一刻，都是百分之一百一十的卡蘿。驕傲堅強的，矛盾複雜的卡蘿，心碎了，仍然努力讓自己堅強勇敢。然而跟朋友的應酬，雖然聆聽著，笑著，卻心神根本在外太空。然後她緩緩轉動目光，她看見特芮絲了。她的不驚訝的驚訝，她的凝望，一點點火花從眼底升起，慢慢的，極慢極慢的，升起一絲絲微笑。

這，簡直是妖魅般的演技。

餐廳裡來來去去，阻礙特芮絲視線的人，象徵了她和卡蘿過去以及將來面臨的阻礙。但，也許，愛情可以成就一切。就像一個評論人說的，《卡蘿》是「一個人類的故事，環繞著兩顆活生生跳動的心。」

凱特說：「這是兩個女人相愛，而她們的愛是犯罪，是不合法的。她們的關係裡還有別的障礙：年齡的差距、經驗、階級等。」

是的，卡蘿和特芮絲的阻礙並不少。同性，是阻礙之一，雖然她們重新開始了，但在一九五〇年代的美國，即使是在最開放的紐約，同性戀情仍然不被主流社會接受，所以她們的感情仍然要面臨許多艱難。

在美國最高法院已經判決同性戀婚姻合法的二〇一六年，大概很難想像一九五〇年代同性戀的艱難處境。當她們真正生活在一起以後，雖然卡蘿已經離婚，也徹底失去監護權，但社會的壓力仍然存在，無處不在。要在那樣高度的社會壓力與歧視下，在生活裡長期維持愛情的純粹，是很艱難的人性考驗。

不過，即使有外在的阻礙與偏見，卡蘿和特芮絲對於自己愛上女人這件事，並沒有罪惡感，也不認為自己不對。這在當時的小說，可說是創舉。特芮絲因為經歷過徹底心碎的磨練，而知道了自己是誰。心態比起青澀時期成熟許多，也讓她明白自己想要什麼，不想要什麼。讓她不再對自己無知。再相見的兩人，都歷經了失去和心碎，特芮絲也更能了解卡蘿和卡蘿的處境。

凱特在一次介紹卡蘿時說：「當一個人要真正、深刻的愛時，跟自戀的自以為是的愛情不同，是你必須歷經心碎的過程，才會真正成熟，才能夠有能力真正去愛。」

但她們的阻礙並不僅僅是性別。

除了性別以外，她們的年紀差異和社會階級的差別，也會是她們要面對的障礙。

卡蘿往來的地方、交的朋友，跟特芮絲年輕的文青朋友是不同的。原著的特芮絲是十九歲，而卡蘿則是三十一、二歲，兩人相差十二或十三歲。電影裡的特芮絲約莫二十出頭，卡蘿則是三十多歲，也是相差十幾歲。這樣的年紀和經驗的差別，如果她們真的住在一起，可能需要很大的調適。

卡蘿從小就養尊處優，婚前婚後都沒有為錢傷過腦筋。特芮絲從店員變成了紐約時報的助理，但仍是基層的文書處理員。她的收入和卡蘿的生活習慣，恐怕會有很大的差距，想法和觀念，也會有差異。

記者問凱特，有沒有想過卡蘿和特芮絲將來會如何？

凱特說：「我其實沒有想過最後一幕之後，她們兩人會怎樣。但我其實常想，如果特芮絲沒有出現在橡木廳，卡蘿會怎樣？也許她就是那種你料想不到，突然自殺的人，因為她承擔、背負了太多太多。」

她這樣解釋卡蘿在最後一幕的表情：

> 我想我要創造一種「你準備好了嗎」的表情，對什麼準備好？也許是對兩人的關係、未來的困難等等，但那都是挑戰。
>
> 然後她忍不住提醒訪談者魯妮的表演：「要記得魯妮在經歷了整部電影之後，你看到她精緻細微的成熟了。她在橡木廳走向卡蘿的那幾步路，真是震撼。」

這是一個美麗、哀傷，又充滿了希望的故事。編劇菲力絲．納吉說，這樣的結局，已經是她們兩人所能渴求的最圓滿結局了。

在橡木廳裡，當她們兩人目光相對，重新找到彼此的這一刻，所有的可能性都是存在的，你已不能要求更多。

許多影評人都忍不住越過影評專業，入戲的說：但願她們幸福快樂。願天下有情人終成眷屬。雖然，愛情本來就是困難的。

而我的另一個思考的角度是，卡蘿和特芮絲，是女人的兩個自我。

卡蘿一直希望特芮絲不要重蹈自己的覆轍，而應該發展自我；而特芮絲看到卡蘿和哈吉，彷彿看到十年後的自己與理查。卡蘿愛特芮絲的才華、純真與勇氣，羨慕她的青春與自由。特芮絲崇拜卡蘿的知性、美麗、高貴與母性，震撼於她的優雅和魅力。卡蘿和特芮絲在對方身上，認識了自己，也找到活出自己的勇氣。

我想，每一個女子，都是自己的卡蘿，也是自己的特芮絲。

當卡蘿和特芮絲在一起，一個女子，就完整了。

電影之所以是藝術

幕後的藝術世界

一、電影的視覺語言：攝影艾德．拉克曼

艾德說：「女性的目光是不同的。像《藍色是最溫暖的顏色》，很明顯是男性的視線和目光。也許是因為陶德是同志，所以他對女性的觀點比較敏感。」

「影像或照片是一種非文字的溝通。透過鏡子，阻礙，倒影，物件，或是鏡頭的動作，有時候就讓觀眾形成一種心理印象。」

為什麼跟陶德可以合作得這麼好呢？

「陶德跟我有一種美好的陰陽關係，我們非常互補。」

艾德第一次和陶德一起工作是二〇〇二年的《遠離天堂》，那一次艾德也獲得金像獎最佳攝影提名，茱莉安．摩爾則提名最佳女主角。之後又一起做了《搖滾啟示錄》和《幻世浮生》。艾德因為《卡蘿》，不但得到金像獎最佳攝影提名，也獲得獨立電影最佳攝影獎，和攝影界最高榮譽的金蛙獎。

• 視覺參考

陶德和艾德並沒有在五〇年代的電影尋找視覺參考，而是從當時的紀錄片和照片挖掘靈感。這些攝影作品和紀錄片，記錄人們真實的生活，拍的是真實的街道和店鋪。而碰巧，這些新聞攝影師，多半是女性，比如伊絲特・巴布里（Esther Bubley）、海倫・拉維特（Helen Levitt）、露絲・奧肯（Ruth Orkin）、薇薇安・梅爾（Vivian Maier）。這些攝影師們剛開始實驗彩色攝影，早期的彩色底片，顏色不像現代那麼豐富，比較靜謐灰暗，也象徵了當時的時代氛圍。

另外一位他們參考的攝影師，是索・拉特（Saul Leiter）。他總是從窗戶，從玻璃拍，也運用天氣變化，讓影像暈染擴散，使畫面充滿阻礙。艾德說：「柯達在那些年的照片，有一種無聲、冷靜跟溫暖混合的感覺。當時美國經歷了戰後裁員，有對共產赤化的恐懼和麥卡錫主義。我們想要創造那種不確定，作一種視覺隱喻，來說這個故事。」

陶德也很喜歡艾德華・虎珀（Edward Hopper），看艾德華的作品，不留神會以為卡蘿和特芮絲彷彿隨時會從旁走過來一般。《情人和棒棒糖》（*Lovers and Lollipops*, 1956）也是重要參考，特芮絲的洋娃娃櫃檯，主要就是參考這部紀錄片。參考的電影則是《郎心如鐵》（*A Place in the Sun*）。

要追尋卡蘿和特芮絲所真實生活的環境，和她們所遇到的人的真實面貌，必須真的知道她們是在怎樣的環境，怎樣的氛圍下生活，不然無法進入她們的內心。

要把當時研究透徹，了解透徹，才能抓住《卡蘿》這部電影的靈魂，也才能讓整個團隊，包括演員、創意與技術團隊，都知道怎麼一起合作無間，尋找卡蘿和特芮絲的生活、心靈與感情足跡。

當時是一九五〇年代，二戰剛結束，美國對共產黨的恐懼造成麥卡錫主義，社會極其高壓。所以在《卡蘿》裡，觀眾會發現灰藍綠是主色調。

而場景設計朱蒂・貝克則使用「髒髒的粉紅色、混濁的綠色和黃色」去調色，而這些顏色，正是當時流行的顏色。

這樣一來，雍容華貴的卡蘿，不管是淺棕色貂皮大衣，紅色小帽，紅色圍巾，豔紅指甲油，紅色大衣；或是清純聰穎的特芮絲，戴著彩色蘇格蘭帽，都可以在一片灰黯低沉的顏色中，很明顯地浮現出來。

艾德說：「我喜歡陶德對卡蘿和特芮絲的感情，用一種保守壓抑的方式對待。那樣我們就可以好好的、仔細的處理他們兩個人，彼此對對方那種愛慕和含情脈脈的感覺。

「你已經不太有機會在現代電影看到這樣的感情了。因為人們都迫不及待就跳上床做愛去了。」

艾德在《卡蘿》用攝影所發揮的感人力量，是電影成功的重要原因之一。看看這幾個重要場景，在艾德的手裡是怎麼處理的，可以幫助我們了解，為什麼《卡蘿》可以這樣震撼人心呢？如影評人馬修・因（Matthew Eng）和其他影評指出的：

1.卡蘿戴特芮絲去紐澤西的家，經過林肯隧道。那是她們兩人歡喜不盡的許多汽車旅行的第一次。一但關上車門，那個空間立刻變得如此親密，但卻又同時無邊無際，似乎給了她們無盡的自由。艾德夢幻般的燈光效果，是創造這種戀愛的感覺的原因之一。

2.凱特和魯妮在滑鐵盧的做愛場景，像是綻放金色光芒般讓人屏息，充滿了情意，而幾乎讓觀眾落淚。

3.後面的一場，凱特和魯妮睡著了。艾德讓鏡頭看著在床單下，她們的四肢纏綿在一起，幾乎分不開。然後艾德才讓鏡頭特寫她們交纏的手臂。

4.這部電影最具定義性的影像是，在麗池飯店，當她們兩人可能即將永別時，凱特的手輕按在魯妮肩上，而魯妮轉過來，頭低下去。鏡頭從兩人身後，捕捉住那一幕。

看遍幾十年來的電影史，很難找到比這更簡潔迷人的影像，可以訴說兩人的結合和無盡的愛。艾德說：「這是一部關於戀愛，關於初戀的電影；是一部關於成長與轉變的電影，我們都有這樣的情感經驗，而完全不必被限制在是女同性戀。」「影像不是呈現或表現，而是要抓住角色的心理狀態，抓住主角生活的環境。」

要怎麼使用電影的視覺語言，把主角的情感經驗加強，讓觀眾可以感同身受呢？「要傳達人物的情感狀態，鏡頭透過窗子，用天氣的元素，用倒影，拆解影像，讓結構被阻隔。透過窗子，你看到魯妮在計程車裡，或是透過窗子看到凱特在咖啡座，就好像你把主角的心情或處境形象化了。你知道主角透過障礙在看東西，或是隱藏在玻璃後，表達她們的情感，但卻又可以看得到。她們對彼此的深情和她們愛情的完成，必然是那社會裡極大的禁忌。」

「刻意的讓觀眾從窗子或另一個房間看主角，讓觀眾產生一種挫折和渴望。讓我們想要更接近一點好看清楚，所以可以讓我們了解，主角的壓抑和對彼此的渴望。」

「一開始她們在麗池飯店那場，畫面是開放式的。她們不擁有整個畫面，只是大的畫面的一部分。這形象的顯示著，她們的關係被外在更大的力量所決定。你知道，男朋友、丈夫、私家偵探等等。」

視覺風格不只是攝影，而是整個電影的設計，都要認知而且跟隨人物的經驗和心理狀態。他們徹底研究了那個時代下，女人在真實的都會生活裡，呈現出怎樣的樣貌，她們的真實感覺又是什麼？

• 視覺風格和十六釐米影片

《卡蘿》為什麼要用十六釐米膠捲，而不是數位攝影呢？艾德說：「我想人們對《卡蘿》有這樣強烈的回應，有部分原因是因為影片的顆粒和結構，形成一種感情。」用十六釐米膠捲去增強那種五〇年代的感覺，那種煙燻灰色和威士忌酒黃，和中西部的冬日風景，更強化了電影整體的視覺氣氛。拍出來的《卡蘿》，任何一幕，都像是五〇年代的真實照片。十六釐米膠捲，會有暈染的效果，它是有感情的，是活的，不像數位攝影。幾乎就像主角的情感一般，也是有層次的，活生生的。

而在所有的專業之外，使攝影如此成功的重要元素，艾德認為，是凱特和魯妮：「對攝影者來說，和凱特與魯妮一起工作是夢想成真。她們是如此優雅，又完全了解攝影機和畫面。」

二、卡特的魔幻配樂

「有人以為我們的工作只是銀幕上的回音。但我最喜歡的是，在你沒注意的地方提醒你，給你新的資訊。」卡特・波維爾這樣看自己做的配樂。

《卡蘿》在金像獎的六項提名，包含了卡特的配樂。

從一九八四年為電影《血迷宮》（*Blood Simple*）做配樂後，他開始為電影做配樂的事業，至今已經入行三十年，為九十部電影配樂。他配樂的功力，為業界人所熟知，可是他卻一貫低調，竭盡所能遠離好萊塢。而讓他真正聲名大噪，人人叫好的作品，正是《卡蘿》。

二〇一五年《卡蘿》在坎城受到熱烈歡迎後，六十歲的波威爾第一次願意參與好萊塢瘋狂的宣傳活動，和被媒體追逐採訪的行程。

卡特以前跟陶德合作過兩次，陶德找他做《卡蘿》配樂，是他們的第三次合作。

《卡蘿》是一部安靜低調，台詞不多的電影。就算有台詞，也不是直截了當的口白，而是話只說三分。所以，除了有優異的演員、攝影和服裝，來說出沉默的台詞以外，配樂對於《卡蘿》的重要性，更是重而又重。沒有卡特的配樂，《卡蘿》就不會是《卡蘿》了。

他的配樂，常常跳躍在主角的心裡或是腦海裡。因為主角處在「沒有辦法表達」的情境，所以配樂要幫她們表達想說卻說不出口，或想表達卻不能的情意，精巧的用細微和含蓄的方式，帶動主角的強烈情感。

而卡特的配樂，更像指尖輕柔的撫觸觀眾的心，帶領你不知不覺地進到《卡蘿》的世界。

那要如何用配樂傳達情感呢？

看最後一幕，在橡木廳。想想看，那完全沒有任何台詞與對話，主角也沒有任何戲劇化的、大的表情和動作，只有鏡頭和音樂，卻感人肺腑的最後一幕。當特芮絲看到卡蘿以後，向卡蘿走過去，鏡頭如波浪般搖曳，然後卡蘿也看到特芮絲，她們兩個人的表情，慢慢的、溫柔的變化，然後鏡頭定格在卡蘿緩緩升起的微笑。

這一幕，配樂完全配合主角的情境和鏡頭的調動，入人心魄的力道無與倫比。

陶德在到辛辛那提拍攝前，把劇本給了卡特，同時也給了他五六張五〇年代的ＣＤ，裡面有幾百首歌，讓卡特參考。但他只是讀劇本，深入了解主角，卻先不真正做音樂。而等到看了初剪的片子，他思考了音樂可以為這部電影帶來什麼以後，才正式開始寫曲。

配樂必須和劇本、演員、導演以及攝影完全融合。所以卡特在一邊做音樂時，不但需要熟知劇本，更得依賴陶德做他的傳聲筒。他看陶德和艾德會怎麼拍這場戲，鏡頭怎麼擺，怎麼帶，然後他要怎麼抓住節奏。

比如卡蘿開車載特芮絲去紐澤西那一段，不管是在車上，還是在路邊買聖誕樹，基本上都沒有台詞。在車上時只有卡蘿迷濛的片段聲音。而卡蘿扭開收音機，出現的曲子是〈你屬於我〉（You Belong to me），這首曲子，當然就是一種暗示。

於是卡特在車上時，配合艾德的大特寫和如夢似幻的光影，只用了鋼琴的〈To Carol〉，營造一種如夢幻如酒醉的戀愛的感覺。

他要用音樂製造一種，時間已經不存在了的夢幻感，而他的音樂，跟〈你屬於我〉的曲調放在一起，也完全融為一體。

因為「陶德重視視覺風格，銀幕上的每一件事物，都是小心選擇的。顏色也是選擇的。而透過玻璃看著主角，就是在傳達一種被阻隔的感覺。所以音樂的方向也是如此。」

所以要如何構築這些感情和感覺就是重點。

「我跟陶德說的第一件事就是，這部電影是卡蘿和特芮絲兩個人的電影，而其他人都只是在她們的生命中經過而已。」

他為卡蘿和特芮絲兩個人各自寫了特別的曲子，所以你會先聽到曲子，才看到她們的人。他認為，最重要的是，音樂要伴隨著主角們的情感生命，引領觀眾打開他們的心，讓他們進入主角的內心；也讓主角的心，走進你的心。他做到了。

三、鬼斧神工的剪接編輯雅方索

雅方索（Affonso Goncalves）的剪接生涯從《歡迎光臨娃娃屋》（*Welcome to the Dollhouse*, 1995）的助理編輯開始，直到今天已經超過二十年了。

許多重量級的演員和導演，都會指定要他做剪接。因為一部電影最後的整個結構和節奏，都會因為剪接而改變。剪接的好壞，對電影來說，是生死交關的事。對剪接師雅方索來說，剪接彷彿做音樂，他要能夠抓住導演要走的節奏。

雅方索第一次跟陶德合作是二〇一一年HBO的迷你影集《幻世浮生》，他因此獲得American Cinema 剪輯提名。

這一次的合作異常愉快，他發現跟陶德學到了「導演的目光」。整個工作的過程，簡直不像工作，而像是在學習。

「我們在電影美學上完全一致，然後我們又變成好朋友，常常聯絡。他把《卡蘿》劇本寄給我，那劇本太棒了。不過坦白說，我願意為陶德做任何事。」

• 艱難的決定

「因為這部電影裡，有很多事情你是看不到的。當你看到了什麼，就覺得你好像發現了什麼一樣。」

雅方索必須幫導演做一些艱難的決定。導演拍回來的片子，他要從中取精華，去糟粕。他要能抓住電影的主軸與靈魂，要能深刻了解導演和演員想要表達的精髓。雅方索的剪接選擇，是要找到團隊想要達成的最終目標。

他常常要問：「這樣有作用嗎？還是造成混亂？」

對《卡蘿》，他改變了某些結構，刪掉了一些不重要的枝節，甚至刪掉了一些角色。他做的每個決定都是艱難的。因為這些表演和創作是如此美麗如此細緻，實在很難取捨。

《卡蘿》的特寫、影像和對話，都有深厚的意義，我們看到了什麼，如何看到，以及卡蘿和特芮絲彼此如何看，都是重要的細節。哪些細節要？哪些必須捨棄？都考驗雅方索的專業功力。

• 節奏

《卡蘿》充滿熱情，但也是一個以哀傷為基底的愛情故事。主角歷經社會的監視、壓抑、試探、暗喻、閃躲和掩蓋、逃避與自我追尋，所以節奏是慢的。

《卡蘿》主調是抓卡蘿和特芮絲的節奏。但在卡蘿和艾比的戲，因為他們是朋友，所以節奏比較快。

特芮絲和理查相處時，因為特芮絲很清楚自己不愛理查，兩人又話不投機，所以節奏也很明快。卡蘿和哈吉的場面，充滿衝突，節奏也不會慢。

當卡蘿和特芮絲相處時，調子就會慢下來。慢個半拍，讓觀眾慢慢隨著她倆的心境與情感，緩緩進入她們的世界。因為對特芮絲和卡蘿來說，她們如此在乎彼此，兩人的一個眼神與一句話，彼此與對方都會仔細推敲斟酌，所以必須留給她們時間。

電影中，卡蘿說的話和表情，都會影響特芮絲，所以要留一點時間讓特芮絲可以消化吸收，然後回應。凱特和魯妮的表演是如此的精微細緻又豐富，而《卡蘿》更有許多是特芮絲的成長，如果節奏太快了，觀眾很容易會漏掉。

• 剪接師眼中的演員

當陶德拉著大隊人馬在辛辛那提拍片時，雅方索則坐鎮紐約剪接室，每天陶德把拍好的片子寄給雅方索。卡蘿跟特芮絲在百貨公司相遇那場戲，凱特和魯妮的表演，讓雅方索非常震撼。剪接經驗豐富的他，竟無法置信的寫信問陶德：「這是真的發生嗎？真是無法置信，太棒了！」

雅方索看到的午餐約會：

「魯妮在午餐那一幕的一些肢體動作，那種細節是魯妮的表演，非常具體，所以我要學會辨認，要保留這些，但不要過度。這些很重要，因為呈現了特芮絲是如此的不自在，可是又如此的歡喜，因為可以跟卡蘿在一起。」

在剪接室裡，雅方索看到什麼是偉大的演員：

「魯妮在技巧上是完美的。但是當凱特改變了什麼，魯妮會立刻跟著改變。她們兩人都是這樣跟著對方而改變。她們傾聽對方，只要對方的表演改變，她們就隨之反應。

「凱特的表演，是非常特定，非常直接的，你知道她要做什麼。而魯妮的表演則是充滿了細節。我看她的特寫鏡頭，實在讓人驚豔。她會微微的笑，或是眼睛動一動，我會想跟著她久一點點。所以我把節奏放慢，讓觀眾可以看到我看到的：魯妮的誘惑。

「艾比和卡蘿從樓梯走下去時，她們兩人從背後雙手緊緊相握。這是凱特和莎拉一起做的表演。這個動作，說明了她們友誼的深厚和相處的方式。這是我最喜歡的一幕之一。」

• 麗池的祕密

雅方索透漏了一個祕密。雅芳索說：「開場和很後面的麗池飯店是同一場戲，可是要有一點點不同。剛開場時，場景比較寬；結尾時鏡頭拉得比較近。但我動了一點手腳：卡蘿離開時，手放在特芮絲肩上。特芮絲低了頭，但沒有閉上眼睛。但其實她閉上眼睛了，其實是我們動了手腳。結尾時，鏡頭變成從後面拍，你看到卡蘿把手放在她肩上，特芮絲低下頭，閉上了眼睛。因為如果在電影一開始時就閉上眼睛，你想，有人被碰肩膀，而有那樣的反應，那會洩漏太多感情，所以要動手腳讓魯妮的眼睛張開。」

我也注意到這個細節。一開始特芮絲並沒有閉上眼睛，結尾又回到麗池時，特芮絲閉上了眼睛。我原先以為是分成兩次拍攝，現在才知道，是雅方索用特效動的手腳。

•當愛情在最高峰

「我們要達到的目標是，傳達出一種歷程，在愛情裡，你要歷經多長久的旅程，才能得到你想要的？」

「我們秀出了愛情的最高峰。卡蘿和特芮絲都知道，她們是真正相愛的。但要經歷這些旅程，越過重重阻礙，去愛，去達到你生命中的那一點，真正了解：對，我真的愛她，我不能沒有她。」

電影裡卡蘿第一次載特芮絲去紐澤西那一幕，之所以充滿戀愛的感覺，那麼讓人動容，其實是雅方索的功勞。雅方索讀了原著，記得這一幕時，特芮絲對卡蘿的愛意強烈到，甚至希望隧道倒塌，讓她們兩人的屍體可以被同時拖出來。可是他看到的片子卻沒有這種悸動。於是他用拍好的不同角度的片段和音樂，剪接出那一場如夢似幻，完全是戀愛中的精采絕倫一幕。

電影語言會影響故事的意義和風格。為了真正深入主角的內心世界和慾望，《卡蘿》用許多特寫去呈現表演的細節。

而到電影後段，主角在身體上越來越靠近，雅方索就剪得越來越少。當主角在旅館裡聽音樂、化妝、玩香水那一幕，電影沒有讓任何東西分開她們。她們被允許在一個畫面裡在一起，讓主角可以跟著劇情「舞動他們的演技」。

演員的挑戰

一、中間地帶的卡蘿與海史密斯的自我意識

《鹽的代價》從頭到尾是用特芮絲的觀點寫的小說，而卡蘿則是特芮絲愛慕、迷戀的對象。

●卡蘿

凱特說：「我不是把卡蘿想成一個同性戀的女人。我把她想成一個經歷了如火山爆發般的愛情，而那個愛卻是禁忌的愛，就像羅密歐與茱麗葉。」

特芮絲第一次見到卡蘿，就被她美麗、優雅、知性與高貴震懾而一見鍾情。她金髮，長腿高䠷，聲音柔軟低沉。卡蘿極有教養，卻又有一種氣勢。聰明，很有主見，對很多事情都很有意見；對人很仁慈體貼，情知世事如何運作，卻不屑於虛偽。充滿幽默感，和莫名的哀傷。她在世上最愛的人是女兒倫蒂，卻被迫失去倫蒂。

珍娜說丈夫不喜歡自己抽菸，卡蘿的回答是：「但你喜歡啊。」

卡蘿即使為了見倫蒂而去夫家午餐，仍然忍不住反駁哈吉父母。

卡蘿絕不是一個乖順，可以為先生和夫家犧牲自我，隱忍一生，沒有自己意見的人。

卡蘿喜歡用開玩笑的語氣，說真正重要的事；她喜歡用迂迴的方式表達感情。

卡蘿是一個熱情、敏感、體貼、會照顧別人的人，但又喜歡隱藏自己的熱情。

卡蘿並不認為女人不可以追求自己的理想與目標。所以當特芮絲告訴她喜歡攝影時，她立刻問：「那是你要成為的人嗎？一個攝影師？」她理所當然地認為，特芮絲就是該去追尋自己的理想。

卡蘿喜歡對知識和藝術的追求。她喜歡音樂，家裡那架鋼琴，是她在彈的。這是為什麼，店員特芮絲跟她說自己喜歡閱讀時，她會印象深刻。

卡蘿完全不介意叛逆，背叛傳統，雖然外表上她是一個時尚的傳統貴婦。

這一點，也許是夫家最不能忍受，而要時時「教化」她的原因。這樣的一個人，跟哈吉那樣傳統大男人，以生意為重，又有高壓保守和刻薄的母親的人結婚，離婚似乎是很難避免的事。卡蘿再怎麼努力，除非她違背自己的本性，否則婚姻怎可能成功？但卡蘿怎麼可能長久違反自己的本性？

這個「違反本性」，也就是卡蘿在律師樓說的：「違反我的天性。」她的「本性」，不僅僅是指她愛特芮絲，更是指她自己的個性與價值觀。

卡蘿雖然常喜歡說嘲諷的話，但她其實是一個很嚴肅的人。所以小說裡的特芮絲曾經吃醋的想，喜歡開玩笑的艾比可以平衡嚴肅的卡蘿。

卡蘿是一個懂得社會運行規則的人。她非常反叛傳統和社會的保守，但她非常清楚傳統社會是如何運作的，所以她自信可以把生活管理得很好。直到她遇見了特芮絲，竟發現自己完全失控。

她的婚姻是個錯誤，所以她不得不把它結束。但她被她自己對特芮絲的感情所襲擊，如同遭遇海嘯。而代價則是成為她最大的致命傷，讓她面對倫蒂的監護權官司，幾乎沒有贏的機會。

卡蘿是一個極端矛盾的人。小說裡，特芮絲眼中的卡蘿，「眼睛可以溫柔，然後馬上變得強硬，好像在測試她。」「聰明的紅唇既強壯又柔軟。」

卡蘿非常驕傲。所以哈吉幾次讓她那樣難堪，對她來說，是不能承受之重。所以她會喜歡用開玩笑的語氣說嚴重的事。所以當特芮絲在麗池飯店拒絕她之後，當她所有的提議都得不到特芮絲的回應，當著特芮絲朋友傑克的面，她只能掛著保留最後尊嚴的笑臉，心碎離開。

即使離去時，那放在特芮絲肩頭上的手有著千言萬語，她和特芮絲都知道，「那就這樣吧！」

驕傲的卡蘿，不會像哈吉或是理查一樣死纏爛打，不會爭執，所以那一別，將是終生不相見。

好強的她，甚至不喜歡訴苦。所以當她跟艾比說她被扯碎了，她是真的絕望了。

凱特說，卡蘿是「安靜的崩潰」，因為在這個婚姻裡，她沒有辦法按照她自己的本性真實的活著。這個本性，並不僅僅是性向，更是不願意委曲求全，不願失去自我。但她卻又驕傲的不願意承認失敗。

卡蘿是極度難演的角色，你很少會看到像卡蘿這麼複雜困難的角色。要演出婚姻生活裡的委屈，演出強烈的母愛，對女兒的思念與不捨，對艾比的友誼，對哈吉的複雜情緒，和對特芮絲從驚奇到愛而又若即若離的矛盾；從處在兩難的掙扎，到勇敢跟哈吉攤牌……。

她的個性，有電影角色裡少見的複雜和矛盾；她的處境，又是在多重邊緣游移。表面上，她富有，高貴；但在婚姻裡，她完全沒有自由，處處受桎梏與壓抑；離婚官司不但會使她社會地位改變，更將奪去她最愛的女兒，使她幾乎一無所有。表面上她高高在上，事實上，她卻羨慕特芮絲的年輕，勇氣與自由，不受綑綁。

凱特因為演落魄貴婦茉莉．法蘭奇而實至名歸，得到金像獎最佳女主角獎。但卡蘿對於演技的挑戰，遠遠超過《藍色茉莉》。因為不但卡蘿本身是一個複雜的人，她的處境也複雜；還因為當時是五〇年代。所以她的感情和情緒表達，都得低調。

凱特說：「不僅僅是兩個女人之間的愛是犯罪的，而且在那個時代裡，個人情感的表露，本來就不能那麼明白大膽。你沒有權利，也沒有空間去表達。所以火山爆發般的強烈情感，以及對不公平的憤怒，對對方的慾望，都完全沒有出路。卡蘿正在離婚，為監護權奮戰，她太了解那個社會，知道這樣的愛不可以存在。但特芮絲挽救了她的靈魂。

如果沒有遇見特芮絲，她就只能在層層包裹的極度痛苦中活著。」

小說原著和劇本的卡蘿，是有不同的。

凱特的卡蘿，坐在劇本和原著的中間地帶。原著裡，特芮絲總是凝視卡蘿，觀察她。像卡蘿怎樣撥頭髮，時時出神，說話說到一半，突然眼睛看著遠方。她時時想抓住這個觸碰不到的女神般的對象。而凱特的挑戰和最大的樂趣，就是演出這種模稜兩可的，矛盾的，無從捉摸的特質，但又要讓卡蘿具有真實性。

• 特芮絲

魯妮被問到結局的時候說，結局並不是快樂的結局，而是實際的結局。卡蘿和特芮絲面對的困難其實是巨大的。她們是女人愛上女人，在五〇年代，這已經夠困難了。她們還有年紀上的差距，和階級上的不同。這些事情之外，魯妮說：「再加上，愛情本身，就已經很困難了。」所以，結尾是開放的。

對於卡蘿來說，特芮絲終究到橡木廳來找她，這就是最好的結局了。菲力絲說，她們所能渴求的，也不過如此。

特芮絲其實是海史密斯的自我意識。特芮絲對卡蘿的感覺，只能用驚為天人和一見鍾情形容。

儘管在開始的時候，特芮絲並不知道她對卡蘿的感情是不是愛，可是她沒有絲毫猶豫，總是想盡辦法跟卡蘿在一起。

因為她年輕純真，所以她的表情、言語和行動，所表達出來的對卡蘿的熱情和勇敢，讓世故的，處在離婚官司中，心情低落的，被虛偽社交圍繞的卡蘿，彷彿呼吸到新鮮空氣，而非常感動。

完全可以想像海史密斯二十幾歲時的樣子：沒有經驗卻充滿熱情與自信，聰明，嚴肅，總是在安靜的觀察；當然，帶著那麼一點陰暗面，因為她畢竟是美國文學史的「黑暗女王」。

特芮絲的成長過程、個性、才華、經驗和對卡蘿的執著迷戀，幾乎就是年輕的海史密斯。特芮絲是個孤兒，父親早逝，母親是鋼琴演奏家，在她八歲時就把她丟在修女辦的類似孤兒院的紐澤西住宿學校，自己到處巡演，而且很少來看她。之後再結婚生了兩個小孩，對她很冷淡。所以她總是覺得，對她母親來說，她根本是外人。原著裡，甚至連她畢業時，修女要求她母親給她兩百美金做畢業禮，她都覺得自己拿了這筆錢很可恥。所以當卡蘿問她，她喜歡理查什麼時，她說因為「理查有個大家庭」。有一個完整的家庭這件事，對特芮絲來說，竟成為一個人莫大的優點。

她從住宿學校畢業後，一個人到紐約生活工作。她從沒有真正的家，沒有享受過真正的母愛。她對卡蘿說：「我總是孤單的杵在人群中。」正是她那種無以名狀的孤單的寫照。

有許多話，特芮絲說不出口，找不到語言可以表達，未必是口才不好，而是觀察太多，想太多。有時是她對卡蘿的情感太狂熱，是社會不能容許的，她根本不敢表達，或者找不到語言可以表達。

電影和原著裡，卡蘿都曾經對特芮絲抱怨：「一天裡我得要問你多少次，你到底在想什麼？」

有時候是她不想說，有時候是她有太多話，不知怎麼說；有時候，她找不到字彙可以形容自己的感覺。所以她常常是沉默的。可是當她說話的時候，她總是直率坦白。不說話的時候，其實她的神情和行動也絲毫沒有掩飾或隱藏。

編劇菲力絲把她的志向，從原著的劇場設計師，改成攝影師，發揮了最大的作用，讓特芮絲的自我和表達，以及成長，可以從她的鏡頭和作品被完整呈現。

攝影總監艾德說特芮絲的成長：

「她的鏡頭呈現了她情緒的狀態，而我們就見證了她的演變。」

「當她越來越清楚她自己是誰，她就有能力去拍攝外在的世界。我們使用了當時女攝影家的經驗，特芮絲剛開始時，只能注視抽象的事物，在倒影中看見自己。但是當她真正了解，並且接受了自己對卡蘿的愛以後，她就可以真正拍攝外在的世界了。」

陶德這樣看特芮絲：「她開始拍人，開始拍卡蘿的過程，就是她開始有能力看見她自己的過程。」

在原著裡，特芮絲和艾比的互相忌妒是直接寫出來的。艾比當然忌妒卡蘿對特芮絲的情感。而特芮絲對卡蘿與艾比的親密以及過往，以及艾比總是讓卡蘿大笑，也很介意。開車旅行時，卡蘿讀艾比的信而笑了，也讓特芮絲吃醋，覺得卡蘿是不是比較希望艾比陪她？

在麗池飯店時，特芮絲對卡蘿的拒絕，不是她第一次拒絕。

當卡蘿邀她去旅行的時候，即使她多麼想跟卡蘿在一起，她一開始也是拒絕的。因為艾比竟然比她還早知道卡蘿的邀請；而且卡蘿竟用那種輕鬆的語調邀她旅行，似乎不管她答不答應，卡蘿都不太在乎。

所以她雖然渴望跟卡蘿在一起，卻突兀的以沒錢拒絕卡蘿的邀約。直到卡蘿大費脣舌，笑她沒膽跟她去旅行，幾乎翻臉的勸說她，她才突然說，她願意去。

卡蘿因為這個轉折而驚喜，問她為什麼改變主意？

原著這樣寫：「『她真的不知道嗎？』特芮絲這樣想，於是她說：『你看起來好像真的在乎我去不去。』」

她要確信，卡蘿在乎她，對她去不去這件事很在意，她才願意去。

這就是特芮絲，她要愛的保證。

卡蘿就曾經對特芮絲說，你凡事總要追根究柢，你總要求有一個確定的答案，但很多事並不是黑白分明的。

文字意象視覺化

改編小說最大的挑戰，就是要把文字的意象視覺化，既要濃縮成電影的長度，又要忠於原著。所以多數的小說改編，都很難達到讓人滿意的程度。

菲力絲卻寫出了一本活生生，可以呼吸，浪漫，讓頂尖演員可以尋找角色生命，讓導演和創意人員有空間的劇本。

卡蘿的劇本變動不可說不大。可是，同時看過電影和小說的人，卻發現劇本大體上驚人的忠於原著。而且把原著的精神非常精采的用電影的方式呈現。

菲力絲是怎樣辦到的？

「改編的關鍵，」菲力絲這樣說：「是要完整保留風格和原著的精神與風貌，而讓觀眾去傾聽原著要說的話。」

一、菲力絲動了那些刀？

其實劇本和小說之間是有不同的，許多設定都更經過精心調整。幾個非常棒的變更：

1.特芮絲的志向

菲力絲把特芮絲從劇場設計師改成攝影師，就是非常精采的變動。藉著攝影，可以讓特芮絲的內心世界、她對卡蘿的感情，和她的成長都視覺化。不但呈現特芮絲的渴望，和她眼中的卡蘿的形象，同時，也更符合整部電影以女性的凝視與目光為中心的主題。

2.卡蘿分手的方式

小說裡她倆的公路旅行比較複雜，途中特芮絲還學會開車。被偵探偷錄音之後，卡蘿原本想堅持跟特芮絲繼續公路旅行，不願意向哈吉屈服。過了幾天，眼見哈吉決心用錄音帶威脅她，卡蘿才不得不單獨飛回紐約，留下特芮絲和車子等她。

卡蘿本來跟特芮絲約定，事情一解決，很快就回來繼續她們的旅程。後來發現事情遠比想像的嚴重，為了監護權官司，終於毀約，跟特芮絲分手。

特芮絲留在當地工作了一兩個禮拜，好讓自己不再想念卡蘿，後來特芮絲才慢慢把車開回來。

菲力絲改成卡蘿緊急飛回紐約，寫了分手信，讓艾比來陪特芮絲，順便把車開回去。這樣的改編，更適合電影的節奏，也因為艾比，讓女性幫助女性的意念更彰顯，又同時藉著艾比的眼睛，看見了特芮絲和卡蘿的難分難捨與痛苦。

3.哈吉去艾比家

哈吉深夜去艾比家找卡蘿這場戲，讓艾比和哈吉針鋒相對，點出了卡蘿婚姻裡的委屈。另一個層次，則是藉著艾比和哈吉的對話，以及艾比對卡蘿戀情的幫忙，對比出哈吉的自私。

一樣是對卡蘿仍有愛意或是依戀，一樣是不再被卡蘿所愛。可是艾比選擇成全卡蘿，讓卡蘿可以跟所愛的人在一起；而哈吉卻選擇「得不到你就要懲罰你毀滅你」和「你讓我痛苦我就要讓你比我更痛苦！」艾比和哈吉的對比是如此鮮明強烈。

4.麗池飯店重逢的目的

原著裡卡蘿和特芮絲在麗池見面，是因為特芮絲要把車子當面交還給卡蘿。菲力絲安排成卡蘿寫信專人送到紐約時報，請求跟特芮絲見面，信末還說：「如果你不能來，我了解。」十足十的卡蘿風格。

這樣的安排，比原著更好。兩人見面就是為了相見，不為其他，讓劇情更浪漫。專人送信，比電話約時間，讓人猜，特芮絲會不會去？也更跌宕有層次。

5.卡蘿在麗池對特芮絲請求的順序

原著裡兩人見面談了很多。卡蘿是先說我愛你，後來才問特芮絲，願不願意跟她一起住。菲力絲改成，卡蘿先說賣了房子，找了工作，問特芮絲願意跟她一起住嗎？特芮絲拒絕後，卡蘿又說我晚點會在橡木廳，你要不要來？

特芮絲低了頭默不作聲，卡蘿眼中含著淚，說：「那就這樣吧！」（這一句也是原著裡就有的。）

兩人沉默對望良久，最後卡蘿說出那句盪氣迴腸的「我愛你」。

我們跟著鏡頭看到特芮絲已經在感情上被卡蘿一波波的愛意所擊倒，眼看著火山即將爆發，就要回應卡蘿。就在這時，竟被冒失鬼傑克打斷。傑克打斷了她們的會面，讓特芮絲有時間在菲爾的派對上，清楚的知道卡蘿才是自己唯一所愛。

這樣的鋪陳和節奏，比原著更有張力，更感人。

菲力絲把整個會面精煉成短短的一些台詞，奇妙的是，竟然所有精華，重要的話，不可缺少的話，都原封不動的忠實呈現在劇本裡。

6. 禮物

特芮絲買了一個昂貴的皮包給卡蘿做聖誕禮物，電影改成買唱片送給卡蘿做聖誕禮物。

原著裡特芮絲熱情的不顧一切，買了昂貴的皮包送給卡蘿當作聖誕禮物，卡蘿很感動，卻覺得禮物太昂貴，希望特芮絲拿回去退還。第二天，卡蘿買了一個路易維登的行李箱回禮給特芮絲，同時也是她第一次到特芮絲的住處。

原著裡特芮絲是在卡蘿家聽到卡蘿放〈容易的生活〉唱片，立刻覺得「那就是我的歌！那就是我對卡蘿的感覺。」

菲力絲改成特芮絲在卡蘿家彈鋼琴時，彈的就是〈容易的生活〉。卡蘿聽著特芮絲彈這首情歌，心有所感，就問你剛剛是在拍我的照片嗎？

特芮絲說現在她對人很感興趣了（這個人當然就是卡蘿），然後繼續彈〈容易的生活〉。卡蘿是如此感動，禮物包不下去了，才走過來，把雙手放在特芮絲肩上，表達無以言語的情意。然後問她是不是想做攝影師。

特芮絲說是，不過她連一台像樣的相機都沒有，而她的照片都在家，沒給人看過。

卡蘿立刻說，可以讓我看你的作品嗎？邀請我去你家。

這樣的更動，讓卡蘿到特芮絲家時，有理由送她相機當聖誕禮物，專心的欣賞特芮絲的攝影作品。

而特芮絲在卡蘿買相機時，則是在唱片行買〈容易的生活〉這張唱片要送給卡蘿作禮物。兩人在同一時間不約而同為對方買禮物，更顯得情真意切。

而在公路旅行時，特芮絲把〈容易的生活〉這張唱片送給卡蘿，讓〈容易的生活〉這首情歌作為傳達特芮絲情意的媒介更被彰顯。

不過另一方面，原著裡特芮絲魯莽的去買昂貴的手提袋給卡蘿，表達愛意的意味是更直接更大膽的。卡蘿雖然堅持要特芮絲拿去退，可是對這樣的情意，非常感動。特芮絲對卡蘿的追求意味，在電影裡也就被沖淡許多。

7.麗池飯店的相見

讓麗池飯店見面當成開場，到尾聲又再循環回來。

這是陶德的建議，借用《相見恨晚》的手法，製造了一種人生的回顧感，也增加了電影的厚度與層次。同時，原著裡特芮絲是因為要趕著去一場派對，跟可能雇用她的人見面，所以急著走。電影改成她倆的會面因為冒失鬼傑克而被打斷，兩人在傑克面前，什麼話都不能說，最後，卡蘿千言萬語，只能用手按在特芮絲肩上，然後黯然離開。

這樣的更改，比原著更浪漫，更無奈，更呈現了在他人和社會面前無從表達情意的壓抑與張力。這些變更都讓電影更緊湊，更好看，實在是了不起的改編。

二、神祕無解的更動

另外，有幾處跟原著不同的變更，是我百思不得其解的。

我的思考只是提供一種角度，未必是對的，卻可以增加欣賞電影的樂趣。

1.特芮絲的性經驗

原著特芮絲曾跟男朋友理查上過三四次床，特芮絲覺得是「非常不愉快」的經驗，痛恨極了。電影卻改成「還沒有到最後一步」（haven't gone the whole way），而是特芮絲幫理查打手槍。最後剪接時，連手淫這一段都被剪掉了。

所以電影裡特芮絲的形象，是一個完全沒有任何性經驗的小女孩。觀眾可能認為特芮絲跟理查的關係最多就是接吻擁抱。

這樣未經男女之事的特芮絲，和原著裡體驗過男女之事的特芮絲，是不一樣的。因為她無法比較她和理查，以及她和卡蘿的情感有何差別，起碼在滑鐵盧之後。

在滑鐵盧時兩人做愛，海史密斯這樣寫特芮絲的感受：「她的快樂隨著卡蘿的唇，一波波的浪潮在她身體迴盪」，以及「她的意識理只有卡蘿……她不必問這對不對，沒有人需要告訴她，因為不會比這更完美或更對了。」

原著裡的特芮絲因為有過性經驗，所以她很清楚她喜歡什麼，痛恨什麼，要什麼，不要什麼。原著裡特芮絲告訴卡蘿跟男人做愛實在很不愉快，卡蘿還玩笑似的說：「你只跟一個男人做愛，怎麼能這麼武斷？」讓特芮絲無言以對。

也許電影把特芮絲更加清純化，比較容易跟人生和感情經驗豐富的卡蘿產生對比和反差，可以製造戲劇效果。

可是會不會讓特芮絲對卡蘿的真情，失去一點點說服力？是不是因此，讓有些觀眾，覺得卡蘿像是獵食者？

2.哈吉 vs 卡蘿

原著裡的哈吉和卡蘿的關係，根據卡蘿的說法，是一種彼此互相的冷淡。

卡蘿說，哈吉對她的愛，「大概只持續了幾個月」。

卡蘿眼中的哈吉是「那種花一個禮拜，把你的生命打包放進他口袋的人。」

「我從來沒有做過任何事讓他丟臉，或是羞辱他，而我想，那才是他真正在乎的。」

「我想他選我做妻子，像是挑一張可以搭配客廳的地毯。」

卡蘿覺得哈吉是一個很虛偽的人，而卡蘿偏偏最痛恨虛偽。

卡蘿覺得「我懷疑他可以真正愛任何人。他只是想要不斷擁有，跟他的野心是一樣的。」

電影版的哈吉則讓人有強烈的印象：他非常愛卡蘿，從一出場，早上到卡蘿的房子接倫蒂，就一直要卡蘿去宴會，直到卡蘿在他父母家委屈的吃午餐，他不是在向卡蘿示愛、求愛，就是在幫卡蘿講話。

電影在哈吉身上花了非常多的篇幅，增添了深情，甚至被同情的部分。可以說，原著裡哈吉的性格的負面部分，電影輕輕帶過，而用比較大的聲音和篇幅，處理哈吉的挫折和痛苦，以及對卡蘿的愛意與保護。

直到後來艾比對哈吉的指責，觀眾才知道，哈吉十年來用盡心思掌控卡蘿，讓她為哈吉而活，讓卡蘿沒有自己。

直到在滑鐵盧，卡蘿才對特芮絲說，她從來沒有跟哈吉好好過年，十年來總是在應酬生意，和客戶一起過。

但光是特芮絲去卡蘿家那一次，哈吉憤怒，挫折，要求卡蘿跟他們去佛羅里達過節，最後還狼狽摔倒，指責卡蘿冷酷無情。電影整整花了五分鐘表現哈吉的情緒。我們一直看到跟聽到哈吉用痛苦的語調指責卡蘿，看到哈吉充滿挫折憤怒的臉。面對哈吉的指責，卡蘿從沒有有力的表明，總是退讓，或是含混帶過。卡蘿從不解釋，從不抱怨，甚至還有一些讓人誤解的台詞。比如說，宴會後，哈吉送卡蘿回家，他要求卡蘿去他父母家過聖誕節，他說：「我們有個很棒的夜晚。」卡蘿的回答居然是：「這只是一晚而已。」

可是卡蘿明明是被強迫去的，明明在宴會裡很不快樂，如坐針氈。卡蘿哪裡有好時光？編劇為什麼讓卡蘿有這種誤導式的台詞？讓觀眾以為，卡蘿跟哈吉在一起還是不錯啊。

哈吉說：「我們不該如此。」卡蘿說：「我知道。」

這些對話，讓哈吉似乎呈現了深情與無辜的形象。但原著裡的哈吉，並不是如此。電影的哈吉，比重上明顯比原著多非常多，這可能是為了架構卡蘿這個人物的完整性。電影做這樣的改變，讓哈吉顯得比較立體。但不想醜化哈吉，用之過當，比重失衡，變成美化了哈吉。

同時讓電影版的卡蘿容易被誤解為冷酷無情，任性自私不負責任。但原著裡的卡蘿並非如此。

也許電影為了不要讓男性角色一面倒的顯得可惡與討厭，所以刻意柔化哈吉。

原著從卡蘿的描述，以及特芮絲三次見到哈吉的觀察，看到的是虛偽冷酷的哈吉。所以讀者比較清楚的知道，卡蘿婚姻破裂的原因和因果順序，對卡蘿的處境，更能同情理解。可是看電影時，看到的，是深情留戀卡蘿的哈吉。

電影不願意譴責哈吉，那婚姻到底是為何破裂呢？觀眾於是疑惑：難道不是因為卡蘿的錯嗎？難道不是因為卡蘿太自我，太任性，愛女人，跟艾比發生婚外情？

而哈吉已經原諒她了，卡蘿到底還有什麼不滿足的？粗心的觀眾很容易留下卡蘿是婚姻破裂的罪魁禍首的印象。

3.卡蘿婚姻是什麼時候完蛋的？

原著裡寫，倫蒂出生後沒多久，卡蘿就知道她和哈吉的婚姻完了。所以很喜歡小孩，原本想要三四個小孩的她，不敢再生孩子。她跟艾比開始合夥做骨董家具生意，為的是可以減少跟哈吉的相處。跟艾比相處時間多了，在一次意外中，她和艾比發生了關係。是她跟哈吉的婚姻先完蛋了，彼此互相冷淡，她在婚姻瀕臨破局，心情低落又傷心之下，才有她跟艾比的事。

可是在電影中，卡蘿卻跟哈吉說：「艾比跟我的事，在你我關係破裂之前，早就結束了。」也就是說，電影版是卡蘿的婚姻好好的，憑空出現艾比的事。然後艾比的事結束之後，卡蘿和哈吉的婚姻又恢復好好的，然後突然又結束了？

這樣的時序安排，讓人無法理解。同時也讓卡蘿的人格與行事作風，一團混亂。

4.卡蘿知道自己在做什麼嗎？

艾比問卡蘿：「告訴我，你知道自己在做什麼？」

卡蘿回答：「我不知道。我從來不知道。」

這樣的對話，讓觀眾誤解卡蘿是一個糊塗、任性、不負責任的人。

但事實上，卡蘿是一個很清楚自己在做什麼的人。

為什麼要給卡蘿這麼多奇怪無理的台詞，同時又盡量柔化哈吉呢？

再加上電影版裡卡蘿對特芮絲發脾氣；明明是去打電話卻騙特芮絲說是去上廁所。原著裡其實卡蘿從沒騙過特芮絲。反而是特芮絲收到理查的信，卻騙卡蘿沒收到。然後卡蘿突然遺棄特芮絲，讓特芮絲徹底崩潰。

這樣的卡蘿，跟原著的形象，並不一致。為什麼電影裡要做這些更動，我百思不得其解。

菲力絲曾說，卡蘿在律師樓那場戲非常重要，如果沒弄好，卡蘿就變成一個糟糕可怕的母親了。但劇本的許多更動，讓本來就是好母親的卡蘿，困頓在婚姻中無路可走的卡蘿，以為離婚條件談好了的卡蘿，變得讓人費解。

最後編劇要透過律師樓裡最關鍵的那場戲，徹底翻轉卡蘿的形象，把觀眾的心拉回到卡蘿身上，就比較難，也折損了電影感人的力量。

5.誰先跨出第一步？

原著裡跨出第一步的是特芮絲。她見到卡蘿當天，就寄了一張聖誕卡給卡蘿，沒有署名，只簽了員工編號。正因離婚而心情低落的卡蘿深受感動，打電話致謝，發現原來是玩具櫃檯的女店員，就約她午餐。

菲力絲改成卡蘿可能故意不小心的，遺落手套在玩具櫃檯。特芮絲沒有交給遺失部門處理，而是自己帶回家寄給她，也一樣署名公司編號。

卡蘿收到手套，打電話致謝，發現「原來是你！」就約她午餐。

這樣的變動，造成不同的效果。

用手套做感情發動的引子，其實比較含蓄，比較有趣，也符合電影的特質。不過，原著裡特芮絲直接寄聖誕卡，愛慕的意味比較明顯。所以讓卡蘿感覺她很勇敢熱情，也非常感動。她說特芮絲「從天而降」，有一部分的原因是，特芮絲不管社會壓力，大膽熱情的表達自己，顯得多麼與眾不同。

這是為什麼看原著的讀者，不會有人誤解，覺得是卡蘿在引誘特芮絲。書中特芮絲對卡蘿完全是一見鍾情，熱情完全無法遏止。她對卡蘿的強烈情感，在每一頁，每一行，每個字裡都清清楚楚。

可能就是因為原著的特芮絲追求和表達愛慕的語言和行為，在電影裡都被改成間接、隱晦和含蓄。於是原本是被特芮絲的熱情感動而回應的卡蘿，猶豫矛盾，若即若離的卡蘿，變成似乎是比較主動的那一方。

許多記者在記者會，都一再提及卡蘿對特芮絲的引誘。有的影評甚至用「卡蘿在獵食清純天真被動的特芮絲」這種字眼。

電影的一些更動，改變了卡蘿和特芮絲的性格和關係。究竟是原著比較好，還是電影版本比較好呢？

6.孤兒特芮絲

對特芮絲幾乎是孤兒的身分，如果可以有一兩句交代，可能會更好。

原著裡，特芮絲在第一次午餐約會時，告訴卡蘿她父母都死了。第一次到卡蘿家時，卡蘿問她，她自己也不知道為什麼，竟然卸下所有心防，把孤單的身世和盤托出，告訴卡蘿母親並沒死，只是從她八歲就把她遺棄了，邊說邊哭。而這些事，她從未告訴任何人。可見她對卡蘿，覺得何等親近！

特芮絲在世上沒有家，沒有根，沒有連結，她唯一的連結是卡蘿。而特芮絲的身世，是關鍵。遺漏了對特芮絲身世的說明，就遺落了特芮絲會如此孤寂的根由。當卡蘿跟她分手，她的痛苦，也因為曾被母親遺棄過而加倍。

7.卡蘿和特芮絲的相處實在太少

卡蘿和特芮絲相處的細節太少。這個觀點，一開始我並不認同。但看了許多次《卡蘿》之後，再跟其他愛情主題電影比較之後，我不得不承認，這是一個遺憾。這使觀眾對主角的情感連結，被迫抽離。

編導都一再說，希望把卡蘿定位在愛情電影而不是政治電影。可是他們的手法卻有一點點偏離「愛情電影」的定位。

兩個小時的電影，一方面彷彿節奏緩慢，可是主角的愛戀關係卻矛盾得彷彿以光速進行。好像觀眾就是必須被迫相信，她倆一見鍾情，一頓午餐之後就去卡蘿家，兩人正在互相試探情意時，卡蘿丈夫哈吉卻突然闖進卡蘿家，還大發脾氣，特芮絲只能傷心孤單的搭火車回家。第二天卡蘿去請求原諒，又送特芮絲相機，然後就邀請特芮絲一起長途旅行。

她們在旅途終於完成了彼此的愛，卻被偵探錄音，而卡蘿被迫在第二天立刻和特芮絲分手。等到卡蘿處理了監護權問題後，才回頭去找特芮絲，請求特芮絲給她第二次機會。

片中兩位主角真正相處的時間，卻又少得可憐。電影花了大量的篇幅，呈現主角的許多其他枝節關係，以及主角的丈夫或男友的情緒與內心狀態。電影的另一個重心，彷彿是監護權糾葛，以及男人的無奈，而不是卡蘿與特芮絲的愛。

所以許多她倆愛情的細節和溫度，在《卡蘿》電影中，缺乏緩慢醞釀的時間，少了愛情滋養的空間。

觀眾只能在卡蘿和特芮絲被擠壓得可憐的、短暫的、片段的相處中，憑藉著演員和導演、攝影和配樂的深厚功力，營造出感人的愛情氛圍。

《卡蘿》先天上的缺憾是，劇本沒有把故事的結構，聚焦在主角的關係，所以故事的大結構有點失衡。

跟《斷背山》比較，就非常明顯。一樣是兩個小時的電影，《斷背山》的傑克和恩尼斯，從影片一開始就相識、共事、相處、相愛。電影絕大部分劇情，都是呈現他們的兩人相處，以及之後一次次的相聚；和傑克死後，恩尼斯對他的思念。

片中李安沒有花費太多篇幅在兩人各自的家庭和婚姻狀況，卻也清楚的呈現了兩人分手後，各自娶妻生子，想要回歸社會接受的人生模式。對婚姻實況的揭露角度和幅度，足夠到呈現兩位主角婚姻的虛無，但又不至於太過深入到讓電影失焦。所以觀眾除了大量的美麗自然風景可以看之外，更可以從頭一路進入兩位主角的相處和相愛的細節。這對於愛情，對於愛情電影，都是很重要的。

若說那是兩部原著小說的不同造成的結果，那也不是事實。因為原著裡，卡蘿和特芮絲的相處時間，遠比電影裡多得多，比重也重得多。而卡蘿對丈夫，特芮絲對男友的態度，在書中是很清楚毫無模糊的，電影裡卻保留了模糊的空間。

為什麼卡蘿的編劇和導演，要刻意讓卡蘿和特芮絲的相處減少，而花費許多篇幅處理丈夫、男友、監護權？

可能編導認為，這樣卡蘿的故事才完整，或是太想面面俱到。可是《斷背山》也交代了傑克和恩尼斯的婚姻關係，卻絲毫沒有讓這些情節遮掩了故事的重心。《卡蘿》電影卻讓旁支遮蓋了主幹。同時，編劇在處理卡蘿這個人物，和卡蘿與特芮絲的關係中，跟原著是有距離的，也讓卡蘿處理情感的邏輯有所改變。

比較《斷背山》和《卡蘿》這兩部電影，兩者的藝術性都極強，主題類似。但《斷背山》聚焦在兩位主角的相處，以及美麗的風景。而《卡蘿》花費許多篇幅處理主角身邊的人，情緒和事件。同時，在主角的相處這件事上，不但相處時間極短，而且累積確實有些不夠。

這會不會也是兩部電影在票房上有差距的原因之一？

每一次都是不同的層次：演員的表演

用凱特的幾個例子，觀察演員表演的精采程度和層次。

一個表情或眼神，傳達了多少複雜多層次的情感，文字根本不足以形容。

• 凱特的眼神與凝視

- 第一次在百貨公司看見特芮絲。
- 在特芮絲專櫃前買洋娃娃時看著特芮絲。
- 幫倫蒂梳頭髮，哈吉提前來接倫蒂時，卡蘿看哈吉的眼神。
- 第一次午餐約會時既哀傷又不可置信地凝視著特芮絲。
- 卡蘿傾聽特芮絲彈鋼琴，知道她是在彈哪首歌。

－開車旅行，特芮絲送她唱片，手按住卡蘿的手，卡蘿低頭看著手，再看特芮絲。
－在計程車裡看到特芮絲時的百般不捨和留戀等複雜的情感。
－在麗池飯店時凝視特芮絲的幾種不同眼神。
－卡蘿在橡木廳看到魯妮出現時的眼神。

這裡舉的一些例子，讓我們可以回想電影裡演員精采絕倫的演技。無聲，不使用語言。只以眼神、表情和身體動作，就足以承載多少複雜、幽微、多層次的情感和表達。這就是表演的精髓。

陶德的手法：保持一個距離

導演陶德刻意把觀眾控制在一段距離，來看這個故事。不管是說這個故事的方式，還是對電影裡的角色，導演都刻意不讓感情太過氾濫，刻意把觀眾跟劇情裡的人物，維持一個距離。這個距離，沒有近得那麼好萊塢，也沒有遠得像侯孝賢。

把觀眾維持在一個距離之外，這是導演的藝術選擇。長鏡頭就是要把觀眾拉出來，讓你在一個距離外觀看，也讓主角以外的事物可以呈現。陶德從頭到尾，選擇用低調的敘述，把事情只說三分，而不是把劇情和演員的對白都用一種過度說明，生怕你沒看懂的通俗劇方式，疲勞轟炸你。

所以有人會覺得，《卡蘿》什麼都是淡淡的。情節，甚至喜怒哀樂的表達，感情與愛慕的表達，都是淡淡的。這樣的所謂的「淡」，就是刻意的控制距離。

可是這樣的藝術選擇，是要付出商業代價的。

雖然陶德已經幾乎完美的結合了藝術電影和商業電影。但陶德也承認，這部電影不是每個人都可以接受的。仍然有一些人認為不夠通俗、節奏太慢、沒什麼劇情等等。同時，因為許多事情是刻意用暗示或低調的手法表達，所以，如果沒有看到電影的暗示，仍然會妨礙許多樂趣或理解。

比如非常著名的一幕，特芮絲在卡蘿家彈鋼琴時，卡蘿走過來，充滿感情的把手放在特芮絲肩上。觀眾如果不理解細節，就無法了解這肩膀上的手，是怎樣的分量和感情。

先是卡蘿光著腳坐在地上包裝玩具火車模型。（光腳表示她很放鬆，而包裝禮物給女兒，是她很開心的事。）

然後她凝神聽鋼琴聲。她聽出來特芮絲彈的是〈容易的生活〉。

特芮絲是在表達自己對卡蘿的愛意。所以卡蘿才問特芮絲，買聖誕樹時是不是在拍她？這其實是在試探特芮絲。

特芮絲說因為朋友建議她要對人感興趣。然後卡蘿問她：「你現在對人感興趣了嗎？」特芮絲對著她溫柔的笑：「非常感興趣。」然後繼續彈〈容易的生活〉。特芮絲說的意思是，我現在對人感興趣了，我感興趣的人是你，所以我忍不住想拍你。然後，卡蘿終於忍不住，走過來，充滿感情的把手放在她肩上。

特芮絲和卡蘿知道她們彼此知道了。但什麼都不能說，不方便說，不知道該怎麼說。當我們知道前面的這麼多細節，甚至要知道〈容易的生活〉的歌詞，才能完整理解並且感受特芮絲肩膀上，卡蘿那雙手放上去的感情分量，以及之後把手放開的捨不得。也才能了解兩人在感情剛剛萌芽，以及社會的強大壓力下，彼此有意無意地探索和努力的表達。

如果不知道特芮絲彈的曲子內容，是在訴說愛意，就會覺得卡蘿突然走過去，把手放在特芮絲肩膀，非常突兀。

如果沒有捕捉到前面的細節，就只看到手放在肩上這一段的慾望表達，而失去走進卡蘿和特芮絲的感情和內心的路徑。

當編導選擇用沉默，用影像和象徵，選擇讓凱特和魯妮用無與倫比的演技來表達的時候，其實真正的情感張力，反而大到幾乎讓你屏住呼吸。

只不過，要能夠看得懂，還是需要一點點耐心，以及願意參與的意願。

這樣的藝術選擇，極震撼人心，但需要觀眾有足夠的文化準備。不用好萊塢煽情和通俗的公式化手法講故事，就常會損失票房。

影片主調：壓抑的氛圍

海史密斯寫《卡蘿》的時候，是一九四八年。當時是二次大戰後三年，整體的社會氣氛，是壓抑的。

不只是對同性戀，女人的地位更是低落。管你是同性戀還是異性戀，女人的處境都是困難的。魯妮說，從當時女人穿的衣服，是那樣的不舒服，就可以體會身為五〇年代女人的處境，是多麼困難。

當時的男同性戀，不但不合法，而且是犯罪行為。事實上正當這本書出版時的一九五二年，美國精神科才剛剛發布同性戀是一種精神疾病。

卡蘿和特芮絲對彼此的感情，是在這一種氣氛下發生的。她們兩人，無法找到文字和話語，來表達她們的感受和感情。而且在表達感情的時候，仍然生活在整個社會的窺探和監視之下。

身為女性，自我已經被壓抑了。愛上同性，是另外一層壓抑。卡蘿和特芮絲就是在重重壓抑下生活，相遇，相知。

陶德要刻意傳達壓抑的張力，讓觀眾深刻感受當時整個社會壓抑的時代氛圍、女性的壓抑，以及情感的壓抑，所以整部片子的建構，都保持同一個基調。整個電影選擇黯沉的藍灰綠色調，是為了表達當時，也就是「前艾森豪年代」的壓抑氣氛。

- **玻璃**

另外，就是大量的使用玻璃等意象。

玻璃代表阻隔，代表距離，也代表隱藏，代表浪漫。在你和你渴望的事物中間，隔著玻璃。讓人覺得挫折、壓抑，也讓你想要往前努力推開阻隔。《卡蘿》大量使用玻璃與鏡子，並非只是電影美學的考量。

離開麗池飯店，特芮絲坐在計程車內，透過滿是雨滴與霓虹掩映的車窗，以及車外煙霧迷濛的街道，讓我們從車窗外，看到車內的特芮絲回憶著她與卡蘿的一切，看到特芮絲的臉上掩映著雨滴和霓虹。

第一次的午餐約會，特芮絲隔著餐廳的玻璃窗，看著窗外街道上走過來的卡蘿。午餐後，特芮絲走到餐廳的玻璃門外，凝視著離去的卡蘿背影，代表她和卡蘿的距離拉近了，也代表她走向更多的自由。

卡蘿第一次載特芮絲去她紐澤西的家，在車上，透過擋風玻璃，看到車外的世界，以及隧道內的燈光。

鏡頭擺在車內，代表了兩人的親密，往外看是窗外的世界，車內，是她們的兩人世界。

卡蘿第一次離開律師樓時，導演透過灰濛的玻璃窗，看到一片灰濛濛，但其實窗外是晴朗的天空。那灰濛的玻璃，代表卡蘿面對的巨大阻力，以及她灰暗的心境。

在開車旅行時，從車窗外看到特芮絲好奇地望向車外的景致，望著天空，露出她如奧黛麗．赫本的面容。

從車窗外，導演讓我們看到她幫卡蘿脫下皮草，兩人開懷大笑。卡蘿坐計程車去律師樓，作最重要的監護權談判時，在計程車裡，瞥見正要過馬路的特芮絲。我們在車窗外，看見卡蘿癡癡地凝望著特芮絲，直到再也看不見了還捨不得移開眼睛。

卡蘿從律師樓一出來，又是同樣的窗子，同樣的灰濛濛天空。然後切換另一片灰濛濛的玻璃，透過玻璃，我們看到卡蘿孤單的坐在咖啡館裡，她望向窗外。

卡蘿在車內安慰特芮絲時，導演把我們放在車外，透過車窗玻璃看著她們兩人，顯示了兩個人之間的距離。

玻璃，陶德說，是作為一種阻礙，一種間隔。卡蘿和特芮絲之間，有這麼多的阻礙，她們幾乎沒有辦法沒有阻礙的在一起。

玻璃，也是一種窺探。卡蘿和特芮絲的感情，是被社會放逐的。她們的情感，是不見容於社會的，而社會和外界也一直在監視、窺探她們。

玻璃，也是一種隱藏與遮蓋。在《卡蘿》裡的玻璃，通常充滿灰塵或是雨滴，看不太清楚。導演刻意讓我們看得不清楚，讓我們感受那種在當時環境與氣氛下，許多事物和人都是在隱藏與遮蔽下生活著。

卡蘿和特芮絲都曾經透過玻璃凝視對方。兩人中間隔著玻璃，玻璃於是成為阻礙她們接近對方的障礙，也增強了讓觀眾進入她們心中，那種對對方的可望卻不可即的強烈渴望。

- **鏡子**

鏡子，是一種反射，一種間接的觀看。但同時也讓人看到真相。

在《卡蘿》裡，只有三個人出現在鏡子裡：卡蘿、倫蒂和特芮絲。

卡蘿抱著倫蒂坐在化妝鏡前梳頭髮。卡蘿和特芮絲在梳妝檯前擁吻。艾比載特芮絲回紐約時，從後照鏡裡，查看著哭倒昏昏沉沉睡著了的特芮絲。（當然攝影機並不是從後照鏡拍的。）

特芮絲在麗池飯店跟卡蘿重逢，拒絕卡蘿，卡蘿傷心離去以後，特芮絲在洗手間用冷水沖臉，想澆熄自己的熱情，然後抬頭看著鏡子裡自己深情壓抑的臉。

• 煙霧

煙霧瀰漫，除了是一種視覺美感以外，更重要的意義在於，煙霧是一種障礙，因為阻礙你看清楚事情的真相，也阻礙你找到你的路。

煙霧也是一種迷惑，因為煙霧讓你不知道什麼是真實。《卡蘿》裡煙霧的大量出現，而且多在主角徬徨掙扎時，並不偶然。

• 車

車代表著自由，毫無疑問。卡蘿開車載著特芮絲，車子帶著她們一路往西走。

在原著裡，原本是要一路去到華盛頓州的。開著車，想去哪就去哪，想停就停，想走就走。這是她們從傳統的桎梏裡解放自己的工具。

同時，車子以內，就是她們得以自由的空間了。在車子裡面，她們可以躲開社會的制約、監視與窺探，她們可以自由的表達，自由的相處。同時在車子裡，她們可以自由的看見外面無邊無際的世界。

‧手

陶德放在畫面裡的每件事物，每個動作，都有重要意義。而《卡蘿》裡凱特和魯妮的表演，極其精緻細微，許多情感幽微複雜，甚至不是用表情傳達，而是用肢體訴說，比方說：手。

在麗池飯店，卡蘿要離開前，把手輕輕放在特芮絲的肩頭，那手的欲言又止、黯然與深情，無以倫比。

在紐澤西的家，當特芮絲彈琴時，卡蘿走過來雙手放在特瑞絲肩膀，說的是情不自禁的試探。

兩人相吻時，手輕柔撫觸對方；特芮絲在雪地裡拍卡蘿，按下快門的手，執著堅定。卡蘿用手撫摸話筒，情致纏綿……

《卡蘿》裡的手，完全承載了主人複雜又無可言說的情感。

而手的裝扮，跟手的表情同樣重要。導演用手的各種裝飾與配件，呈現主角的身分、心情和情意。塗蔻丹或不；戴鑽戒與否；叮咚咚的手鍊，與拿著菸的姿態，都是經典的經典。

● **香菸**

五〇年代，幾乎是人人抽菸吧，起碼在好萊塢的片子裡確實是如此。香菸，代表慾望、渴望、情感，代表焦慮。

卡蘿幾乎是菸不離手的。第一次見面，在洋娃娃櫃檯，她就想點起菸來。第一次午餐約會，她點著菸，在煙霧中看特芮絲，幫特芮絲點菸。

被迫去哈吉家的宴會，她抽著菸。

跟特芮絲聊她的志向，要特芮絲邀她去她家看她的作品，需要一支菸。

哈吉強行帶走倫蒂，跟哈吉糾纏後，她慌亂地找菸。

打電話向特芮絲道歉賠罪，請求特芮絲讓她去看她，她點著菸，旁邊還有酒。

在麗池飯店跟特芮絲見面，她想抽菸，但遞菸給特芮絲時，這一次特芮絲卻拒絕了。所以香菸，也是情感的表達。

● **服裝：指甲與衣著**

在《卡蘿》裡，服裝也能表達，也在表演，是活生生的演員。除了精準的反映五〇年代初當時的真實服裝以外，更精準地傳達了電影想要跟觀眾溝通的意象、感情與象徵。

卡蘿的皮草，是這部電影最常被討論的服裝。這件皮草，就說明了卡蘿。

穿著皮草到百貨公司的卡蘿，讓特芮絲驚為天人，一見鍾情的那種優雅和自信，是百分百忠於原著的。

卡蘿一出場的皮草和鮮紅蔻丹、鑽戒、耳環、手環、鮮紅圍巾，全副武裝，讓她從周圍黯淡灰暗的背景與人群整個跳出來，也讓人感覺她的貴氣逼人與華麗奪目。你可以立刻感覺卡蘿的熱情和勇敢，和那麼一點張揚的個性。

之後我們看到卡蘿穿著鮮紅色大衣和紅色帽子去律師樓，去找特芮絲。開車旅行的時候，特芮絲只有一個行李箱子，還是卡蘿送她的。卡蘿的行李則是大箱小箱數不清。

然後，卡蘿無名指上的鑽戒不見了。

那件皮草，代表了雍容華貴，也代表了拘束著卡蘿的傳統與身分的制約。

當開車旅行時，卡蘿邊開車邊脫下那件皮草，而特芮絲幫著她把那件皮草脫下來，兩人開懷大笑，卡蘿輕鬆的說：「現在好多了！」

那一刻象徵了，因為認識特芮絲，特芮絲徹底改變了卡蘿，給了她勇氣，放棄外在的制約和傳統，追求真實的自己。也象徵了因為特芮絲，卡蘿有了掙脫社會制約，面對自己真實人生的勇氣。

從此卡蘿不曾再穿上皮草。

因為是小成本的電影，預算拮据，這件貂皮大衣是劇組能借到的最好的了，但貂皮大衣其實快壞了，時不時就破掉。服裝設計珊蒂．鮑威爾得在現場利用午餐時間，不斷的親手縫補。

不斷破掉裂開的貂皮大衣，恰巧象徵了卡蘿的人生：外表絢爛，但內裡不斷崩解。褐色的皮草雖然是富貴的象徵，卻也是社會制約的象徵。

當卡蘿被迫離開特芮絲，特芮絲打電話給她，想聽她的聲音時，憔悴傷心的卡蘿握著話筒的手，並沒有指甲油的蹤跡。等到片尾卡蘿要去律師樓跟哈吉和律師攤牌，她在計程車上看到路上的特芮絲的時候，她身上的外套，已經是素雅的白色外套。她的帽子，換成黑色的帽子。她在麗池飯店跟特芮絲見面的時候，一身素雅的的米白色，只有帽子是黑色的。衣著清楚的表明了卡蘿心境和情感的變化。

特芮絲的衣著變化，是她長大成熟的一部分，也是她成熟的象徵。

從一開始她戴著蘇格蘭彩色帽，穿著略嫌單薄的學生型大衣，坐在男友腳踏車後座。到她怎樣都不肯戴著的聖誕帽。滑鐵盧第二天一早，她的那頂彩色帽子，換成了黑色帽，象徵她的天真時期已經結束了。

剛開始，特芮絲除了穿著店員服裝外，她自己的少女式的服裝，衣服故意稍嫌寬大，使她看起來更小。髮型是清湯掛麵的髮型，從在百貨公司第一次跟卡蘿見面，就看到她指甲是光禿禿，沒有戒指，沒有蔻丹，只有學生型的手表。

卡蘿在計程車裡看到馬路上的特芮絲，頭髮已經有造型，穿著合身的套裝，穿著紅色高跟鞋，手上搭著大衣，不但美麗成熟，而且完全有了自己的風格。

在麗池飯店坐在卡蘿對面的特芮絲，真的就如卡蘿所說的，畫著合宜的妝，一身典雅的套裝，成熟的髮型搭配耳環，指上已經塗著蔻丹。

而服裝的顏色和材質也有象徵意義。

一開始卡蘿的衣著總有紅色，豔紅的指甲油、橘紅色圍巾、紅色大衣和皮包和紅帽子等等。我們看到她穿著藍綠色合身洋裝在家招待特芮絲。開車旅行時，她會穿著比較舒展的衣服或長褲。可是隨著情節開展，當她面對律師時，她的套裝是深褐色、大地色，或是暗沉的顏色。

當卡蘿放棄了特芮絲，去看心理醫生，在夫家吃午餐時，我們看到卡蘿穿著褐色套裝。

特芮絲一開始時，身上穿著綠色、褐色、格子裝，代表她年輕充滿生命力，可是也活在被社會傳統力量所宰制的狀況下。當卡蘿不斷崩解，逐漸失去一切時，心碎後的特芮絲卻開始成長，開始穿著原本代表卡蘿的紅色套裝。

當卡蘿和特芮絲在一起時，不斷的被代表社會制約力量的男人打斷。這些男人都穿著褐色西裝和風衣：

1. 卡蘿帶特芮絲回家玩，哈吉闖入卡蘿家。
2. 卡蘿和特芮絲公路旅行時的私家偵探跟蹤錄音。
3. 卡蘿和特芮絲在麗池飯店見面，在最關鍵的時刻，被傑克打斷。
4. 哈吉深夜去艾比家要艾比交出卡蘿，和艾比的對峙。
5. 理查穿著深褐色大衣和特芮絲在路上走。

鏡頭外是詩般的意境

雖然《卡蘿》改編自海史密斯的同名小說，但這部電影，卻不是用小說或戲劇的手法來呈現的，而是從頭到尾像一首詩。

電影要傳達的，甚至不只是要講同性戀愛情故事。整部電影，專注的用詩般的意境，講一個永恆的愛情故事，愛上一個人的感受和意境，以及人如何面對人生的真實。

因為性別而產生的社會壓力，只是如同所有偉大的愛情故事裡，所必然有的困難。如凱特和魯妮在獨立電影節上介紹《卡蘿》，說這是一部複雜的電影，但包含了最簡單的真相：愛就是愛。

陶德和凱特說，這部電影講的，其實是普遍的，跨越時代和地域的「fall in love」的感受。

這是一部用成熟的電影技法，用電影寫的情詩。不只是寫給女同志的，是寫給所有人的。

卡蘿的故事情節很簡單，三言兩語就講完了。但重點不是情節如何曲折，而是講這個故事的手法。當情節是如此簡單，對白不多，於是焦點反而會集中在演員、攝影和音樂，這些元素，成為傳達感情和意境的最重要媒介。

這部電影看完之後，你會被裡面的情感和演員，牢牢抓住許久，漣漪一波波擴散。

也許這是為什麼在電影院，雖然情節簡單，畫面灰暗，對白不多，但觀眾卻都是從頭到尾聚精會神。戲院裡非常安靜，沒有人睡著。

少即是多

卡蘿故事簡單，情節也不曲折離奇，對白很少，充滿沉默，沒有很強的灑狗血戲劇性，節奏更是慢慢走。雖是愛情故事，但是講話、示愛都是充滿暗示，或是假借，或是點到為止。

有的人確實覺得不適應。但卻有更多人，欣賞這樣詩般的意境與說故事的方式，對演員內斂低調，卻張力破表的表演方式，覺得太震撼了。

有許多人在看《卡蘿》當下，只覺得好或是還不錯。等到電影在他腦海和心中反芻過後，經過幾天，那種震撼感才逐漸出現。有影評更乾脆的說，開場十分鐘後，他竟然已經完全忘記自己是在看電影了。

要達到這樣的成就，背後是所有團隊的努力和功力。

比如，你有了像凱特和魯妮這樣等級的演員，電影才能留下很大的空間，讓演員有揮灑的空間。劇本要留下空間給演員，要能夠邀請觀眾，專注在演員的表演上。

雖然對白少，但空間設計、服裝、攝影、構圖，都在幫助暗示，訴說，聚焦，渲染，讓故事和情境感人肺腑。在一個這麼安靜的電影裡，每一首歌，每一個影像，每一句對白，都是導演有意放進去的。

比如特芮絲在卡蘿家彈鋼琴，彈的是一首情歌〈容易的生活〉，坐在地上包禮物的卡蘿當然知道歌詞，所以才會有後面的對話和表達。

比如，卡蘿載特芮絲去紐澤西，車上的收音機放的是〈我屬於你〉。

比如說，特芮絲在菲爾家，一個人躲在廁所裡抽菸，這時客廳放的歌，是〈沒有其他的愛〉。特芮絲就是在這首歌的歌聲中，離開菲爾家去找卡蘿的。

比如說，卡蘿為了要見女兒，委屈的去哈吉家吃飯，旁邊的電視，正是艾森豪的演說。

這些弦外之音，隱喻和雙關語，讓電影的意像和指涉更豐富，也提示了劇中沒有明說的情節與對白，讓我們進入人物的情感和內心，也讓我們有更多想像的空間與樂趣。

不過，對於中國人來說，草書、水墨畫和平劇，甚至中國詩，都已經幫我們做好了「少即是多」的訓練，不是嗎？

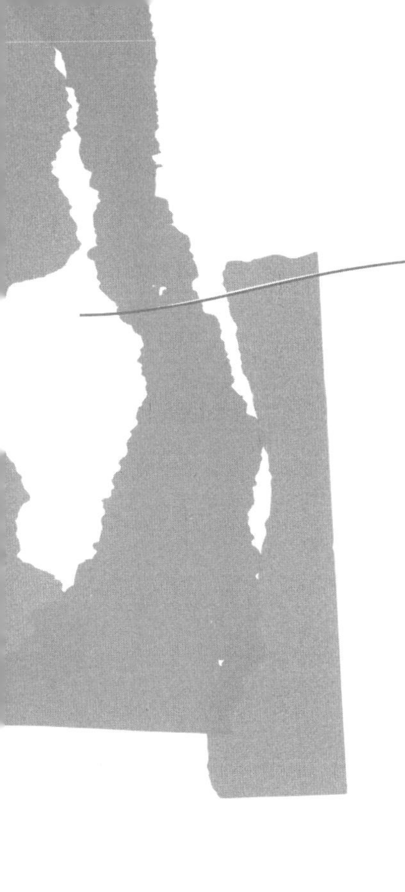

電影就是一種化學反應

演員的化學反應

媒體下的標題，和《卡蘿》宣傳和參展時最常被問到的問題，就是凱特和魯妮間，令人無法置信的化學反應。

《卡蘿》是一部愛情電影，如果主角之間沒有化學反應，或是化學反應不對，那電影也就完了。

愛情電影，主角之間的愛情，必須讓觀眾相信，確信為真。這是導演和演員非常關鍵的能力，也是愛情電影裡最重要的事情。

而愛情故事更高的層次是，不但主角之間的化學反應讓人確信為真，而且真正感動觀眾。演員的表演裡最重要的一部分，就是要「活出」愛情這件事。

《卡蘿》讓電影工作者羨慕的化學反應，是怎麼樣達成的？

從二〇一五年參加坎城影展開始，到每一個影展，每一次記者會，媒體專訪，深度對談，記者和影評人總是樂此不疲的問凱特和魯妮：為什麼你們之間有那麼強烈而自然的化學反應？你們是怎麼製造出來的？

凱特和魯妮都是超卓的演員。要演出《卡蘿》裡的纏綿悱惻愛戀，只是份內工作。但好到連專業人士都入戲那麼深，連她們兩人自己和劇組都很意外。

難道是因為，這是第一次主流電影以兩個女人相愛為主題，對所有人來說，都充滿了新鮮感？

難道人們覺得愛情電影的男女主角呈現出化學反應似乎理所當然，但兩個女人演出了化學反應，就成為話題，甚至引起了所有專業人士跟專業無關的好奇心？

因為是女同志電影，所以演員演出了化學反應，就成為話題？

但問題是近年有四部也同樣有女同志情節的電影，卻並沒有引起任何有關化學反應的討論：

1.《藥命關係》（*Side Effect*），魯妮．瑪拉飾演精神病患，和飾演她醫生的凱薩琳．赫本有同志關係。可是從不會有人感覺兩人之間產生化學反應。

2.《藍色是最溫暖的顏色》（*Blue is the Warmest Color*）是女同志愛情故事，更有十分鐘令人震撼（或極度反感）的做愛畫面。可是引起討論的，是拍這十分鐘的性愛場面，是不是恰當？導演有沒有從男性偷窺角度來拍女同性戀做愛情節？是不是剝削這兩位女演員等等，而沒有人討論有沒有化學反應。

3.《扣押幸福》（*Freeheld*）中茱莉安．摩爾和艾倫．佩姬飾演女同志伴侶，是真實故事改編。艾倫．佩姬還因為拍這部片子而公開出櫃，也從無人認為這兩位有化學反應。

4.《色．誘》（*Chloe*）中茱莉安．摩爾和阿曼達．蜜雪兒．西凡也有同志關係，也是兩個女人年紀有差別，也沒有化學反應的討論。

這些電影擔綱飾演女同志的演員，一樣演技優異。所以，顯然專業人士熱中於討論《卡蘿》的化學反應，並不是因為《卡蘿》是女同志電影的關係。

又或者是片商的宣傳伎倆？這對電影的宣傳，當然是最好的梗。

但凱特和魯妮都是態度嚴肅的演員，非常重視自己的私生活，甚至不使用社群軟體招攬粉絲。從沒有花邊新聞，不賣弄自己的私生活，過去作任何電影宣傳活動，也從來沒用過類似的手法。

尤其是魯妮，是以不喜歡接受採訪，不喜歡宣傳出名的。

在宣傳影片時，讚美一起演對手戲的演員，說自己喜歡上對方，算是一種常見的禮貌與恭維的手法。但凱特說這類話的時候，會謹慎的挑選對象：那種很安全的，不會引起誤會的對象，她才會做這種恭維。

比如說，二〇一五年她拍的另一部片子《真相急先鋒》，為電影做宣傳時，她就說：「我嚴重的愛上了勞勃．瑞福。」另一個場合，她說：「我愛上了勞勃．瑞福，精神上和身體上。」

至於魯妮，則從來不說這種肉麻恭維話。她為《藥命關係》做宣傳時，記者問她，「演你先生的男主角查寧．塔圖這麼帥……」，顯然要魯妮配合講幾句曖昧的話，製造一點花邊新聞。魯妮完全不配合，冷冷地答：「他很帥而且已婚，你要我說什麼？」

凱特和魯妮所引起的化學反應現象，之所值得深入討論，是因為這樣的化學反應，是《卡蘿》這個團隊辛勤工作的成果。而這成果，是所有拍片者夢寐以求的目標。

《卡蘿》裡的凱特和魯妮之間，表現出讓所有行內人士驚嘆的強烈化學反應，有三個原因：

凱特和魯妮兩人的表演和互動實在太動人，以至於連影評和業界的人都訝異於她們所呈現出來的愛戀情感，如此深刻而真摯感人。而她們表演的精緻程度，讓人嘆為觀止。每一個細節，每一個表情和互動，都細緻的表現出深刻的愛戀與情感。

第二個原因，是《卡蘿》這部電影，深刻的拍出了浪漫的陷入戀愛的感覺，而這也是導演、編劇、演員和所有工作人員在拍戲時就確立的目標。所以從劇本、導演、配樂、攝影到服裝，都為凱特和魯妮做好最佳支援，讓她們專注在鏡頭前，精緻細微的談戀愛，讓電影拍出戀愛的感覺。劇組成功的讓凱特和魯妮的表演，呈現出深刻的情感層次，遠遠超過所有人期待。

第三，雖然故事主軸是兩個女人相愛，但電影最後的感人力量，是「在戀愛」這件事。這與性別與年代全然無關，不管我們愛的是男人還是女人，是三〇年代，五〇年代還是二十一世紀，《卡蘿》讓每個觀影者不自覺的回憶起自己陷入愛情中的悸動。

而觀眾的感動，則回饋成重複又重複的一個問題：凱特和魯妮的化學反應到底是怎麼營造出來的這個老問題。

一、奇特的風景

凱特和魯妮雖然個性不同，年紀相差十六歲，可是卻有相同的價值觀與追求。

菲力絲和陶德都觀察到，外表和個性上，她們很不一樣，但凱特和魯妮卻完全互補。

陶德在坎城說：「她倆嚴肅的工作態度、事前的準備、對細節的注意，以及對團隊真誠的關愛，是如此相像。所以她們有著化學反應和連結，一點都不讓我驚訝。」

陶德另一次談話，更深刻的讓人看到奇特的景觀。

記者問：「電影裡有這麼多的凝視和內在的互動，其中有多少是屬於凱特和魯妮的角色呢？」

> 陶德這樣說：「排練時，凱特和魯妮常常會說：『她真的需要說這個嗎？』然後我們大家彼此對望一眼，說：『不，把這些砍掉！』那就是我們做事的方法。她們了解，文字和對話從來沒有辦法完全扛住這個故事的重量。」

陶德說的是一種少見的奇景。演員們竟然忙著刪減自己的台詞，而不是增加台詞。如果沒有對電影藝術的共同渴望與追求，陶德所描述的這件事，是不可能發生的。

這個奇景，就是這個團隊彼此之間，因為共同的理念與追求，而形成的化學反應。

大概很少有凱特和魯妮這樣的演員，坐下來排演的時候，大家心意完全相通，目的是要拍出最好的電影，而不是自我中心。

從陶德的描述，我們清楚的看到，陶德、凱特和魯妮跟菲力絲追求的是同樣的目標和同樣的藝術價值。

二、慷慨契合的夥伴

凱特說過，她覺得她跟魯妮，有一種心靈的契合，覺得是同一類的人。不只凱特和魯妮，陶德也是跟她們同一類的人。都同樣對電影、對表演充滿熱情。同樣嚴肅，對自我要求嚴格，對同僚關愛。這種對彼此的慷慨，和對藝術的共同追求，使一起工作成為一種享受。

凱特和魯妮都說過對方是非常慷慨的演員。這是什麼意思呢？簡單的例子：是當鏡頭拍的是對方，而沒有拍到她的時候，她仍然在狀態中，竭盡全力協助演對手戲的夥伴的情緒。當夥伴在表演時碰到瓶頸和困難時，全心協助對方解決難題，幫助對方進入狀況。

對方願不願意給？願意給多少？是為了團隊，還是只為自己？在工作中，最容易見到人真正的品格。

三、孤立感使化學反應更濃烈

在二〇一五年BFI倫敦電影節，《卡蘿》記者會，《卡蘿》團隊坐一排。無可避免的化學反應問題又來了，記者提問要魯妮和凱特回答。

魯妮：「人們總是問這個問題。我的看法是，化學反應不是你可以製造出來的，幾乎像真實生活中一樣。導演只能讓你擺好姿勢角度，但是無法製造出化學變化。我覺得很幸運，我可以輕鬆的對凱特演出的卡蘿有感覺，不止是因為她是凱特，而且我的角色在電影裡大部分時間都是愛慕她，而那對我來說，是非常容易表現的。」

凱特：「兩個主角都非常孤立。不只是她們對彼此的感情，讓她們與社會隔絕而已，還有年齡上的不同等等。所以她們必須各自經歷一些過程，來面對並處理她們那如火山爆發般的感情。所以坦白說，當她們好不容易可以在一起時，那是一種我們終於在一起的釋放感。」

《卡蘿》裡卡蘿和特芮絲在一起的時間，真的很少，很短暫。魯妮說，她和凱特其實只有幾場對手戲，是長到有幾頁劇本的。其餘的對手戲都非常短。

當拍到她跟凱特的對手戲的時候，她總是非常珍惜，非常享受。

這些所有的元素，都融合成強有力的完美浪潮，承載著凱特和魯妮的表演。

團隊的化學反應

凱特在二〇一六年初到日本東京為《卡蘿》宣傳。平常自信又自在的凱特顯得不太一樣，有點怯生生。在開場前，她說：「魯妮和陶德等夥伴們都沒有來，只有我一個人，我覺得有點孤單。」

凱特會這樣想念團隊，是因為化學反應不僅存在凱特和魯妮之間，也一樣存在所有參與《卡蘿》的這一群人之間。

《卡蘿》在拍攝的時候，參與的人都有一種強烈的光榮感和極度的熱情。完成的電影本身，顯然更是超過所有人的期待，讓每個人都以這部片為榮。

坎城的記者會前，開放《卡蘿》團隊讓攝影記者拍，凱特和魯妮把陶德夾在中間，兩個人竟戲謔的用手去摸陶德的屁股讓記者拍，你就知道她們的好交情。

觀看所有宣傳、訪談、Q&A、首映會，都會發現這個團隊和別的團隊真的很不一樣。

《卡蘿》的記者會很有意思，大家一起出席時，每個人說話都充滿熱情和理念，談起籌拍《卡蘿》的艱辛，彼此會心微笑。面對記者提問，會互相補充救援，彼此提醒。

看他們單獨的訪談，你明顯感受到，他們不是在為自己造勢，而是在乎這部電影的成功，在乎團隊一起合作的夥伴。菲力絲會歸功於陶德，陶德會歸功於菲力絲。

奧斯卡頒獎當晚，凱特在紅地毯上接受主持人訪問。主持人說「你的電影《卡蘿》是一部如此優美的電影」，凱特立刻補上「和魯妮．瑪拉」，然後也不忘提到陶德和莎拉等演員和工作人員。

導演是一個像陶德這樣，既有大師級的藝術成就，又尊重專業，願意給別人功勞，以合作為念的人。最大牌的主角凱特是熱情，願意和別人分享光彩，處處照顧別人的人；魯妮是一個善良不搶鋒頭的人；所有演員、製作人、編劇，所有專業工作者都獻出生涯最高表現。

每個人都任勞任怨，沒有人自我中心，沒有人忽略別人。每個人都看得懂別人的付出和成績。

這個團隊，呈現出和別的電影完全不同的風格和化學反應。難怪化學反應滿溢出銀幕。

不言女性主義的女性主義

《卡蘿》是一部百分之兩百的女性電影。

它的故事中心，是兩位女性相愛；它呈現女性在父權的壓抑和宰制下的掙扎、自覺和成長，完全以女性為中心。

卡蘿知道她的婚姻已經讓她成為哈吉的配件，她的生命在這樣的壓迫下，已經乾枯無味，於是毅然決定離婚。

歷經磨難之後，她終於頓悟，只有當她面對生命的真實，找回自我，活出完整的生命，她才能不再受制於哈吉，也才能給她深愛的女兒最珍貴的禮物：成為自己，是人生多麼重要而珍貴的事。

特芮絲因為卡蘿的「看見」與鼓勵，而了解即使身邊的人，即使全世界都漠視自己的價值，也要勇敢追尋自己的夢想。

艾比則對哈吉不假辭色，指責他在十年的婚姻裡，控制卡蘿，讓卡蘿不再是自己。

當女人努力掙脫男性的制約，那便成為對父權體制最大的威脅與挑戰。更何況是，當女人愛上女人？哈吉於是以全家族之力，拿女兒作為挾制的工具，一再迫使卡蘿順從，卻終究無法得到卡蘿。

《卡蘿》的女性主義意涵，顯現在電影的每一部分。不言說女性主義，但從主角卡蘿、特芮絲到配角艾比，莫不彰顯了女性的自覺、成長與獨立。

同性戀電影，卻很異性戀

這是真的。

許多人說，《卡蘿》不過是一部女同性戀電影。

不，《卡蘿》遠遠超越同性戀這個角度。

《卡蘿》有許多女性主義的角度，但與其說它是用女性的觀點，說一個女性的故事。不如說得更精確一點，《卡蘿》是用人的觀點，來說人的愛情故事。

只是主角是女人。

無須是女性，無須是同性戀者，都可以被這部電影感動。

一些影評人和記者討論過，也問過凱特和陶德，為什麼《卡蘿》看到後來，會完全忘記這是同性戀的愛情，而覺得像異性戀。

凱特的回答是：「那應該是正常的。」

因為愛就是愛。

因為性別不是這部電影要談的重點。

當然電影跟小說一樣，確實是兩個女人相愛的故事。但從一開始，電影參與者就是有意的不希望把電影框限在所謂的「同性戀電影」的層次。其實這是包括導演陶德，編劇菲力絲，和主要演員的高度共識。團隊從一開始就非常清楚，不希望這部電影局限在只針對對同性戀愛情故事感興趣的觀眾。

這樣的共識，當然有市場考量。因為參與者對這部電影覺得如此驕傲，都希望能夠讓《卡蘿》從小眾市場，走向主流市場，讓更多主流觀眾可以看到這部電影。

凱特不只一次說，讓她最感動的，是許多男性也可以被這部電影感動。

但市場考量之外，更重要的是，整個團隊從一開始的初心，就是要拍一個永恆、動人的愛情故事，一部如同好萊塢經典電影般的經典，即使一百年後，兩百年後看，依然感動人心。這是整個團隊從一開始就有的共識。

電影的時代是在五〇年代的紐約，故事是兩個女性相愛，但把這個故事拍成沒有時間性，具有普世意義的愛情，才是團隊的真正目標。因為他們確信，真正感人的偉大愛情故事，都是可以跨越時代，能夠有普遍性，才能跨越文化、國籍和性別，感動所有人。

當訪問者問魯妮她如何掌握女同性戀的角色時，她毫不猶豫地說，她從來沒有從這個角度來看。她就是愛上一個人，就這麼簡單。

凱特在不同的記者會和訪問中，也表達了一樣的看法，有幾次更把《卡蘿》這部片比喻成羅密歐與茱麗葉。這很可以看出團隊把《卡蘿》拍成經典作品的企圖心。

如果認為這「就是一部同性戀電影，我又不是同性戀，我不會感興趣」，而錯失了欣賞的機會，就太可惜，因為，愛就是愛。

一部很容易懂也是很難懂的電影

《卡蘿》是一個簡單的故事，但這簡單的故事卻會沉浸入觀眾的心。

《娛樂周刊》稱《卡蘿》是「華麗的時間膠囊」。*Variety* 說「即使是高度期待也無法讓你準備好面對《卡蘿》所帶來的，令人驚異的撞擊和影響，一個精巧描繪深刻感人的愛情故事。」

易懂難解

《卡蘿》很容易懂，也不容易完全了解它的精隨。容易懂是因為雖然藝術性很高，但導演兼顧了一般觀眾的感受，讓觀眾非常容易理解，一點都不晦澀艱深。不像許多藝術性高的電影，很難進入狀況。所以，看懂並且覺得很不錯是容易的。

但，觀眾要有接球的能力，才能接到額外的球。

當導演、攝影、音樂、服裝，更別提簡直如妖魅般的主角的演技，同一時間丟了幾十顆球給觀眾。觀眾要在一霎時眼觀八方，接到球，還真的非常不容易。一不小心，甚至不知道人家已經丟了球出來了。

因為主角個個含蓄低調，話只說三分之一，甚至說東指西，甚至不說。只甩出一個眼神，或是用一個背影告訴你。導演和編劇的手法也是壓抑、低調、含蓄、婉約。想告訴你的情節，莫不是千折百回，而不是像好萊塢敲鑼打鼓的把話挑明了說，或一句話要說三遍。

這部電影好看，是因為讓人目不暇給，回思無盡。

但這部電影不容易看，如果習慣於一目了然的劇情，就很可能會抱怨，演員根本沒有在表演。

這是一部後勁很強的電影，也許每看一遍，我們都會有新發現，多接到一顆之前錯過的球。

愛的努力

一部電影，有時如人一般，有自己的命運。

《卡蘿》這部電影，歷經了非常奇特的魔幻旅程。

《卡蘿》改編自一九五二年的小說。從開始計畫要拍成電影，一直到歷經漫長的十八年旅程，中途不斷更換導演和女主角，又始終因為籌募不到資金，歷盡挫折。最終，因為鍥而不捨的努力，歷經許多奇妙的轉折，竟然得到了最好的歸宿。

電影不但順利殺青，而且成為不朽的經典。凱特和許多參與拍攝的人，都不約而同，把這部電影的成果，稱之為「充滿了愛的努力」。

人的故事

《卡蘿》是講兩個女人相愛的故事，但其實，更是人的故事。

它述說的是，人如何面對自己生命的眞實，如何用勇氣在不完美和重重限制中掙扎突破。

深入解析《卡蘿》的內容，可以清楚看見文化、社會和政治等各種複雜的角度和層次。然而從導演、編劇到演員，都衷心認同的是：「請把它當作一部探討愛情的電影，而不必非要讓它承載過多的政治意涵不可。」

不過，《卡蘿》當然有政治意涵，每一寸每一分都有政治意涵。但這個政治意涵，並不是以強迫推銷和政治說教的方式展現，而是用最誠實與藝術性的表現，讓我們看到劇中人物當時的處境和他們的困頓，看到社會對人的壓抑，和主角的掙扎，讓我們可以回思自己的生命。

當喧囂過後，許多熱鬧非凡，榮寵至極的電影，都將被人遺忘。但《卡蘿》將會成為電影殿堂裡的瑰寶和里程碑，成為經典中的經典。

《卡蘿》是一部偉大的電影，時間會證明。

終究，恆常久遠的，是愛。被始終紀念的，是理想、堅持與熱情。

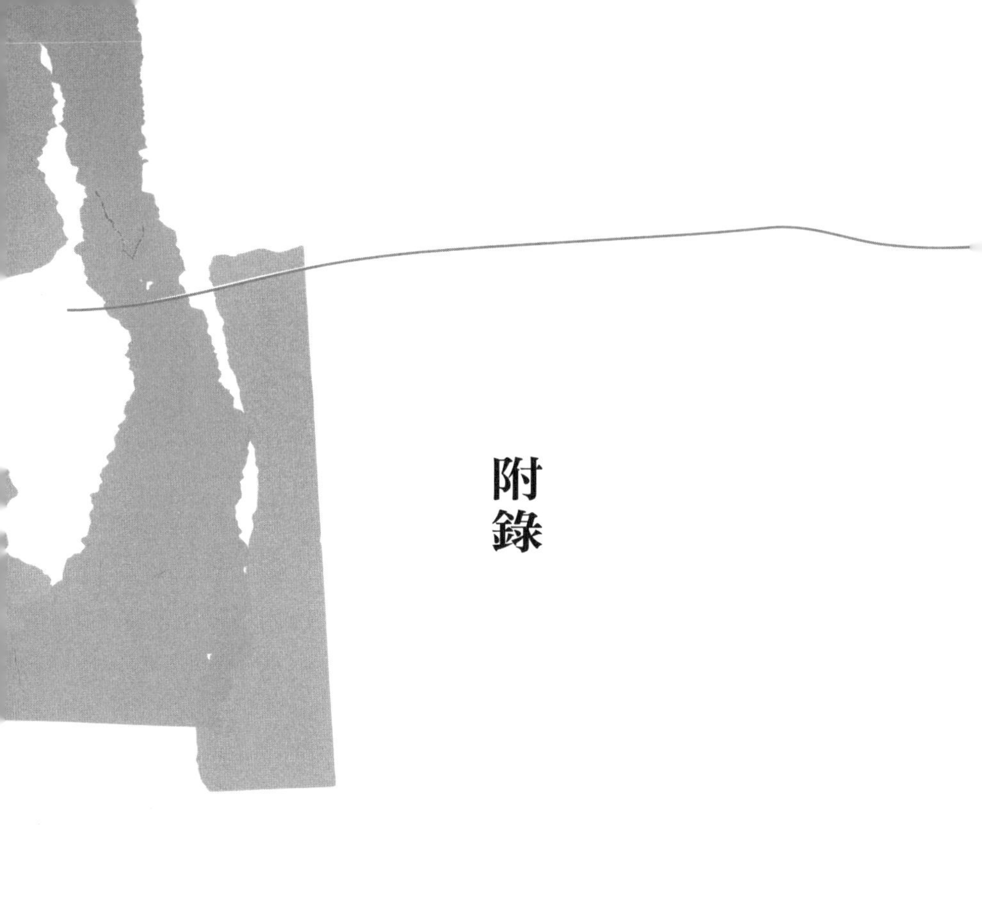

附錄

獲得的主要獎項

共獲得提名二百二十二項，得獎六十四項。

二〇一五年坎城影展項提名

二〇一五年金球獎提名

二〇一六年奧斯卡六項提名：最佳女主角（凱特・布蘭琪），最佳女配角（魯妮・瑪拉），最佳改編劇本，最佳攝影，最佳戲劇服裝設計，最佳配樂

二〇一五年 BAFTA 倫敦影展八項提名：最佳影片，最佳女主角（凱特・布蘭琪），最佳女配角（魯妮・瑪拉），最佳改編劇本，最佳攝影，最佳戲劇服裝，最佳化妝，最佳布景設計

參考資料

參考書籍

1 *Carol* 劇本 by Phyllis Nagy

2 *Orlando : A Biography* by Virginal Woolf

3 *Challenge* by Vita Sackville-West

4 A Room of One's Own by Virginal Woolf

5 *The Price of Salt* by Patrica Highsmith

7 *The Talented Rapley* by Patrica Highsmith

8 *A Stranger on The Train* by Patrica Highsmith

9 *The Talented Miss Highsmith: The Secret Life and Serious Art of Patricia Highsmith* by Joan Schenkar

10 *Beautiful Shadow: A Life of Patricia Highsmith* By Andrew Wilson

11 *Highsmith: A Romance of the 1950's* by Marijane Meaker

12 *Portrait of Marriage* by Nigel Nicolson

參考電影

1《斷背山》（*Brokeback Mountain*）
2《臥虎藏龍》
3《聶隱娘》
4《戀戀風塵》
5《真相急先峰》（*Truth*）
6《情人和棒棒糖》（*Lovers and Lollipops, 1956*）
7《相見恨晚》（*Brief Encounter*）
8《日落大道》（*Sunset Boulevard*）
9《藍色茉莉》（*Blue Jasmine*）
10《龍紋身的女孩》（*The Girl with Dragon Tatoo*）
11《伊莉莎白》（*Elizabeth*）
12《藥命關係》（*Side Effect*）
13《超級巨星》（*Superstar*）
14《遠離天堂》（*Far From Heaven*）
15《畢業生》（*The Graduate*）

16《郎心如鐵》（*A Place in the Sun*）

17《自由之心》（*12 years of A Slave*）

18《藍色是最溫暖的顏色》（*Blue Is The Warmest Color*）

19《後窗》（*Rear Window*）

20《羅馬假期》（*Roman Holiday*）

21 *Now Voyage*

22《蝴蝶夢》（*Rebecca*）

23《一位陌生女子的來信》（*Letter From an Unknown Woman*）

24 *The Lovers*

25《搖滾啟示錄》（*I'm Not There*）

26《魂斷藍橋》（*Waterloo Bridge*）

其他參考資料（共三五六筆）僅先羅列一頁

其餘資料請到 http://www.zc001889.com/article573.htm 參閱完整連結

Carol's Quest: Lesbian Drama's 15-Year Journey To Cannes

http://deadline.com/2015/05/卡蘿-凱特-blanchett-魯妮-mara-cannes-big-screen-journey-1201430574/

Cannes At Halfway Point: Cate Blanchett & Rooney Mara Make ‘Carol’ Talk Of The Croisette by Pete Hammond http://deadline.com/2015/05/cannes-cate-blanchett-rooney-mara-carol-1201428884/

Carol’s Happy Ending By Louis Jordan

http://www.slate.com/articles/arts/culturebox/2015/11/carol_screenwriter_phyllis_nagy_friend_of_patricia_highsmith_worked_for.html

Wilson’s biography *Beautiful Shadow: A Life of Patricia Highsmith*

18 Years Script To Screen - Full Interview with Phyllis Nagy of Carol

https://www.youtube.com/watch?v=jHJvhXl8isQ&feature=youtu.be

DP/30 in Cannes: Carol

https://www.youtube.com/watch?v=GF60XeySQtI

https://www.youtube.com/watch?v=YiISzLDA55s

https://www.youtube.com/watch?v=xG3lDsSnAKY

https://www.youtube.com/watch?v=G5-KZEVdAUk#t=296.959622

https://www.youtube.com/watch?v=ohdus0fSNKs#t=25.696462

https://www.youtube.com/watch?v=C7xd1kvgXH4

https://www.youtube.com/watch?v=iIkjnX6_hUc

文學叢書 530

因爲愛你：卡蘿

作　　者　黃智賢
總 編 輯　初安民
責任編輯　宋敏菁
美術編輯　林麗華
校　　對　吳美滿　宋敏菁　黃智賢

發 行 人　張書銘
出　　版　INK 印刻文學生活雜誌出版有限公司
新北市中和區建一路 249 號 8 樓
電話：02-22281626
傳真：02-22281598
e-mail：ink.book@msa.hinet.net
網　　址　舒讀網 http：//www.sudu.cc

法律顧問　巨鼎博達法律事務所
施竣中律師
總 代 理　成陽出版股份有限公司
電話：03-3589000（代表號）
傳真：03-3556521
郵政劃撥　19000691 成陽出版股份有限公司
印　　刷　海王印刷事業股份有限公司

港澳總經銷　泛華發行代理有限公司
地　　址　香港新界將軍澳工業邨駿昌街 7 號 2 樓
電　　話　(852) 2798 2220
傳　　真　(852) 2796 5471
網　　址　www.gccd.com.hk

出版日期　2017 年 3 月　初版
ISBN　978-986-387-153-8

定　價　380 元

・本書圖片獲得得利影視授權提供

國家圖書館出版品預行編目資料

因爲愛你：卡蘿 / 黃智賢 著；
--初版，--新北市中和區：INK印刻文學，
2017.03 面；14.8 × 21公分（文學叢書；530）
ISBN 978-986-387-153-8（平裝）
1.電影片
987.83　106001993